講談社文庫

# 紙の城

本城雅人



講談社

MASATO HONJO CASTLE OF PAPER

# 紙の城

# 第一章　グローバルペーパー

## 1

　プリントアウトした地図を見ながら、安芸稔彦《あきとしひこ》は細い路地を曲がった。急に景色が暗くなり、この先ではないと直感が働く。来た道を戻って次の角を曲がると、地図とは一つ異なる通りに、指定された居酒屋の看板が出ていた。

　中に入ると、東洋新聞社会部の後輩、尾崎毅《おざきたけし》と女性記者の霧嶋《きりしま》ひかりがテーブルに並んで座っていた。

「すみません、安芸さん。迷いましたよね。検索サイトの地図のリンクが間違ってたみたいで」

今回の幹事である霧嶋から謝られた。

「すぐ違うって分かったから大丈夫だよ。あの通りからは美味《うま》い店がある気配がしなかった」

「へえ、安芸さんにそんな能力があったとは驚きです」

三十七歳の遊軍エースの尾崎にからかわれる。

「そんなことより早速注文しようぜ」

まず瓶ビールとそれぞれが目に付いた料理を頼んだ。三人とも酒が強いので、あっという間に大瓶を飲み終えた。ここからが、二年前に後輩の誘いから始まった安芸会の楽しみである。

「俺は山崎のハイボール」

安芸が店員に注文すると、続けざまに尾崎が「僕はモヒート」と言った。霧嶋は「ずるいですよ尾崎さん、私がいつも頼んでるのを取るなんて」と言い、しばらくメニューを眺めて「じゃあ、私は白波をロックで」と店員に伝えた。

「それでいいんだよ。おまえはいつも芋焼酎《いもじょうちゅう》のくせに、安芸会の時だけ洒落《しやれ》たもん注文すんだから」

尾崎が言うと、「いいじゃないですか、私がなにを頼もうと」と霧嶋が小さな頰を膨らませた。

「安芸会」にはいくつかの決め事がある。誰かが頼んだ後に「同じもの」とは言わないこと。幹事は持ち回りで、ネットを使わずに店を探すこと。

いずれも安芸が決めたわけではない。後輩たちが条件反射的に「じゃあ同じの」と続けるのを聞いて「自分が飲みたいものを頼めよ」と言ったり、スマホで店を検索している記者に「食べたいものまでネットに聞くな」と注意したことを尾崎が覚えていて、「この二つを安芸会のルールにしましょう」と言い出したのだ。

参加者全員が酒好きな上、同じ酒を頼めないせいで、宴会が進むと自ずと初めて飲む酒を注文することになる。安芸もこの二年間でずいぶんと新しい銘柄を知った。

ネットの評判に頼らないので、初めての店は料理が出てくるまで味が分からない。霧嶋が「取材中にたまたま通りかかったんです」と選んだこの居酒屋は大当たりだった。「自家製辛いメンマ」「よだれ鶏《どり》の四川《しせん》ソース」「殻付き海老の塩コショウ焼き」「ウニとクレソンのバター炒め」……どれも美味いものを客に出そうという店主の意気込みが伝わってくる。一人暮らしの安芸は野菜を摂《と》るため「プチトマトの薬膳醤油《しょうゆ》漬け」を注文した。

「西谷《にしたに》さんは遅れてきますけど、下之園《しものその》くんと川上《かわかみ》さんは来られなくなったそうです」焼酎に口をつけた霧嶋が残念そうに伝えてきた。

「みんな社会部の記者なんだ。急に仕事を言い付けられて予定が狂うのは毎度の事だ」

「違いますよ、佐々木《ささき》デスクの嫌がらせですよ」と霧嶋が言う。尾崎も大きな体を揺らしながら「露骨に次の安芸会はいつかって聞いてきますし」と言い、モヒートを一気に半分まで飲んだ。長崎の高校で花園《はなぞの》出場経験がある尾崎は、体つきだけでなく飲みっぷりも豪快だ。

「どうして佐々木が嫌がらせをするんだよ」

佐々木は同じ社会部のデスクで、安芸より一期後輩だ。

「安芸さんより先に社会部長になりたいからじゃないですか。それに石川《いしかわ》部長も気にしてるみたいですよ」尾崎が言う。

「石川は政治部長じゃないか」

「安芸さんが社会部長になれば、石川さんは安芸さんと編集局長の座を争うことになるからですよ」

「バカ言え。俺が部長になったとしても、その時は石川はとっくに局長になってるさ。あいつは入社した時から、将来東洋新聞の社長になると宣言してたんだから」

「社長になりたいからこそ、安芸さんを警戒してるんですよ。石川さんとは違って、安芸さんには人望がありますから」

そう言ってもらえるのはありがたいが、言葉通りには受け取れなかった。自分が記者時代に上にやらされて嫌だったことは、下にはやらせないようにしてきた。だから慕われているのかもしれないが、上司や他のデスクからは「安芸は部下に甘い」と思われているだろう。

「安芸さんこそ社会部長になるべきですよ、今の長井《ながい》部長じゃ社会部は誰もついていきません。なぁ、霧嶋」

同意を求められた霧嶋は「記者になりたくて入ってきたのに、どうしてみんな出世の話ばかりするんですかね」とうんざりしたように言った。

周りが心配するほど、安芸は出世に固執《こしつ》していない。大学を卒業するのに八年かかり、二十六歳で就職したせいで、入社時点で東大大学院を出た石川よりも二歳上、浪人も留年もせずにストレートで入ってきた同期より四歳も年を食っていた。

東洋新聞では六十歳の誕生日で定年とするが、さらに部長定年、局長定年という制度があり、それぞれ五十五歳、五十七歳で部長、局長以上に出世していないと平社員に戻され、給料も減額される。安芸は役職でいられる期間が若い同期より四年も短く、そろそろデスクからも外されると感じている。外された時は一記者に戻り、記事を書きまくってやろうと思っている。

「遅くなりました」紺のブレザーに、黒縁眼鏡をかけた西谷が入ってきた。野暮《やぼ》ったい格好が多い社会部だが、彼はいつも品のあるトラッド系の服装で仕事をしている。

「お疲れさん、どうだった、アーバンテレビの反応は？」

ここ数日、世間はアーバンテレビ株の十五・六パーセントをインアクティヴというIT

企業が買い占めたニュースで持ちきりだ。アーバンテレビは東洋新聞株の三十一パーセントを持つ実質的な親会社である。

「進展なしです。インアクティヴ本社に行った下之園からも動きはなしと連絡がありました」

「これで先週金曜の会見から六日間動きなしですね。轟木《とどろき》もすっかりメディアに出なくなったし」

霧嶋が言うと、尾崎が「どうせ無理だって気づいたんですよ」と笑った。

こうして他人事のように話せるのは、過去のＩＴ企業によるテレビ局買収がすべて失敗に終わっているからだろう。

「彼らの主張はいつも、ネットとテレビの融合ですからね。具体性もないし今更感が強くて、ネトオタも今回は批判的です」西谷はそう言うと、「誰かビール、頼みましたか」と聞いた。乾杯の一杯目以外注文してないと聞くと「良かった、きょうはずっとビールが飲みたかったんです」と地ビールを注文した。

「ＩＴも有象無象《うぞうむぞう》だものな。だいたいテレビを買うってのが時代遅れだ」

「ジャンボさん、俺たちに時代遅れなんて言われたら、轟木太一《たいち》は怒り出しますよ」西谷が言った。

昨今の新聞記事は、速報性でネットに先を越されている。地震や事故などが発生した時は、テレビや新聞より先に、SNSや他人のつぶやきで確認する人が増えているそうだ。東洋新聞の購読者数はここ十年で三割も減った。情報収集の手段が紙の新聞でなくなってきていることは、パソコン音痴《おんち》の安芸も理解している。

胸ポケットに入れていた携帯電話が鳴った。総務部長の柳《やなぎ》からだった。一浪一留の二年ダブりで入社した同期で、一年前まで同じ社会部のデスクだった。

「おお、柳、今尾崎たちと飲んでいるところだ。柳も来ないか」

柳が話し出す前に誘ったが、安芸の声は届いていなかった。〈大変だ。アーバンテレビがうちを見放したぞ〉と言われて耳を疑った。

「どういうことだ」

〈インアクティヴとアーバンの話し合いがついたんだ。インアクティヴはTOBせずに、これまでに買い付けた株をアーバンに返す。その代わりに、東洋新聞株をもらう。アーバンが持ってるうちの株全部がインアクティヴに移る〉

「なんだって、それじゃうちがインアクティヴの傘下《さんか》になるってことか」

「傘下じゃない。完全な支配下だ」

他の三人の記者が「どうしたんですか」と顔を近づけてきた。待ってくれと手を差し出す。

〈インアクティヴの狙いは最初からうちだったんだよ。新聞社はどこも非上場だ。だから

うちと親子関係にあるアーバンに狙いをつけたんだよ〉

ただごとではないと感じた三人の顔が目の前に並んでいる。早く説明してやらなければと思いながらも頭の中で整理がつかず、声を出すことができなかった。

2

翌日の安芸の仕事は、当番デスクの補助をするサブデスクだった。

対面する席で、当番デスクは無言でパソコンを眺めている。まだ午後一時半、普段なら記者に電話をかけて、指示を飛ばしている時間帯だ。

午前中の会議で次長より上の役職が集められた。会議を仕切る田川《たがわ》専務兼編集局長が「アーバンテレビが、インアクティヴから自社株を取り返すために東洋新聞株を売ることになった」と説明し、会議は騒然とした。田川は「混乱を招くから」と現場の記者に知らせないように指示した。安芸は昨夜、尾崎、西谷、霧嶋の三人には話したが、口外しないよう伝えてある。

安芸たち次長はそこで退席を命じられた。会議室には部長より上の幹部が残り、昼食も挟まず対策会議を続けている。買収のことは、今さっき、午後一時半に版を下ろした夕刊では一切触れず、明日の朝刊で扱うかもまだ決まっていない。気がかりではあるが、とりあえず今は、この日の社会面が空くことがないよう、原稿を読んでは手直しを加えている。

「下之園、ちょっと来てくれ」

原稿を書いた記者を呼んだ。

三十二歳の下之園が、取材ノートを手に立ち上がり、内股で近づいてきた。本人もこの内容では差し替えになると覚悟していたのだろう。顔に覇気《はき》がない。

「これじゃ出来事をなぞっただけじゃないか。書き手の顔が見えてこないよ。わざわざ福島まで行って自転車で走った意味がない」

「すみません。震災の爪痕や復興する人々の思いや、入れたいことが溢《あふ》れてしまって」

細身で小柄な下之園は、大学では自転車競技の選手として活躍していた。今もロードバイクを趣味にしている。この日出した原稿は四月初旬、彼が福島の自転車レースに参加した時の体験記事だ。

そのレースは、素人でも参加できるツールドフランスのようなもので、福島を皮切りに月に一度、東北六県で行われる。ただしレースをするだけが目的ではなく、参加者たちはレベルに合わせて一日二十キロから百キロまでのコースを走り、夜は地元の民宿に一泊し、その土地の食べ物や地酒を楽しむ。そして翌月、次の県で再会してまた一緒に走るらしい。

そのイベントを記事にしたいと下之園が申し出たものの、社会部長や他のデスクからは「毎月東北に出かける自転車好きなんて少数派だろ」と相手にされなかった。

「今は三十人ほどですが、自転車はシニアの愛好家が多いんです。東日本大震災で被害を受けた地域の復興に向かう姿を記事にすれば、読者も興味を持ってくれるはずですし、今後参加者も増えます。それが町興《おこ》しにも繋がります」

いつもは一度却下されたら引き下がる下之園がその日は諦めなかった。安芸も社会部長たちと同意見ではあったが、「まず一本書かせてみましょうよ」と援護したのだった。

「下之園、おまえはこのレースをやる意義はなんだと言ってたっけ？」

「震災からの復興です」即答した。

「それは分かってるさ。復興はなかなか進んでいません。今もこれだけの爪痕が残ってます。地元の人は困ってます……そんなこと、おまえが自転車に乗って説明しなくてもみんな知ってるよ」

「福島でイベントがスタートする以上、現場の描写は落とせないと思いまして……走っていてもそういう景色ばかり目に入ってきましたし」

言いながら、どんどん小声になっていく。

「震災を書くのに、壊れた家や原発が必要ってわけじゃないだろ。下之園は部長やデスクから反対された時、復興に向かっていく町の姿を書きたいと言ってたじゃないか。この原稿に出てくる町は全然、未来に向かってないぞ」

「そうなんですけど」

大抵の記者は原稿の構成を考えながら取材をする。先に方向性を固めてしまうと、一から書き直せと命じても、小手先の修正しかできない。

「なぁ、下之園剛《つよし》という人間を一言で語るとしたらなんだ?」

「僕ですか?　東洋新聞の記者、ですけど」

不意を突かれた顔で、下之園は答えた。

「知ってるよ。他には」

「趣味は自転車で、いつかツールドフランスを見に行きたいと思ってます」

「それも知ってる。もう百回聞いた」

「あとは……」そこで少し言い淀んでから「三十二歳ですが、彼女なし歴三十二年です」と真顔で言われ笑ってしまう。

「他にもオリジナルな経歴があるだろ」

「そう言われましても……」なにを言っても否定されるのでは、とすっかり自信を失っているようだ。額には粒状の汗が浮いていた。

自分で考えてみろと突き放した方が記者は育つ。だが彼のように普段ネタを売り込むのに積極的でないタイプは、ダメだと突き放すと意気消沈し、今後は自分からネタを売り込まなくなる。良いアドバイスはないかと思案していると、近くに座っていた霧嶋ひかりが会話に入ってきた。彼女と下之園は同期だ。

「下之園くん、ツールドフランスって、自転車レース以外にもあるって知ってた？」

「どういうこと？」下之園は聞き返した。安芸にも意味が分からなかった。

「私の大学に留学してたフランス人が帰国して靴職人になったんだけど、フランスには職人を養成する組合があって、靴職人でも鍛冶《かじ》職人でもパティシエでも、学校で基礎を身につけたあとに地方を回って、いくつかの土地の製法や文化を学ぶ制度があるんだって。その研修もツールドフランスと呼ばれているそうよ」

「なるほどな、下之園、いったん原稿のことは忘れよう。何か福島で気づいたことや学んだことはなかったか」

煮詰まった雰囲気を変えようと軽い口調で質問してみると、下之園は「それだったら、お酒ですかね」と言った。

「酒？　そういや、おまえの実家は鹿児島で焼酎造ってんだったな」

「僕が福島で驚いたのは日本酒でした。味がすごくフルーティーだったので」

「またざっくりした印象だな。まろやかだったのか」と落胆したが、すぐさま「そういう意味ではありません」と言い返された。

「イチゴの味がしたんです。これまで飲んだことのない味だったので、地元の人に尋ねました。そうしたらそれは酵母《こうぼ》のせいだって。日本は戦前まで、各酒蔵《さかぐら》に住み着いた野生の酵母を使っていましたが、戦後は大量生産できるように酒造メーカーが開発した酵母を使うようになったそうです。それでも僕が世話になった村では県の支援を受けて独自の酵母の開発に取り組み、それがフルーツ系でまろやかな酒の開発に繋がったようです」

「どうしてその地元の人たちは、酵母作りを始めたんだ？」

「やはり震災の影響です。地元の米が使えなくなったりして、一旦酒造りをやめたんですが、思いを断てず再開したそうです。どうせ一からやるなら、他にない酒で勝負しようと決めて酵母作りを勉強したと。その酒蔵の近くを走りましたけど、ほんのりですがイチゴの香りを感じました」

「面白いじゃないか。それを書いてくれよ」安芸は言った。「復興に向かう福島を、記者が休日を返上して自転車で走った記事として十分いける。下之園剛記者が、鼻をくんくん嗅ぎながらペダルを漕いでいるシーンが、俺にはイメージできた」

下之園も話しながら手応えを感じていたのか、顔色が良くなっていて、「差し替えます」と言い自分の席に戻った。

そこで当番デスクが「安芸さん、ちょっと昼飯食ってきます」と席を立った。話が終わるのを待っていたのだろう。

「俺が留守番してるから、ゆっくりしてきてくれ」と言ったが、彼も買収騒動や紙面構成で頭がいっぱいで、すぐに戻ってくるだろう。

デスクの姿が消えると、霧嶋が「昨日の件、どうなりましたか」と小声で聞いてきた。

「残念ながら詳しいことは聞かされなかった。今、部長以上が部屋に閉じこもって対策を練ってる。買収拒否を主張したいが、それを紙面で書いて国民が納得するか議論してるんじゃないか」

本来なら三十一パーセントも株を握られたら、それ以上の株を保有してくれる新しいスポンサーを探さない限り、買収は阻止できない。だが柳は昨夜、〈新聞社は日刊新聞法で企業買収から守られているんだ〉と言い、商法の一文を読んでくれた。

〈一定の題号を用い時事に関する事項を掲載する日刊新聞紙の発行を目的とする株式会社にあつては、定款《ていかん》をもつて、株式の譲受人を、その株式会社の事業に関係のある者に限ることができる。この場合には、株主が株式会社の事業に関係のない者であることとなつたときは、その株式を株式会社の事業に関係のある者に譲渡しなければならない旨をあわせて定めることができる〉

つまり新聞社は、新聞事業と関係のない企業からの買収を拒否できる、というのだ。二十年以上も新聞社で働きながら初耳だった。その場にいた三人の後輩も知らなかった。

「ただし、その法律もうちの取締役が買収を受け入れると言えば効力を持たないみたいだけどな。取締役が認めたとしても社員総会で反対すれば拒否できるという解釈もあるようだが、現時点では不明だ」

商法にはそこまで明確には書いていない。いかんせん過去に事例がないのだから、なんとも言い難い。

「うちの取締役、まさか認めたりはしないですよね」

「普通は拒否するが、今のうちはアーバンに見放されたら経営が立ちいかなくなるのが目に見えてる。潰れるくらいなら受け入れるしかないと考えるかもしれない」

アーバンテレビは毎年、東洋新聞の赤字を広告出稿などで補塡《ほてん》してくれている。また今の東洋新聞の取締役は会長をはじめ、十七人中三人がアーバンテレビ出身者だ。アーバンが受け入れろと命じてきたら逆らえないのではないか。

「それでも自分たちはジャーナリズムを守るために買収を拒否するって、世論に訴えればいいのに。そうしたらアーバンテレビがうちの株を売却するのに反対してくれる人が増えるかもしれないですし」

「そうだよな」過去にITとテレビが争った時、テレビ局側を応援した人は案外多かった。

「この時間になっても社員に伝えないってことは、きょうは記事にする気がないんでしょうかね」

「上層部は自分から世間に恥を晒《さら》すなら、他紙にスクープしてほしいと思ってるんじゃないか」

「なんか新聞社なのに情けないですね。自分たちに関わる記事も書けないなんて」

霧嶋は口を結び、顎に細かい皺《しわ》を寄せた。

「ま、怒ったところでデスクは一方的に報告されるだけで、検討会議にも入れてもらえないんだからどうしようもないよ。所詮、次長以下はブルーカラーだ」

安芸会でよくいう自虐《じぎやく》ネタが口から出た。実際に部長と、安芸たち次長とでは大きな隔《へだ》たりがある。次長までは組合員だが、部長になると監督的地位にあるとして組合から抜ける。毎週月曜の御前会議に参加するのは部長以上で、毎日夕方に紙面構成が決まると、部長たちは取締役に付いて銀座や赤坂に出かけることもあるが、次長は社食で飯を掻《か》き込んで、デスク作業に追われる。赤ペンで袖《そで》が汚れた時代の名残りからか、パソコンでの出稿に変わっても、多くの次長はワイシャツにウインドブレーカー姿だ。安芸も背中に「東洋・埼玉マラソン」とプリントされたものを着用している。

「西谷さんから連絡はありましたか?」

昨夜遅れて参加した西谷は、この日もアーバンテレビに詰めている。

「テレビ局に隣接するホテルでアーバン幹部と轟木太一が交渉してるらしいが、記者はホテル内にも入れないそうだ」

轟木会長が出ているということは、この交渉で東洋新聞の譲渡が正式に決まる可能性もある。

「西谷は仕方なくアーバン内部を当たってるが、どの幹部からも安堵感が漂っているらしい。編成部長からは『これで余計な出費が減って制作費が増える』と言われたそうだ」

「ひどい。同じグループなのに」

霧嶋は憤慨《ふんがい》していた。歴史は東洋新聞の方が古い。だが立場は圧倒的にテレビが上だ。

「でも大丈夫だよ、経営者が誰に替わろうが、霧嶋のワシントン行きは変わらないから」

そう言うと「やっぱり安芸さんが推してくれたんですね」と口の横にえくぼを作った。

「昨日、部長から内示を受けたんですけど、きっと安芸さんだろうなって、昨夜もお礼を言いたくて仕方がなかったんです」

「俺じゃないよ。デスク全員の総意だ」

実際は男性記者に行かせた方がいいとか、十年目でまだ早いだとかの異論はあった。ワシントンは長年政治部が特派員の三席を独占していただけに、政治部長の石川もなかなか首を縦に振らなかった。最後は「女性特派員は社外へのイメージもいいんじゃないか」と社長が時代遅れな意見を言って、霧嶋で決まった。

「昨日は尾崎がいたから言わなかったんだろ。彼氏より先を越して悪いって」

そう言うと、霧嶋は目を見張って固まった。

「安芸さん、気付いてたんですか？」

「俺を誰だと思ってんだ。そんな大スクープ、見逃すはずないじゃないか」

安芸は耳たぶを指で擦《こす》りながら返した。

「まだ半年ちょっとですけどね」

二ヵ月に一度のペースで行われている安芸会の前々回あたりから、二人がよそよそしくしているように感じた。尾崎が霧嶋に気があるのは気付いていた。尾崎は仕事ができて女性に優しいので、いずれは霧嶋の心を摑《つか》むだろうと思っていた。

「お互い優秀な記者同士だけど、尾崎はちょっと嫉妬《しっと》するかもしれないな」

「そうなんです、だから私もまだ伝えてなくて」

霧嶋より五年上の尾崎も特派員希望だ。社会部記者がいけるのはロンドン、バンコク、シンガポール、カイロだが、いずれもしばらく空きはない。かつては二十地域に記者を置いていた東洋新聞も、近年は半分ほどに特派員を減らした。

「尾崎にも必ずチャンスは来る。でも二人で海外となると大変だろうけど」

「先のことは分からないですよ。その時はその時ですし」

あっさり言われて安芸の方が戸惑ってしまう。今の若い記者は私生活を充実させることに一生懸命だが、霧嶋は違うようだ。安芸自身、仕事に没頭し過ぎて家族を失っただけに、彼女には同じ道を歩んでほしくないと思う。その反面、体力を気にせず、夢中になって働けるのは二十代から四十代までのせいぜい二十年なのだから、若い頃は好きな仕事をとことんやってほしいとも思っている。欠けていたものを補うのは、仕事に達成感を得てからでも十分間に合う。

その後も特派員についての話をしていると、当番デスクが昼飯から戻ってきた。その直後、社内の空気が変わった。三人の編集局次長と、各部の部長が戻ってきたのだ。社員に悟られたくないのであれば気を利かして時間差で戻ってくればいいのに、そんな余裕はないようだ。皆険《けわ》しい顔をし、それぞれの席へと戻っていく。

長井が社会部長席に着いた。長井が部下を叱るたびに安芸が部下を擁護するため、関係は良好ではない。会議の内容を聞いても教えてくれないだろう。

田川専務兼編集局長とともに同期の石川政治部長が入ってきた。会議に出られなかった次長たちが二人の様子を窺《うかが》っている。安芸も聞き耳を立てたが、二人とも憮然《ぶぜん》とした表情でそれぞれの席へと戻った。

「政治部長、ちょっと、相談いいですか」安芸は石川に近づいて声をかけた。「あ、ああ」石川が応じてくれたので、安芸は空いている会議室を目配せした。

## 3

安芸はドアを閉め、石川と向き合って座った。

「その顔はあまりいい話し合いじゃなかったようだな」

「ああ、情けないことに吉良《きら》会長は途中でアーバンテレビに呼ばれたきり戻ってこなかった。東洋新聞を守ることより、自分がテレビに戻れるかどうかを考えてるようだ」

石川は縁なし眼鏡のレンズを拭きながらため息をついた。

「日刊新聞法で役員は株式譲渡を拒否できるんだろ？　その話は出なかったのか」

「もちろん出たさ。田川さんが最初に説明した。でも取締役が全員却下するとは限らない」

「何人かが賛成に回りそうなのか」

「現時点では分からん。だけどうちが拒否したら、インアクティヴは今度こそアーバンテレビのＴＯＢを実施するだろう。アーバンからは相当な圧力がかかってるはずだ」

圧力があろうとも、東洋新聞の役員なのだ。安泰《あんたい》になったアーバンにいい顔をして、社員たちを見捨てるとしたらとんでもないことだ。

「そもそもインアクティヴは本気でうちを欲しがってるのか」

インアクティヴは今年四十五歳になる轟木太一が十九歳の時に起こしたゲーム会社が礎《いしずえ》となっている。ここ十年でポータルサイトを開設し、動画サイト、婚活・就活サイトなどを買収して事業を拡大してきた。それらのビジネスで得たデータとソフトを元に、新たなテレビ番組を作りたいと思うのは想像ができる。だが新聞社で彼らがなにをやりたいのかはさっぱり分からない。

「インアクティヴが欲しがっているのは本当だ。昨日の交渉で、轟木がテレビ株を返す代わりに、東洋新聞の全株式がほしいと言ってきたようだからな。アーバンはそう聞いて『そんなのでいいのか』と肩透《かたす》かしを食らった気分だったそうだ」

「そんなのでって、ひどい言われ方だな」自分たちが安くみられたようで頭に来る。

「俺も聞いて怒りを覚えたよ」石川も眼鏡の奥の目を細めた。「だけど我が社が収益の一部をテレビに依存してきたのは事実だ」石川らしい筋の通った理論を吐いた。「うちに限らず、新聞社には儲け云々より、国を良くするために新聞を出しているという驕《おご》りがある。ここまで部数が落ち込む前に業界全体で動くべきだったが、新聞の場合、銀行のように簡単に合併や吸収はできんからな」

複数の都市銀行が合併してできた今のメガバンクも、昔はそれぞれに財閥《ざいばつ》が関わり、再編は不可能だと言われていた。新聞の場合、メディアグループの違い以外にも、論調や政治的立ち位置という立場がある。右派と左派の新聞が合併することはありえない。東洋新聞は、同じ右寄りの東都とも微妙に考え方が異なるし、左寄りと呼ばれる毎朝《まいあさ》、中央とは正反対と言っていいほど主張が相反する。

「うちもいろいろと調査してるが、なぜ轟木太一がうちを欲しがったのかは判明していない。広告部長は、テレビを取るためにうちを狙ったんじゃないかと言ってたけどな」

「それならどうしてアーバン株を手放すんだよ」

「既存のキー局とは違う新しいテレビ局を作りたいんじゃないか。そのための手段として新聞社を手に入れるなら納得がいく」

テレビは電波事業であり、国から下される免許が必要であることから、放送した内容に政治介入を受けやすい。そこでテレビ局は、政治家や役人に自由に物が言える新聞社とグループ関係を築いている。

「テレビと異なり、新聞は憲法二十一条の表現の自由に基づき、誰でも発行できるからな。だけど今度はイベント担当役員が、彼らは純粋に新聞を経営したいのではないかと言い出した。役員は広告会社のパーティーで轟木と会ったことがあって、その時、轟木から女房を紹介されたそうだ」

「女房がどう関係するんだ」

「轟木里緒菜《りおな》の旧姓は山内《やまうち》、造船の山内といえば解るだろ？」

「山内英心《えいしん》か」

「女房はその山内英心の孫だ」

山内英心は戦前、関西に造船会社を設立した男で、戦後は各地に造船所を作り、日本の高度成長の一端を担った。

「インアクティヴが大きくなったのは、轟木が里緒菜と結婚して、今の社名に変更してからだ」

「山内家の資金力が大きかったのか」

「金だけではなく、知恵もあっただろう。轟木里緒菜はただのお嬢様じゃないぞ。スタンフォードを出て、アメリカの銀行に入行、ファイナンスを担当していた」

「その優秀な女房がなぜ新聞経営をしたがるんだ」

「山内英心が、新聞社の経営をずっと夢見ていたそうだ」

いくら祖父が夢見ていたからといって、それだけで新聞社買収に乗り出すだろうか。疑問に思っていると、「おそらく彼女に入れ知恵をした奴がいるんだ。会議中に、政治部の記者から新たな情報が入ってきた。安芸、ゴードンって覚えてるか？」と言い出した。

「ゴードン？　誰だよそれ？」

「うちの会社にいたじゃないか。アメリカの大学を出て途中入社してきた権藤正隆《ごんどうまさたか》だ、社会部にいたろ？」

「ああ、そんなやつがいたな」外国人かと思ったが、違った。

確か安芸より七、八歳下だった。大卒後、コンサルタント会社勤務を経て、カリフォルニア大学バークレー校に留学し、それから東洋新聞に入ってきたという珍しい経歴だった。

「その権藤が、インアクティヴの取締役戦略室長として轟木夫婦の知恵袋になっているようだ。今回、隙をつくようにアーバン株を大量に買い占めたシナリオも、権藤が描いたと言われている」

「権藤って、うちをすぐにやめたよな」

必死に顔を思い出しながら言った。細身で、警察や官庁への取材のない日曜でもスーツを着用していた。新聞記者の泥臭さがまるでないキザな印象が残っている。だが仕事はできた。途中入社ということもあるが、通常四、五年の支局を二年で切り上げ、本社の社会部勤務になった。少し理屈っぽいところがあったため、社会部では煙《けむ》たがられていた。

「うちにいたのは支局と本社、併せて四年だ。やめた理由は柳にいじめられたからだ」

石川は眉を顰《ひそ》めた。それも思い出した。

「いじめたわけではないだろ。確か取材メモをきちんと残してなかったから、柳が指導しただけじゃないか？」当時安芸は遊軍で、柳は調査報道班のキャップだった。「石川は、権藤が昔のことを根に持って、うちの買収を企んだと言いたいのか」

「退社したのは二〇〇六年だ。もう十二年も前だからそんな単純なことではないだろうが、少なくとも権藤はうちのことを面白く思っていないだろう。なにせバークレーを出た自尊心の強い男に、この会社は『ゴードン』なんてあだ名をつけたんだからな」

柳ではなく、社会部を批判しているように聞こえた。政治部や外信部はスマートで落ち着いた記者が多く、雰囲気も穏やかだ。経済部も文化部も同様であるが、社会部だけはいまだに昔の新聞社の気質が色濃く残り、部下を大声で罵《のの》る鬼デスクも存在する。ただし社会部が厳しいのは、支局から上がってきた記者のほとんどが一度社会部か整理部に配置されるため、新聞社の仕事を知る修行の場だからでもある。

「会議で権藤の名前が出たということは、当然、柳も聞いてたんだよな、どうだった」

「相当なショックを受けてたよ。それ以降は一言も話さなかったからな」

ショックを受けていたのではないだろう。おまえのせいで会社がこんな目に遭ったと非難されているようで、肩身が狭かったのではないか。

石川はそこで眼鏡を外して、目薬を差した。しばらく瞬きをしてからハンカチで拭き、二重の目を、向けてきた。

「なぁ、安芸。どの説が正解であろうが、連中がうちの新聞を金儲けの手段に利用しようとしているのは確実だ。俺はあんなこと、二度とごめんだからな」

石川が過去の苦い経験を持ち出す。

「俺だって同じ思いだよ」

十年前、安芸は「開拓者」という連載を任された。その連載で、買収した東京下町のアパレル工場をアフリカに移そうとしている三十歳の実業家を取り上げた。

その実業家、町田譲《まちだゆずる》はIT企業出身だったが、金儲け重視のドライな人間ではなかった。工場の従業員たちの再雇用先を探し、少額だが退職金も払った。そして全従業員の前で「貧困国の経済発展が私の夢です。みなさんが私に教えてくれた技術を、今度は海外に伝え、いずれ世界から貧困をなくしたいと思っています」と涙を流して謝った。安芸もその場にいたが、従業員たちは拍手して別れを惜しんでいた。

その町田譲の名前を安芸に知らせたのが、政治部の石川だった。石川が懇意にしていた政治家が町田譲の熱意に共感し、石川に紹介したのだった。

安芸はその後、アフリカまで出張し、町田の行動を自分の目で確かめた。町田はアフリカ人の従業員に丁寧に作業を教えていた。労働力として成熟するには知識が必要だと学校作りにも乗り出し、土地を探し回っていた。三十歳の若き日本人実業家が、アフリカの大地を休むことなく駆け巡る姿を、安芸は三回に分けて記事にした。

——安芸、ジョー町田って男、知ってるか。うちの新聞を使って詐欺《さぎ》を働いてるらしいぞ。

それから三年が経過した二〇一〇年、当時司法キャップだった柳が連絡を寄越してきた。

安芸はすぐに調査に入った。町田はアフリカのアパレル工場をとっくに売却し、現地の労働者には途中から賃金も払っていなかった。学校も作ってはいなかった。

事業をやめているのに、町田は安芸が書いた記事を読ませて投資家を信頼させ、方々から大金を集めていた。日本政府からのODA資金まで詐取していたことが分かった。

政治部で調査していた石川が、青ざめた顔でやってきた。

——安芸、まずいことになった、町田の金、政治家にも流れてた。

石川は、自分を紹介した政治家が町田から政治献金を受けている事実を摑んできた。

二人で上司に報告に行った。当時の編集局長からは「きみたちは事実を客観的に取材しただけだ。詐欺に使われたのは紙面掲載以降なのだから関係ないと言い通せ」と命じられた。安芸は「関係ないでは通用しません。自分たちの手で事実を暴くべきです」と言い張り、政治部と手分けして、町田と政治家双方の身辺を徹底的に洗った。その記事がテレビなどでも話題になり、警察が動いて、フィリピンに潜伏していた町田は逮捕された。

「あの時は合同取材でなんとかスクープを書いたけど、さすがに責任を取らされると覚悟したよ」

石川は苦々しそうな顔で言った。

「俺だって同じだ。アフリカまで出張させてもらったのに、町田がうちの新聞を利用しようとしていることを見抜けなかった」

すべてが終わった後、安芸と石川は辞表をポケットに忍ばせて、当時アーバンテレビから赴任したばかりだった吉良会長の元に謝罪に行った。

——あなたたちは記者としてすべき報道をしたんです。これからも仕事を全うしてください。

会長室を出て、石川と二人で胸を撫《な》で下ろしたのを今でも覚えている。その後、二人で酒を飲みに行き、記事にする以上はもっと慎重になるべきだった、俺たちは人を見る目が欠けていたとおおいに反省した。

会議室のドアがノックされた。

「どうぞ」

石川が言うと「大変です。会見が始まるみたいです」と霧嶋が慌てて入ってきた。

「もしかしてインアクティヴか」

「はい、轟木会長が会見すると、西谷さんから連絡がありました。うちの社の筆頭株主になることを発表するそうです。テレビ中継もされます」

「まじかよ」

安芸も声をあげた。

石川と同時に席を立ち、会議室から広い編集局へと出る。すでにテレビの前には大勢の社員が集まっていた。

4

「それでは次のご質問は」

女性広報部長が声をかけると、ホテルの会場を埋め尽くしていた記者が一斉に手を挙げた。

「轟木会長の説明では十五・六パーセントの株式をアーバンテレビに返上する代わりに、東洋新聞株を購入するということですが、アーバン株の何パーセント相当を東洋新聞株と交換し、残りをいくらでアーバンテレビに売却するのでしょうか」

会場の後方に立った権藤正隆は腕組みをして、午後三時から始まった記者会見を眺めていた。

最前列に座っていた日経ヘラルドの記者が、壇上に一人で座る轟木太一に質問した。記者がそう質問してくることは、轟木には話してある。そしてその答え方も伝えている。

「パーセンテージも価格も、まだ正式調印したわけではないのでお答えは控えさせていただきます。いずれにせよ、我々にとって有意義なお話になったことだけは間違いありません」

Tシャツの袖から太い二の腕を出す轟木は、大勢の記者の前でも動じることなく答えている。

腹の中では笑いを堪《こら》えきれないはずだ。先週末の時間外取引でインアクティヴが大量購入した時のアーバンテレビの株価は九九〇円だった。それがこの一週間で一四〇〇円にまで達した。すべての株を時価で売るとしたら売却益はおよそ一九一億円、一部は東洋新聞株を貰うことで相殺《そうさい》されるが、それでも一〇〇億以上のキャッシュを得る。

「東洋新聞株は一株いくらで買われるのですか」広報部長に指された通信社の記者が質問した。

「そのご質問も交渉の機微に関わることですのでノーコメントとさせていただきます」

そう言うと、轟木は一列目の左端に座る記者に目をやった。黒いウェリントンの眼鏡をかけた東洋新聞の記者は、轟木を睨んでいるのか、頭を動かすこともなく、じっと轟木に体を向けていた。

権藤はスマートフォンを操作して自社株を確認した。一週間前の金曜日までは六〇〇円程度だったが、アーバン株を大量購入したことで、昨日一二三〇円まで上昇し、上場来高値を更新した。だが今は一〇三〇円まで値下がりしている。市場は、テレビから新聞に方向転換した轟木太一の決断をネガティヴに捉えているようだ。

画面が更新され、一〇五〇円に上向いた。この会見を見て轟木がなにか企んでいると睨んだ投資家が勝負に出たのかもしれない。そこでまた一〇円下がった。しばらくは揉み合いが続くだろう。

次の東都新聞の記者の質問にも、轟木は考え込むことなく返答した。当初は専務と顧問弁護士が同席するはずだったが、轟木は自分一人で十分だと言い出した。「どんな想定外の質問があるかも判りません」と他の取締役は反対したが、轟木は聞かなかった。みな心配そうだったが、権藤は「買収側がぞろぞろと出ていくより、会長一人の方が、既存の新聞社に一人で立ち向かっていくように映り、視聴者に好印象を与えます」と轟木に同調した。

「それでは東洋新聞の株を何パーセント握る予定ですか。アーバンテレビが保有するのは三十一パーセントですよね。経営権を得るには保有株を上積みする必要があると思いますが」NHKの記者が質問した。

「今後、東洋新聞の株主の方々からどれだけ売っていただけるかにかかっています。最低でも三十四パーセントは保有しなくては、意義はないと思っております」

東洋新聞の特別決議の拒否権を行使できる域、つまり三分の一以上の保有を示した。

「購入できる目安はついておられますか」

「今、アーバンテレビと話し合いを終えたばかりですからね。基本合意はしましたが、最終調印したわけではないので、そこまでは分かりません」

「これから株の買い占めにあたると」

「買い占めというと語弊《ごへい》があります。東洋新聞の株式を所有する銀行、印刷会社、さらには自社株を持たれている東洋新聞の幹部の皆様に、我々に譲渡してくださるよう、誠意を持ってお願いするつもりです」

そこで轟木は「あっ」と呟き、ニヤリと笑ってから口に手を当てた。

「誤解がないように言っておきますが、けっしてTOBを仕掛けるという意味ではないですよ。あくまでも我々が株を保有する意図と将来への展望を真摯《しんし》に訴え、アーバンテレビとの最終調印までに、少しでも多くの株を自発的に提供してもらえればと願っております」

実際はアーバンテレビの関連会社が保有する八パーセントも譲渡されることが決まっているため、三十九パーセントまでは確実だ。

誠意を持って譲渡をお願いするというセリフは、事前に権藤が伝えたものだ。過去にIT企業によるテレビの買収劇はあったが、新聞は皆無《かいむ》である。テレビですら世論の反発があったのだ。高齢の読者が多い新聞で強引な印象を与えてしまうと、買収が思うように進まなくなる。

再び東都新聞の記者が挙手して質問した。

「日刊新聞法の第一条、株式の譲渡制限等についてはどうされますか」

轟木が少しだけ左の口角を上げたのが見えた。権藤もこの質問をしてくれるのを待っていた。

「その点も丁寧に取締役を口説くつもりです」

轟木は打ち合わせ通りのコメントをする。

先ほど終えたアーバンテレビとの交渉で、「東洋新聞株の譲渡が決まるまで、アーバンは東洋新聞を一切支援しない」さらに「将来的なサポートも示さない」という一文を議事録に加えた。東洋新聞がインアクティヴによる株の保有を拒絶すれば、アーバンに代わる新たな支援者を探さない限り、いずれ倒産する。

轟木の顔から笑みが消えた。口元を引き締めてから話し始める。

「日刊新聞法を行使するかどうかは、東洋新聞の役員方が決めることです。我々に口を挟む権限はありません。ただ私は、世の中の多くの企業が大企業や外資に飲まれていく御時世に、新聞社だけがなぜこのような特例で国から守られているのか、そのことは少し疑問に思います」

それは新聞が人々の生活に不可欠な知識の財産であり、報道の独立性を担保するためだ──そう言い返したい記者はいるだろうが、誰も口にはしなかった。彼らだって生中継されている会見で、自分たちに驕りがあると見られたくない。

それにしても轟木はたいしたものだ。いくら質問が想定通りといえども、一つ一つの質問に落ち着いて間を取り、的確な言葉で返している。なによりも表情がいい。美男ではないが、スポーツマンタイプで、どこか愛くるしさもある顔は、女性からも人気が高い。IT起業家というと、勉強だけをしてきた秀才と世間から毛嫌いされるが、轟木は普通の大学だし、喧嘩《けんか》で高校を退学になった過去も公表している。そうした経歴も世間を味方につける要因になっている。

質疑応答は続く。質問が変わるたびに挙手していた最前列左端、眼鏡をかけた東洋新聞の記者がようやく指名された。

「東洋新聞の西谷です。冒頭でアーバンテレビの買収を断念したのは、テレビはテレビマンに任せた方がいいと感じたからだと説明されました。新聞社は新聞記者には任せられないとお考えですか」

質問した記者は顔を見たことがないから、いっても三十代半ばくらいだろう。冷静に質問しているが、質問の節々に穏やかではない心の内が表れている。

轟木はその質問への回答もきちんと覚えていた。

「新聞記者の皆様も我々から見れば尊敬できる専門家です。ただ一つだけテレビとの違いを言わせていただければ、私の世代にとって新聞は、テレビ以上に身近なものでした。私も小学生の頃、学校で壁新聞を作りましたし、我が社には大学で新聞部だった者や、コミュニティー紙から転職してきた人間もいます」

会場から微かに失笑が漏れた。

「壁新聞と実際の新聞経営とは違うと思いますが」東洋新聞の記者は反論した。

「それは失礼しました。我々も、皆さんから見れば素人ですね。皆さんが専門家であることは重々承知しております」

轟木が詫びたことで、これまで押されていた記者たちが一気《いっき》呵成《かせい》に質問しようと挙手する。しかし轟木が謙虚になったのは一瞬だった。

「ですが、経営者としてはいかがでしょうか。新聞社のほとんどは記者出身者が会長や社長になられています。私は、優秀な記者さんが必ずしも優秀な経営者になれるとは思っていません。取材して記事を書く能力と会社を経営するセンスは別物ではないですか」

轟木の言葉に場が静まった。実際、部数を伸ばしている社などない。どの社も、現状の経営者でいいのか、今の経営方針で新聞は生き残っていけるのか、という疑念は持っていることだろう。

「もう少し具体的に教えてください。轟木会長はどのように新聞社を経営していこうとお考えなのですか」東洋新聞の記者はさらに質問を続けた。

「今の新聞はコストがかかり過ぎています。今の宅配制度でいいのか、記者の数は適当か、経費の使い方、広告のアプローチ方法など、すべてゼロベースで見直すべきでしょう、検討項目はいくらでもあります」

「宅配制度を検討するというのは、完全ネット化を視野に入れられているということですか」

「それは皆さんだって将来のビジョンとして考えておられるのではないですか。ただしその点については、我々は専門家です」

さきほどまでの謙虚さが消え、轟木が強気に出た。事前の打ち合わせでは、「そこは専門家ではなく、プロフェッショナルだと言うべきだ」と轟木は主張した。権藤は「その言葉では強過ぎます」と抑えさせた。

「では専門家としての意見を具体的にお聞かせ願えますか」毎朝新聞の記者が食いついてきた。

「まずこれまでの新聞社は、国内の新聞という前提で経営されていました。ですが私は、本来、メディアに国境はないという原点に戻り、今後の経営を考えていきたいと思っています。一つは海外のメディアと連携し、幅広くニュースを掲載します。ネットワークが世界に網羅されれば、特派員など出さなくとも、海外の記事を掲載することができます」

「お言葉ですが、多くの読者は海外ニュースに興味があるわけではありませんよ」東都の記者が異議を唱えてくる。

「おっしゃる通りです。それならたくさんの視聴者がCNNを見ますね」

轟木があっさり引き下がったことで、東都の記者は「それでは先ほどのご発言を否定することになりますが」と返した。

「ですが必要でない地域への人員を減らし、必要地域に人を増やすことはできるでしょう」

「どういうことですか」

轟木は尋ねてきた東都の記者ではなく、反対側に座る東洋新聞の西谷に顔を向けた。

「東洋さんはワシントン支局に何名いらっしゃいますか」

「三人ですが、それがなにか」

「その特派員はホワイトハウスや財務省に常駐されていますか」

「常駐はしておりませんが、常駐しているアメリカ人記者と同様に取材はできます」

「そうは言ってもホワイトハウスの会見場で、挙手して大統領に質問できる機会は滅多にないでしょう」

「インアクティヴ社が保有する新聞社なら、できると言われるのですか」西谷はすぐさま反論した。

「可能性はあります。日本の新聞社ではなく、ボーダーレスな新聞社に生まれ変わるわけですから」

「国境なき新聞社だと主張したところで、アメリカ政府が自国の新聞と同じように扱ってくれるとは思いませんが」

「そうですね。実際、日本国内では日本の記者クラブと外国人記者クラブを分けていて、取材も別々です。日本で差別しているのに、アメリカでは一緒にしろなんて言い分は通じませんよね」

「差別しているわけではありません。外国人記者も取材する機会を得ています」

強気に切り返したものの語気は弱々しくなった。百パーセント平等ではないのは記者なら分かっているはずだ。

「現状のままでは、東洋新聞がアメリカの主要機関に記者を常駐させてもらうのは難しいでしょう。でしたらアメリカに本社を移したらどうなりますかね？　確か日経ヘラルドさんは海外の新聞を買収しましたよね」

轟木は今度は正面の日経ヘラルドの記者に質問した。

「そうですが、では本社を移すのですか」日経ヘラルドの記者が返す。

「それはあくまでもプランの一環です。我々が言いたいのは、どこの国でも自由に質問し、自由に取材できる新聞社を目指していきたいと考えているということです」

また挙手する動きが鈍った。みな、反論を考えているが、轟木をやりこめる言葉が浮かばないのだ。彼らだって、自由な媒体であるはずの新聞が、日本国内では新聞が加盟する記者クラブと外国人記者クラブに分けられており、一方で海外の取材は後発になっているという現実をテレビカメラが入った場で これ以上論じたくないはずだ。

予定ではこの質問はここで切り上げ、次にいくよう司会者に指示するはずだったが、轟木が黙り込んでしまった。権藤は、轟木の頭から台本が飛んでしまったのかと心配した。

「ミスター・プレジデント！」

轟木は唐突に手を上げて叫んだ。

「私は東洋新聞の轟木太一です。ただいまの演説で中東の危機についてはよく理解できました。ですが、東アジアの安定についてはどのように考えておられるのか、そのことをお聞かせ願いたい」

突然、日本語でそう言ってから、同じことを英語で喋りだした。普段より低く、よく通る声だった。

「これは失礼いたしました。この前、TOEICで少しいい点が獲れたのでみなさまに披露したくなったんです」轟木は肩を竦《すく》めておどけた。

「記者になるわけではないので私がこのような質問をすることはありませんが、新たに発足する新聞社の記者は、今のように合衆国大統領に質問をぶつけることも可能なわけです。これも我々が考えているプランの一つであり、他のリプランニングも社内で募っています。それらはまとまり次第、随時、皆さまの前で伝えさせていただきます」

轟木のペースに、すっかり会見場が飲まれていた。権藤は感心して、背後の扉を静かに開けて廊下に出た。隣の控え室のドアをノックして開けると、黒いワンピースの女性が、モニターを眺めながら、携帯電話で会話していた。

「アイル・コール・バック・レイター」

彼女は流麗《りゅうれい》な発音で電話を終え、権藤に向かって微笑を浮かべた。

ロングヘアーに覆われた小さな顔。長い睫毛《まつげ》が切れ長で形のいい目をいっそう際立たせている。

「ゴードンの狙い通りに会見が進んでるようね。まるで記者の質問まで、あなたが事前に用意してたみたいだわ」

轟木里緒菜はポーチに携帯をしまいながら言った。

「副会長にそう言っていただけて光栄です」権藤は頭を下げた。

十一年前の二〇〇六年、四年間勤めた東洋新聞を退社し、経済誌へ転職が決まっていた権藤を誘ったのは轟木太一である。退社直前に新進気鋭の若手起業家としてインタビュー取材した時に気に入られ、うちに来ないかと言われた。その時は断った。経済誌の内定を辞退してここに入ると決めたのは、もう一度話したいと呼ばれた席に、里緒菜がいたからだ。

里緒菜のことは、権藤がサンフランシスコに留学していた時から知っている。新卒で中堅のコンサルタント会社に就職した権藤は、二十四歳でその会社をやめ、サンフランシスコ郊外のバークレーに留学した。里緒菜は近くにあるライバル校、スタンフォードの生徒だった。当時彼女は二十二歳、他の若い娘同様にキャミソールやショートパンツというウエストコーストスタイルだったが、育ちの良さは随所に現れていた。

モニター内では轟木太一への質問が続いていた。外国に本社を移すのであれば、それは日本の新聞ではなくなるのではないかと毎朝新聞の記者が質問した。

〈新聞には権力を見張る役目があると言われていますね。でも見張る権力は一つの国家に

限らなくてもいいはずです。我々は今後、世界規模で見張り役を担っていきたいと考えています〉

轟木はすらすらと答弁した。

「完全に主人が記者を打ち負かしてるわね。本当にあなたはたいしたものだわ」

里緒菜が感心していた。「まだKOはしてませんよ、続きがあります」権藤は言った。

「あなたが主人にアドバイスしたのはこれで終わりじゃなかったかしら」

アーバンテレビとの交渉前、里緒菜も同席したシミュレーションで行ったのはここまでだった。

「記者はやっつけましたが、まだ国民が我が社を認めてくれたわけではありません」

「この会見を見ている人は、もう十分うちの味方になったと思うけど」

「これから我が社にもっと強い追い風を吹かせてみせます」

モニターに目配せすると、彼女は好奇心に溢れた目を画面に移した。

〈私が経営権を得た際には、東洋新聞は新聞協会から脱退し、独自路線を進もうと考えています〉

〈独自路線とは？〉

記者が返す。

「今のがマジックなの？」

里緒菜が首を傾けて聞いてきたが、権藤は立てた人差し指を口元に当てた。

記者たちに余裕があるのは、轟木が実情を知らないと呆れているからだろう。新聞協会を脱退すると相互印刷や共同輸送、他紙の販売店への配達委託などにも弊害が起き、経営的にマイナスになることが多い。

記者たちの手が一斉に挙がった。司会が指そうとしたが、轟木がそれを制した。

「今から風が吹きますよ」

権藤は轟木が映るモニターに向かって指を鳴らした。

〈我々は新聞協会から脱退することで、軽減税率も要らないと政府に申し出るつもりです〉

轟木は笑みを浮かべながらそう言った。

挙手していた記者たちが固まったように見えた。しばらくの間を置き、〈ですが、要らないと言って、認められるものではないですよね？〉と毎朝の記者が尋ねた。

おそらくこの中で一番頭の回転が速かったのが彼なのだろう。消費税が八パーセントから十パーセントに上がったことで実施された軽減税率制度には、酒類、外食を除く飲食料品とともに、新聞だけが含まれる。とはいえ、申請して減税されるものではない。定期購読契約されている週二回以上発行する新聞であれば、増税分の二パーセントは課税されない。

轟木はすぐに回答した。

〈我々は縮小しつつも宅配は継続しますが、既存の新聞社とは異なり、ネットに軸足を置く新聞社に生まれ変わります。そのため既存の新聞の定義には当て嵌らないと考えています〉

さらにそのまま話し続ける。

〈今回の消費増税で、日用品や外食まで税率が上がり、国民が苦しんでいる中、いくら知識や教養を普及する役目が新聞にあるとしても、新聞社だけが国民の義務である納税から逃れるなんてことは、断じてあってはならないと私は思っています〉

会見場は沈黙したままだった。手を挙げていた記者たちが次々とその手を下ろしていく。

権藤は里緒菜に笑みを向けた。彼女は画面に視線が吸い込まれたまま、「すごいわ」と感嘆した。

インアクティヴが、日本の新聞社を完膚《かんぷ》なきまでに打ちのめした瞬間だった。

# 第二章　007委員会

## 1

寝ぼけまなこを擦りながら安芸は台所に立った。

コーヒーメーカーに粉と水をセットしてスイッチを入れると、フライパンとタイマーを用意する。冷蔵庫から出した二本のソーセージを皮が破けないようにフライ返しで動かしながら強火で炒《いた》めていく。油が弾け飛ぶ音がしだすと一分にセットしたタイマーが鳴った。そこで卵を二つ落とし、弱火にして蓋《ふた》をする。今度は四分四十五秒にタイマーをセットし直した。

タイマーの音がタイミングを知らせるのと同時に、インターホンが鳴った。安芸は火を消し、フライパンを持ち上げてモニターに近寄った。画面にはジャケットを着た総務部長、柳が映っている。

「おはよう、柳。鍵は開けてるから勝手に入ってこい」

〈分かった〉とインターホンから聞こえた。しばらくすると玄関が開き、「お邪魔するぞ」と柳が台所まで入ってきた。

「おっ、得意のパワーブレックファーストを作ってる最中だったか」

目玉焼きをフライ返しに乗せようとしたところをカウンター越しに見られた。不器用なので見られると黄身を割ってしまいそうになる。なんとか潰さずに皿に着地させた。

「ちょうど今できたところだ。柳、朝飯まだなら先に食え」

程よく半熟になった目玉焼きと、はち切れそうに膨らんだソーセージが載った皿をテーブルに置く。

「いいのか」

「もう一度作ればいいだけの話だ」そう言って一度フライパンをシンクに持っていく。

「どうしていちいち洗うんだよ。そのままでもいいじゃないか？」

「洗うためにやってんじゃないよ」水を出しながら言った。「このままのフライパンを使うと熱すぎて黄身が硬くなるんだ」

しばらく水をかけてフライパンの熱を取る。振って水気を払いガス台に置くと、強火でソーセージを焼く。忘れることなくタイマーを一分にセットした。セットしただけで開始ボタンを押し忘れることもたまにある。

「なるほどね。教えてもらったレシピが一つしかないってことだな」

安芸の性格をよく知る柳はすぐに理解した。

卵を弱火で四分四十五秒焼いて自分の皿に入れた。今度も完璧だった。テーブルに運ぶと、出来立てを渡したというのに柳は食べずに待っていた。

「卵はなにも味付けしてないから塩を振ってくれ」食卓塩と赤い文字で書かれた容器を指す。「あとこれ、ソーセージ用のマスタードだ」冷蔵庫から出した瓶を渡した。

「なんだ、このマスタード、ゴマが入ってるのか」

蓋を開けた柳が言った。

「匂いでわかんないか。トリュフだよ。それをつけると安物のソーセージがドイツの一級品に変わるぞ」

「へえ、安芸稔彦が朝からトリュフ入りのマスタードを使うのか。なんか似合わないな」

「ジャンボが正月休みでドイツに旅行に行った土産《みやげ》に買ってきてくれたんだ」

「意外だな。早稲田《わせだ》のラグビー部とは思えないセンスだ」

尾崎から「安芸さんの朝食が豪華になりますよ」と言って渡されたが、その時は安芸も柳と同じことを思った。

だが今は納得している。旅行には霧嶋ひかりも一緒だったのだ。いつか安芸が炭水化物制限ダイエットをしているという話になり、霧嶋から朝食はどうしているのか聞かれた。そこでつい「前の女房に教わった作り方で、目玉焼きとソーセージを食ってる」と寂しい話をしてしまった。

「土曜日の朝から、友人同士で朝飯食うのも悪くないな」

「そんなこと言ってるから柳は独りなんだよ」

「安芸に言われたくないよ」ともにバツイチだが、安芸と柳は別れた理由が異なる。柳の妻はニューヨークの国連で働いていた才女で、結婚後も人権擁護団体のNPO法人を設立し、世界を飛び回っていた。柳は子供を欲しがったが、彼女にその気がなく、二人で話し合った末に別れた。今も良き友であり、たまに二人で食事をしているようだ。

大学の二つ下の後輩と、学生時代からの同棲を経て結婚した安芸も、喧嘩別れをしたわけではない。だが一般的な結婚生活ではなかったように思う。

安芸はナイフで目玉焼きの黄身を割り、ソーセージにソースのように黄身を塗ってから食べた。ハイチ地震の取材帰り、トランジットで宿泊したマイアミのホテルで、パナマ帽を被った初老の紳士と夫人がこうやって食べていた。あの時は不安なく朝を迎えることがどれだけ幸せなことなのかと実感した。二人が食べていた朝食がどんな高級料理より贅沢《ぜいたく》に見え、以来真似している。

一方の柳はソーセージと白身を食べ、切り分けた黄身は最後に残して、潰さないように慎重に口に運んでいた。社会部にいた頃、「整頓された机があったらそこは柳の席だ」と言われた几帳面さが、食べ方にまで表れている。

「ここに焼きたてのトーストがあれば最高だけど、安芸は朝も炭水化物を摂らないようだな」

「社会部なんて労働環境の悪いところにいると、あっという間に太るからな」

今は一七五センチ、六七キロと標準的だが、記者時代は八〇キロを超え、健康診断では中性脂肪過多で要再検査と出たこともある。

「それだけじゃ腹が減るだろ。これ食べろよ」

冷蔵庫から赤く染まったリンゴを出し、放り投げた。

「昔よくもらったふじじゃないか。今も送られてくるのか?」

「一人暮らしで、野菜もフルーツも食べてないと心配してくれてるみたいだ」

元妻である由里子《ゆりこ》の実家はリンゴ農家だ。再婚した夫の橋本《はしもと》は、安芸が大学時代に在籍していたドキュメンタリー映画サークルの後輩だった。毎年送っていることを知ったら面白くないだろう。

柳が小気味よい音を立ててリンゴに齧《かじ》りつき「甘い」と唸《うな》った。「これ、蜜《みつ》がたっぷり入ってるぞ」中を見ながら言った。

「熟すまでたっぷり保存しておいたからな」

「まさか」二口目を齧ったまま硬直していた柳は、口を離し、リンゴが傷んでいないか確認した。

「冗談だよ。それは春用に改良されたリンゴで最近送ってくれたものだ」

「焦らせるなよ」そう言って表情を緩めた。リンゴは禁断の果実だと、取材で学んだ。シリア内戦取材のベースキャンプで、安芸はほんの少し傷んでいたリンゴを捨てようとした。すると「そんなの半分に切れば大丈夫ですよ」と他紙の若手記者がナイフで切って食べた。その後彼はひどい下痢《げり》に苦しみ、安芸も看病のためにベースキャンプから出られなくなった。その晩、周辺を政府軍が空爆し、命が縮む思いをした。

安芸がテーブルに置いてあった新聞の中から東洋新聞を開くと、柳は毎朝新聞を読み始めた。新聞は五紙購読している。それだけで月に二万円近くなる。

「どの社も轟木の会見で持ちきりだな。途中で壁新聞を作ってたなんて言い出した時はたいした男じゃないと油断したよ。それが新聞協会脱退、軽減税率ときたから、完全にやられた」

柳が淡々とした口調で言った。土曜日の朝から安芸の家に来たのは、インアクティヴの会見を褒《ほ》めるためではないはずだ。調整型の柳は言いたいことがあってもすぐには口にしない。

「あれには俺も参ったよ。軽減税率なんて、議論されてた数年前は新聞だけ恩恵を授っていいのかと考えたこともあったけど、決まってからはすっかり頭のどこかに置き忘れていたからな」安芸もそうだし、会見中継を見ていた他の社員たちもしばらく言葉を失っていた。

「あの軽減税率不要の発言を用意していた上で、そこまでを稚拙に振る舞ったのだとしたらたいしたものだ」

「俺は、軽減税率の前に轟木が言った『メディアには国境はない』だの『ボーダーレス』だのに虫酸《むしず》が走った」

安芸が言うと、毎朝を読み終え、東都新聞に持ち替えた柳が、紙面に目を向けたまま言った。

「町田譲のことだろ？　安芸には悪いが、俺もあのことが浮かんだよ。安芸と石川のうちの二大エースが見事にやられた天才詐欺師だからな。いや、二人がというより、東洋新聞という全国紙がたった一人に嵌められた事件だ」評論家のような言い方だが、これが柳の良さでもある。新聞記者は熱血漢《ねっけつかん》タイプが多く、東大大学院出の秀才石川でさえ、自分の意見を否定されるとムキになって言い返してくる。だが柳はけっして感情的にはならず、要点をまとめて淡々と話す。

司法キャップだった柳が知らせてくれたのがもう少し遅ければ、他紙のスクープで自分たちが犯罪に加担したと気づかされたかもしれない。

「轟木は町田譲のような詐欺師ではないだろうが、狙いは似たようなもんだ。いくらネットが新聞の先を行ってるといっても、現場から情報を持ってくるのは記者だ。記者は国会でも首相官邸でも国際会議でも、自由に出入りできる。記者を身内に入れれば、どこよりも早く金儲けの情報を手に入れることができる」

「そこまで考えて新聞社を買収したいと考えているとしたら、本当に賢い連中だ」

「柳が感心したのは轟木に対してか、それとも裏で糸を引いてる男か」

東都新聞をめぐろうとしていた柳の手が止まり、目だけを動かして安芸を見た。やはり柳は権藤のことを話しに来たようだ。

「俺は柳を責めてるわけじゃないから勘違いするな。ただ轟木の腹心に権藤正隆がいると聞いて驚いただけだ」

「俺だって昨日の会議で突然権藤の名前が出た時は啞然としたよ。あいつがなにをしているかなんて、最近は考えてもなかった」

「他の連中からなにか言われたのか？」

「権藤がやめた経緯を知っている何人かが恨めしそうな顔で俺を見てきた。俺への私怨で会社が買収されると思ったんじゃないか。石川はそう言ってなかったか？」

「あれはしょうがないと石川は話してたよ」事実と違うことを伝えた。「たしか、権藤がきちんと取材メモを残していなくて叱ったんだよな」

最近は訴訟に備えて必ずメモを残せと言われるが、権藤が在職していた十一年前はそれほどうるさく言われなかった。レコーダー取材をする記者も今ほどいなかった。

「あいつは談話を省略してメモする癖があったんだ。聞きながらこれは必要ないと思ったらメモしない。その代わり、大事なことは一言一句違えないように書き込んでいた。だけど取材っていうのはその場で終わりじゃないだろ。要らないと思ったことが、後々になって必要になることもある」

「それで注意したのか」

「すると言い返してきたよ。全部を書き写そうとしても手が追いつかないから、大事な箇所だけ完璧に書き写した方が効率がいいと」

その屁理屈に冷静な柳も頭に来てしまったようだ。

「権藤が言いそうなセリフだな」

「人間がいつも正しい判断ができるかどうかなんて分からんから、出来るだけ多くメモして、追いつかない部分はあとで書き足せと言ったんだが、理解してくれなかった」

柳が手を焼いたのも理解できた。権藤は極端な合理主義者であり、自信家だったのだろう。だが誤報で失敗するのは、優秀で自信を持っている記者だ。その自信が油断となる。

「権藤がうちをやめたのは俺が叱ったからじゃないぞ。あいつはその晩、俺に『さっきはすみませんでした』と謝罪しにきたんだ。俺も言い過ぎたと詫びた」

「ならどうして出社してこなくなったんだ」

「俺が叱った時には、会社をやめる決心をしていたんだろ。それですぐに、辞表を出した」

「理由は分かってるのか」

「権藤が会社に幻滅したとしたら内山《うちやま》社長と田川専務に対してだ。当時は常務と政治部長だった」

「本社に上がって二年の若手が、どうしてそんな大物と接点があったんだ」

「００７委員会という会議を覚えてるか」

うっすら聞いた程度の記憶しかなかった安芸は、「なんの委員会だっけ」と尋ね返した。

「二〇〇七年から団塊の世代が一斉に定年を迎える。通勤電車で経済紙やスポーツ紙を読んでいた五十代の中年男性が家にいるようになる。その世代にどうやって一般紙を読ませるか協議する委員会だった」

やっと思い出した。「各部から二人ずつ出せと通達が出たんだったな」

安芸には声がかからなかった。大概の記者はデスクから出てくれないかと要請されても「そういうのは暇な人間に言ってください」と聞かない。おそらく各部とも手が空いたベテランか、断れない若手がかり出されたはずだ。

「今思えば団塊の世代が定年になったからといって、その多くが六十五歳までは嘱託《しょくたく》で働くわけだし、スポーツ紙を読んでた者が、突然全国紙を読むようになるわけがない。だがそれならスポーツ面を増やすとか、記事に語句説明をつけるとか、一行の文字数を減らして字の級数を大きくするとか、そこで出た意見のいくつかは今採用されている」

「そこで権藤はどんな意見を言ったんだ」

「俺も人づてに聞いた話だが、権藤のアイデアは日本の新聞を根本から覆すことだった。まず紙面を横書きにする。世界で縦書き、右めくりの新聞なんて日本だけだと、あいつは発言を求められた最初の機会で言ったそうだ」

米国も欧州も横書きだが、それは英語だから当然だ。しかし中国の人民日報も横書きだし、韓国で縦書きの新聞を見た記憶はあるが、朝鮮日報も中央日報も横書きだった。

「さらに権藤は、すべての記事に記者の顔写真と名前を入れるべきだと提案した。そして客観報道ではなく、主観報道をすべきだと訴えた。目当ての記者の記事を読みたいと思って新聞を買うように仕向けるべきだという考えだった」

「たいしたアイデアじゃないか」記事の頭に自分の名前と顔写真がつけば記者はより個性を出そうとする、記者のやる気にも繋がるだろう。

「実際、今の各紙のウェブ版は横書きで、記者の名前の入ったコラムは増えたし、各社ともにネットユーザーに知られる名物記者がぽつぽつ誕生している」

「炎上させるようなアンチも多いって聞くけど」

「アンチだって立派な読者だ」きれいにリンゴを食べ終えた柳は、芯を折り込みチラシの上に置き、汁が零《こぼ》れないように四方から畳んで丸めた。「いずれにせよ、十一年経過して権藤に時代が追いついてきたとも言えるな」

「権藤はそれを紙の新聞でやろうとしたんだろ」

「あくまでも紙媒体、宅配での会議だったのに、やつの説明の節々にはウェブ化という言葉が出てきた。会議を仕切ってた内山と田川のコンビは、電子化は金にならないと断固反対の立場だった」

当時の安芸も、内山たちと同じ考えだった。そこで大胆に舵を切っていれば、東洋新聞に変革が起き、アーバンテレビの援助を受けることなく、今回の買収騒動にも遭わなかったかもしれない。

「権藤の意見はどう言われたんだ」

「田川専務は『東洋新聞の歴史と伝統を潰す気か』と机を叩いて怒鳴りつけたそうだ。普段は物静かな内山社長までが『紙の購読者が減ったらどうするんだ』と声を荒らげたと聞いている」

「それに対して権藤は？」

「そんなことを言ってるから若い人は新聞を読まないんですよ、と当時の常務と政治部長に対して平然と言ってのけたらしい」

「面目丸潰れだな」

「権藤が行なった無礼はそれだけじゃない。記者個人が読み手を惹きつけることができれば、仕事をしないベテラン記者は不要になり、人件費も浮くと言ったらしい。会議にはベテランも出席していたから、権藤の発言で場が一気に白けた。そして次から権藤は呼ばれなくなった」

さすがにその言い方はない。確かに記者は歳を取るにつれ仕事量が減る。年下のデスクに面倒な仕事を言いつけられないのをいいことに、遅く出社し夕方には飲みに出かけてしまう者もいる。それでも大きな事件が発生すると、「なんでもやるぞ」と手伝ってくれる。経験を生かしたアドバイスもくれる。彼らだって、若い頃は身を粉にしてネタを追い、東洋新聞を支えてきた一員だ。

柳はリンゴの芯を台所に捨てに行き、戻ってきてから「安芸は残れるかもしれんぞ」と言った。

「俺はうちの社でもアンチネットの代表のようなアナログ人間だぞ」

「安芸と権藤は、新聞の在り方について考えが一致している。権藤は意見を書くべきだと言った。安芸も書き手の顔が見える記事を書けといつも後輩たちに言ってるだろ」

「俺はけっして傲慢《ごうまん》になるなとも言ってる」

新聞記者は、往々にして自分の考える通りにすれば世の中がよくなると思い込む傾向にある。消費税の導入、原発の再稼働、基地の移転問題……だが現代は、国民は十分な知識を得ていて、それぞれ自分の意見を持っている。新聞が昔のまま、読者は無知だというスタンスで書くと反発を招く。権藤の発言は、自分が優秀であることが前提のように聞こえた。

「そうだったな。安芸は表向きは少々厚かましくても、内面はナイーブでいろと言ってるもんな」

「俺のことをナイーブな男だと見てくれるのは、柳をはじめわずかだよ」

冗談めかして言ったのだが、柳からは「そういった小さな気配りが、いざという時に人を動かすんだよ」と言われた。

「さて、問題はそんな傲慢な男に我が社が乗っ取られないようにするにはどんな手があるかだが、柳はなにか考えているのか」

「まず調査だ。インアクティヴがいつからうちの買収を考えていたのか。やつらの本心を摑まないことには買収は阻止できない。ちなみに今回、アーバンテレビの交渉役を務めたのは高嶺《たかみね》という専務だそうだ」

「俺は会ったことないな」

「営業出身で今は営業戦略担当だ」そう言われて繫がった。柳もそれで安芸に会いにきたのだろう。「アーバンテレビの営業部長なら横浜支局時代の知り合いだ」

横浜は安芸にとっては仙台に次ぐ、二ヵ所目の支局だ。アーバンテレビの蛯原《えびはら》も横浜支局で報道記者をやっていた。

「専務が営業担当だと聞いて、安芸なら極秘に会えるかもしれないと思ったんだ」

「分かった。知り合いの営業部長に電話して、高嶺専務と面会できないか当たってみるよ」

「俺も同席させてくれ。総務部長としていろいろ知っておきたい」柳はそこで立ち上がった。「パワーブレックファーストのおかげで力がついた。ごちそうさん」

「もういくのか。コーヒーも淹《い》れるのに」

「安芸のコーヒーはお世辞にも美味いとは言えないからな。それなら会社の下のドトールで買っていく。ちょっと調べ物をしたくてな」

美味くないのは自分でも分かっている。別れた妻は一回ずつ豆を挽《ひ》き、細い注ぎ口のポットで時間をかけてドリップしていたが、安芸はコーヒーメーカーで、買い置きした安物の粉を使っている。

「なにを調べようとしてんだ」

「まず株主を把握したい。およそ八パーセント株を保有するアーバンの関連会社が株を譲渡するのは間違いないが、残りの株主が東洋新聞の存続に賛成なのか反対なのか」

「俺もあとで会社に行って、インアクティヴについて徹底的に調べるように指示するよ。彼らがどういう利益構造でテレビ局を買収するほど成長できたのか、まだ把握できてない」

「そうしてくれ。俺が社内でもっとも頼りにしているのが安芸稔彦だからな」

柳が出ていくと、携帯電話を取り出し、アドレス帳をスクロールした。アーバンテレビ・映像営業部長の蛯原はワンコールで出た。

## 2

部下たちが縮みあがるほどの剣幕で怒鳴っていた轟木も、今は表情を緩めて高層階の窓から六本木の朝の通勤風景を眺めている。

円卓を囲んでいた十人の幹部はすでに退室し、残ったのは権藤だけだ。会議に持ってきた書類を確認してから、この場で轟木にサインをもらおうと思っている。

インアクティヴ社では毎週月曜日の午前七時に、この会長室で会議が行われる。轟木は会議の三十分前に出社するため、社員たちは六時には会社に到着している。

権藤がそんな早い時間に来ることはない。大概一分か二分前に会長室に入る。専務や常務からは露骨に嫌な顔をされるが、轟木からは一度も不満を言われたことがない。

いつものTシャツではなく、トリコロールラインが入ったトムブラウンのポロシャツ姿で轟木が会長室に入ってきた途端、「おめでとうございます。お見事な会見でした」と銀行出身の専務が讃《たた》えた。轟木も最初のうちは喜んでいたが、専務が「ネット上でも我が社が圧倒的に支持されています」と言った途端、顔色が変わり激昂した。

「俺はアーバンテレビの買収を『売名行為』と言われていた時から、こうなることが分かって仕事をしてきた。おまえたちが今やるべきことはここで喜ぶことなのか？　東洋新聞のコンテンツを生かし、どうすれば我が社のコアユーザーを増やしていけるか、それを考えることではないのか！」机を叩いて立ち上がると、取締役一人ずつを指差し「どうなんだ。ネクストアイデアはなんだ」と聞いて回った。誰も次の案を出せと言われると思っていなかったのだろう。全員が俯《うつむ》いた。

最後に指名された権藤が、アドブロック対策について提案した。「今、世界中のネットメディアは、ブラウザーからバナー広告を非表示にしてしまうソフトウェアに頭を悩ましています。ドイツでは新聞とテレビが相次いでソフト開発会社を訴えましたがいずれも敗訴しました。新聞社を買収し、ネット広告で利益をあげようとしている我が社が真っ先に取り組まなくてはいけないのがアドブロック対策であり、今後はソフトを自社で開発せねばなりません」と話した。

「そのための費用は」そう聞いた轟木に「五〇億用意していただければ私が優秀なプログ

ラマー集団を探します」と答えた。「五〇億だと？」轟木はしばらく口が開いたままだったし、他の役員たちは騒然としていた。それでも轟木は今回得た利益からすれば安いと思ったのだろう。「ゴードンに任せる」と承諾してくれた。

ようやく最後の一枚に書類が差し掛かると、轟木の方から話しかけてきた。

「しかしゴードンにはやられたよ。会見場に向かう途中に『いいマジックがあります』と伝えてきた時はなにを言い出すのかと思ったが」

「僕もあそこまで効果があるとは思っていませんでした。実際、一昨日土曜日の新聞は、どこも奥歯に物が挟まったような記事しか載っていませんでしたね」

権藤は「サイン、お願いします」と言って、書類を轟木に向け、モンブランのボールペンを渡す。轟木は気持ちよさそうにペン先を滑らせていった。

「僕の方も、会長が演じた大統領会見には驚きましたよ。あんなセリフ、打ち合わせでは一言も言わなかったのに、いきなり『ミスター・プレジデント！』でしたから」

「昔見た映画で、大統領のことをミスター・プレジデントと呼んでいたのを思い出したんだ。リアリティがあったろ？」轟木は得意げに言ってきた。

「声を低くしたのも良かったですね。ジョージ・クルーニーの声に聞こえましたよ」そう言うと轟木は無邪気に喜んだ。

「最初は東アジアの安定ではなく『どうしてあなたはいつも戦争を仕掛けるのが好きなん

ですか』と言おうとしたんだが、口から出る寸前で思いとどまった」

「正解です。今からアメリカ政府を敵に回すことはありません」

「そう言うと思ったよ。あの時もゴードンが怒る顔が浮かんだんだ」

目立ちたがり屋ではあるが、轟木は頭の回転が速い。なにが大事なことか瞬時に判断がつき、権藤の忠言も素直に聞く。

過去には轟木の人格を否定するようなことまで言ったことがある。

あれは入社して五年ほど経過し、広報担当から戦略室に異動になった頃だった。轟木はIT起業家たちの集いに権藤を連れていくようになった。タワーオフィスにある会員制サロンで行われたその集まりには、女優やモデル、女子アナたちが参加していた。そこでの出会いを轟木はSNSに書き込んでいた。また星付きのフランス料理や高級割烹《かっぽう》で食事をした時も、料理の写真をアップしていた。一般ユーザーにマメにレスポンスするから、フォロワー数は瞬く間に増えていく。当時の轟木の自慢の一つだった。

――僕は自分の目を通して見た会長のことは大変尊敬していますが、インターネットというフィルターを通して見ると、急に興《きょう》ざめしてしまうんです。

一杯飲んで帰るかと誘われた西麻布のバーで、そう口にした。

轟木は顔を歪めた。だがグラスに残るウイスキーを見つめながら「その話、もう少ししてくれ」と言った。切られることも覚悟の上で、日頃から感じていた轟木への不満をすべて吐き出した。

――インターネットというツールが生まれた時、そこからのし上がってきた成功者はほぼ全員が既存の社会に協調できない異端児でした。スティーブ・ジョブズしかり、ビル・ゲイツ、そのパートナーのポール・アレンしかりです。彼らは皆孤独で、社会に立ち向かう反骨心がありました。社会的弱者であった彼らが、ネットという新しい武器を持って大会社をぶちのめし、社会に変革をもたらしたからこそ、カタルシスが生まれたのです。日本でもIT創成期は同じです。ですが今の起業家は、みんなで徒党を組み、これまでの日本企業のあり方や既存の経営者を時代遅れだと批難しています。国民が「実は大企業より起業家の方が勝者だ」と気づき始めているのに、起業家たちは相も変わらず自分たちのコミュニティーを自慢し合っている。やがては、かつての大企業と同じように、起業家は弱者の気持ちが分からないただの金持ちだと嫌われるでしょう。

轟木は一切の言葉を挿《はさ》むことなく聞いていた。そして権藤が言い終えると、三十九年物のマッカランのお代わりを頼んだ。

――ゴードンは俺より五歳下だったたな？　年下にそこまで言われると身に染みるわ。

出されたロックを口にしてそう呟いた。

――すみません。言い過ぎました。

謝罪すると、轟木は「いいや、ゴードンの言う通りだ」と言い、「彼にも同じものを出してくれ」とバーテンに頼んだ。

それまでの轟木はインタビューのたびに自分の青春時代のことを話していた。中学、高校とグレていた。暴走族に入り、喧嘩で二度停学を食らい、三度目で退学になった。作業現場でネコと呼ばれる一輪車を転がし、ネコを倒すたびに年配の作業員に怒鳴られた。ここでも喧嘩になり年配の作業員をぶちのめした。そうした経験が大学に入った十九歳の時にヒットさせた「ビッグマン・ポッシブル」という若者が成り上がっていくシミュレーションゲームの開発につながった、と……。

だがバーで話して以降、轟木の言動が変化した。アウトローな過去も、必死に勉強して大検に合格したことも、あまり話さなくなった。喧嘩で高校を退学になるなど、たくさんの人間に迷惑をかけ、周りから煙《けむ》たがられるだけだと気づいたようだ。

「さて、この後、ゴードンはどうするつもりだ」サインを続けながら聞いてきた。

「会長はどうお考えですか」権藤は轟木の胸の内を窺った。

「この前の交渉では、アーバンテレビは早く調印したがっていた。だけど今は俺たちの顔も見たくないだろうな」

「会長のおかげで大損することになったわけですからね」

金曜日の交渉で、轟木はアーバンにインアクティヴの株を買わないかと持ちかけた。譲るといっても一パーセント未満、インアクティヴの経営に影響がない範囲である。彼らは最初警戒していたが、轟木が「御社の持つアニメやドラマのキャラクターと弊社が得意とするゲーム分野をくっつけ、ディズニーのような総合アミューズメント会社を作りましょう」と言うと、提案に乗った。わずかでも株を持つことで、インアクティヴが再度買収を仕掛けてくることへの抑止効果になるとも考えたはずだ。

その際、轟木は「株の値段については現時点の時価でも、週明け月曜の始値でも構いません」と相手に選択権を与えた。その時の株価は一二三〇円だった。この後轟木がアーバン株を東洋新聞株に交換すると発表すれば、インアクティヴの株価は下がると踏んだのだろう。彼らは月曜日の始値を選択した。実際、会見の途中には株価は二割近く下落した。

それが轟木の軽減税率不要発言で、下げを戻したどころか、一二五〇円と再び最高値を更新した。八時五十分、週明けのマーケットはまだ開いていないが、株価はさらに上昇し、一三〇〇円前後で始まると見ている。判断を見誤ったがために、アーバンテレビはそこでも二億以上を損したことになる。

「ゴードンも意地が悪いよな。あの時点ではどうして月曜の始値でいいなんて言わせるのかわからなかったよ。軽減税率の策を事前に教えてくれれば良かったのに」

轟木にしても、会見で自社株が下がると思っていたようだ。

「会長にはまずアーバンテレビとの交渉に集中していただきたいと思っていたからです。あの場で交渉がまとまらないと、せっかく打ち合わせをした記者会見までが延期になりますからね」

「確かに、そうだな」

もっとも、権藤自身にとっても金曜日の轟木の会見は思い描いていた以上の成果だった。大統領会見などのアドリブも効き目があった。

「アーバンテレビとの調印は十日ほど引き延ばして、それまでに東洋新聞にも手をつけておく必要があるだろうな。買収の邪魔をしないようにしつつ、買収後にどう経営を見直すか、どいつが使えてどいつが使えないか選別しておかないとな」

轟木はけっして浮かれることなく、先を見据えていた。

「今後の経営方針を見極めるためにも、今、最新の販売店の売上調査をやらせているところです」

「それは重要だ。会見では紙の新聞を守ると言ったが、東洋新聞がうちのものになれば、宅配がお荷物になるのは目に見えている。軽減税率は要らないと言った手前、うちは他紙より不利になるからな」

「軽減税率については、いい広告だと思ってください。テレビCMに何百億かけても、ここまで国民は応援してくれません」

「そうだな、あれこそプライスレスだ」轟木は目を輝かせた。

時間がちょうど九時になった。権藤はスマートフォンから証券会社のアプリを開いた。

一三四〇円。予想より高値だ。轟木もスマホで同じ画面を見ていたようだ。「今、銀座のアーバンテレビの社屋から深いため息が聞こえてきたぞ」と窓の外を眺めてせせら笑った。

そこで会長室の扉が開いた。ターコイズブルーのヒールの先が見えてから、姿が現れた。

「おはようございます。副会長」立ち上がって挨拶をした。

「あら、やっぱり二人だけなのね。またなにか新しい企みでも考えてるの」

轟木里緒菜も機嫌が良かった。この日は白いスーツをまとっていた。ブルガリのペンダントトップをつけたネックレスに、指輪も時計も合わせている。それらがすべてハリー・ウィンストンである日もあればヴァンクリーフの日もある。

「企みではなく、演出と言ってくれよ、里緒菜」轟木は笑顔で返した。

「そうね、名監督と名役者だったわ」

「俺が役者でゴードンが監督なら、俺はゴードンの機嫌一つでクビになるってことじゃないか」

轟木が口を窄《すぼ》めるが、「せっかく用意した脚本だって、演じる役者がいないと客を呼べないんだから、どっちも重要よ」と宥《なだ》める。

「僕は裏方に過ぎません」出しゃばらないように注意して言った。

「今回のことでうちの会社の価値も資産も上がった。次の人事でゴードンはもっと上の役についてもらわないといかんな。役立たずどもはお役御免だ」

「いい経営者には、必ずいい参謀がいるものよ。それがいないと、うちの父みたいに会社を追い出されることになるんだから」

造船会社を創業した里緒菜の祖父だが、里緒菜の父親には本業を任せず、中堅の製鉄会社だけを与えた。父親は出来が悪かったのだろう。製鉄会社も経営に失敗し、会社を破産させた。

ちょうど轟木が最後の書類にサインを終えた。

「ありがとうございます」

資料を受けとると丁寧に揃えて片手に持った。

「では僕はここで失礼します」轟木に頭を下げる。

ドアの近くに立っていた里緒菜に近づいていく。オレンジ色のリップが光っていた。目元に細くアイラインを引いた彼女の目を見て一礼した。

頭を上げた時、いつものスパイシーな香りとは違う、ムスクが混じった匂いが鼻腔をくすぐった。

足を止めそうになったが、彼女の真横を通り過ぎ、部屋を出た。

3

アーバンテレビの営業部長である蛯原からは当初「月曜日にうちの本社にきてくれ」と言われていた。それが昨日、日曜の夜に電話があり、品川のホテル内にある中華料理店での待ち合わせに変更となった。

時間は午前十一時、安芸と柳が個室の円卓に座って待っていた。案内人の声が聞こえ、蛯原と、口髭を蓄《たくわ》えた恰幅《かっぷく》のいい男が入ってきた。これが高嶺専務のようだ。白シャツの襟が高く、ネクタイが派手だった。

「蛯原、時間を作ってもらって悪かったな」

「お互い様だ。俺たちはグループ会社なんだから」

蛯原は親会社とも子会社とも言わずにそう答えた。そして高嶺を紹介し、名刺交換した。

「ご足労願って申し訳ございません。専務が交渉の窓口だったと伺いましたので、今後の我々の動き方など御指南いただければと思っております」

それぞれが高いランチセットを注文してから安芸が丁重に話を切り出した。

「高嶺さんはインアクティヴがうちの株を買い占めた直後の交渉役だったんだ」蛯原が言

った。

「金曜日の交渉は違う方が担当されたということですか」高嶺の顔を見て尋ねた。

「金曜も同席したが、主導権は社長にあった。私にやらせてくれたら、きみらを見捨てたりはせんかったよ」

高嶺が肩をそびやかして言った。蛯原は安芸が気分を害したと察したのか、「俺はニュースを聞いてから、安芸の顔が頭にちらついたんだよ。だけどこっちからはかけづらくてな」と申し訳なさそうに言い繕った。

「それですぐに電話に出てくれたのか」

「まぁな。安芸にはいろいろ借りがある」

東洋新聞のサツ回り担当は毎朝や東都より少ないが、それでも四人いた。だがアーバンテレビ横浜支局の報道担当は蛯原一人だけだった。テレビは県警記者クラブに入っていないため、事件発生を知ることもできない。

当時蛯原は毎朝、東洋新聞の泊まり番に電話してきた。火事や交通事故が発生したと聞くと、カメラを持って現場に駆けつけた。その熱心さを見ていた安芸は、発生事件だけでなく取材先で聞いたネタも知らせた。警察官と親しくなると、稀にこれから摘発に行くと教えてもらえることがある、大麻取引や地下賭博、外国人売春、未成年少女が働く風俗店……警察官にしてもテレビで大々的に報道してくれた方が署内で評価されるとあって、アーバンに知らせることを承諾してくれた。

しばらく雑談ののち、高嶺が頼んだ海鮮そばを食べ始めたのを見て、安芸は本題に入った。

「高嶺さんはいつまで交渉役をされていたのですか」

「先週の木曜までだ。それまで轟木とは二回会った」

「それがどうして交渉役が替わることに？」

「私が向こうの要求に怯《ひる》まなかったからだよ。向こうは盛んにアーバンテレビの共同経営を持ちかけてきた。それを拒否するならＴＯＢで過半数の株を支配すると脅しをかけてきたが、私は頑として拒否した。なにをしてこようが、こちらもあらゆる手段を講じて対抗処置を取ると言った」

「ホワイトナイトですか」

柳が口を挿んだ。敵対的買収を仕掛けてきた会社への対抗手段として、友好的第三者に株を買ってもらう方法だ。過去に他のテレビ局がその方法で買収を阻止した。

「そんな煩わしい手を使わなくても、勝ち目はあったさ。これまでにテレビに手を出してきたＩＴ企業と比べたら、インアクティヴは規模も小さく、資金だって足りない。うちの株だってあっちこっちに借金して買い占めたに違いない。ＴＯＢを仕掛けるにしても資金調達が大変だし、長期戦になるほど向こうには金利が重くのし掛かり、いずれ撤退すると見込んでいた」

ゴルフ焼けした顔をテカらせて言うが、結果的に強気の戦法を貫けなかったわけだから、説得力はない。

「なのに高嶺さんから社長に交渉の主導役が替わった？」

「代理店からいろいろ言われて、うちの会長が怖気づいたんだ」他の客に聞こえるわけでもないのに声のトーンを落とした。「最近は視聴率の低迷で大変なんだ。インアクティヴは相当広告費を出す大口スポンサーだからな。連中はうちにも年間二〇億は出してる」

「代理店が口出しする理由はないでしょう」

と憤りを感じて言ったが、「あんたらにも問題があるんだぞ。以前の代理店はテレビより新聞担当の方が出世してたんだから」と返された。つい最近まで、どの広告代理店でも役員の主要ポジションは新聞局出身者が占めていた。新聞の広告出稿が減るに従ってその傾向が変わった。出稿数を奪い取ったのはＩＴ関連企業である。

「我が社としても早期解決を望んでいた。再来月には株主総会が控えとるしな」

「交渉役が社長に替わったタイミングで、彼らはテレビ株を返す代わりに、新聞の経営権をくれと言い出したってことですか」

「そうだ。それまで連中は一言も、東洋新聞なんて言葉を出さなかったよ」

安芸会が行われ、柳が連絡してきた日だ。その日の交渉で、インアクティヴは突然方針を切り替えたと見せかけ、アーバン幹部を喜ばせたのだろう。

「交渉中にちょくちょく目が合った男がいた。ほとんど口出ししなかったが、おそらくあいつが指南していたんだろう」

「権藤正隆ですね」

「あんたの会社にいたらしいな。どうしてそんな優秀な男をクビにしたんだ。おかげでこっちは、どえらい迷惑を被ったよ」

そう言うと、すぐに蛯原が「専務」と窘《たしな》めた。安芸たちの助けになるだろうと連れてきたものの、東洋新聞にばかり責任を転嫁するものだから蛯原も困っているようだ。大丈夫だとの意味を込めて顔を見ると、蛯原はすまなそうに目を細めた。

もっともその後の話を聞くと、高嶺が八つ当たりしたくなるのも理解できた。会議の後、轟木太一から株の持ち合いが提案され、アーバンは誘いに乗った。だが買値をこの月曜の始値にしてしまったため、二億円を大きく上回る損をしたようだ。

「その時には轟木は会見で軽減税率不要発言をすると決めていたんでしょ？　そんなの卑怯だと異議を申し立てればいいじゃないですか」と安芸は言ったが、「向こうがうちに選ばせたんだ。私は即答すべきでないと言ったが、社長が財務担当役員と相談して月曜にしてしまった」と高嶺は下唇を嚙んだ。もっとも軽減税率発言の情報を聞かされた上で株を購入していたら、アーバンテレビはインサイダー取引の疑いをかけられていただろう。

「とんだ詐欺にあったようなものですね」柳が同情した。

「高嶺さん、なにかお知恵を拝借できませんか。アーバンのグループではなくなったとしても、インアクティヴ傘下に入るのは納得できません」

安芸が言うと、柳も「アーバンもあらゆる手を使って内情を調査したと思うのですが」と尋ねた。

「弱みはあるよ」高嶺は急に胸を張った。

「なんですか」体を前のめりにして聞く。

「女のことだ。銀座のクラブに熱心に通ってる」

「ホステスですか」急に体から力が抜けた。「クラブ通いじゃどうしようもありませんよ。別に銀座のクラブに通うのが、法律に違反しているわけではないですし」

「ただのホステスじゃない、愛人だ。轟木の妻は轟木と同数の自社株を保有する大株主だぞ。女房を怒らせたら、会社だって自由にやれなくなる」

「スキャンダルではありますが、それだけでは新聞は書けませんよ」

と言い返すと、隣の柳から「安芸、せっかく高嶺さんが話してくれてるんだ、聞こう」と言われる。「そのことを高嶺さんが掴んだのはいつですか」と柳が質問した。

「最初に交渉が行われた月曜日の夜には情報が入っていた。うちの番組に轟木が出演した後に、プロデューサーがその店に一緒に行っていた」

せっかく教えたネタに文句をつけられたことが気に食わなかったのか、高嶺は安芸にはそっぽを向き、柳に対して話した。

「そのこと、アーバンテレビのワイドショーでは報じなかったですよね」安芸が横やりを入れる。

「そんなところで喧嘩してもしょうがないだろ」

高嶺が口を尖らせた。テレビだって同じじゃないかと安芸は心の中で毒づく。

「いいネタではありますが、テレビが視聴者のことを考えて放送を見送ったのと同様に、我々も読者を困惑させるわけにはいきません。できることなら従来の新聞のスタイルを変えることなく、インアクティヴの不正を追及するのが理想です」

柳は高嶺を怒らせないよう、言葉を選んで説明した。高嶺も「ま、週刊誌じゃあるまいし、轟木の愛人ネタで一面行くわけにはいかんわな」と納得した。

最近は芸能人や政治家の不倫騒動を掲載することもある。しかし大抵、週刊誌がスクープしたものを「社会問題になった」と後付けの理由をつけて追いかけるのだ。そのあたりのポリシーのなさも新聞が低迷している理由だ。

「安芸、轟木に我が社が狙われたのは、我が社に隙があったからだ。その窮地から脱却する手段として東洋新聞を売ったことを、心疚《やま》しく思っている社員は多くいる。とくに俺は東洋新聞がなければアーバンに入社出来てもいないわけだから、余計に辛いよ」

蛯原は大学を四年で卒業し、総合商社に入社した。興味のないファッション事業に回され、転職を考えていた時、通っていたラーメン屋に置いてあった東洋新聞にアーバンテレビの中途社員を募集する広告が出ていたそうだ。

安芸も似たようなものだ。偶然見た東洋新聞に社員募集、しかもその欄に〈二十六歳まで〉と書いてあったのが入社のきっかけになった。

「ただ、恥ずかしながら、轟木の狙いが新聞だったことにホッとしている社員がいるのも事実だ。とくに上の人間に多い」

「そういう事情でここに場所を変更したんだな」

「せっかくまとまった話を潰そうとしていると思われたら、専務にも迷惑がかかる」

蛯原が気を使ったというより、高嶺が本社内で安芸たちと会うことに難色を示したのだろう。

「金曜日の話し合いでは、最終交渉はいつ頃の感触でしたか？」高嶺に尋ねた。

「二週間以内に決着をつけようということになった。時間があり過ぎて向こうの気が変わるんじゃないかと社長は心配していたが、あの会見で納得した」

世論を味方につけ、東洋新聞が受け入れざるをえない状況で最終交渉をしたかったのだろう。今の状況で取締役が買収に反対すれば、東洋新聞は国民全員を敵に回すことになる。

「以内ということは今週中の可能性だってあるわけですね」柳が確認した。

「それはない。今朝、うちの経理に電話がかかってきて、今週は轟木のスケジュールが埋まっているので最終調印は来週以降にしたいと言ってきた」

ようやく有益な情報が一つ聞けた。今週決着しないと聞いたのは朗報だ。それでも今日を含めてあと十二日、時間はない。

「念のためにお聞きしますが、この二週間で、アーバンが合意を撤回する可能性はありませんか。もしくはうちと一緒に対策を練ってくれるか」

柳が丁寧に尋ねるが、「無理だよ。金曜の話し合いで、うちはおたくを一切支援しないという約束も取り交わした」とけんもほろろに返された。

「ということは高嶺さんに相談しても迷惑になるだけですね」

失望してそんな言葉を吐いてしまったが、高嶺は気を悪くするどころか「残念ながらそういうことだ」と認めた。

「それでもインアクティヴについて調べたことはなんでも教えるし、アドバイスが欲しければいくらでも相談に乗る」高嶺は言い足したが、これ以上有益な情報は得られそうにない。

「では僕らは会社に戻ります。きょうはお忙しいところありがとうございました」

最後は穏やかに別れようと安芸は笑顔を作って頭を下げた。伝票をとろうとすると、蛯原の手が伸びてきて、「この前、安芸に払ってもらっただろ」と言われた。

「そうだったかな」蛯原とは必ず交互に支払うことにしているが、前回会ったのがいつだったか記憶にない。「安芸に連れていってもらった神田《かんだ》の焼き鳥屋、あれから嫁と二度行ったよ」

「思い出した。あれは二年ほど前じゃないか」

「美味い店に行った時のことは覚えているもんだ。言っておくが安芸に連れていってもらった店で、お世辞にも美味いとは言えなかった店もあったけどな」

なにせ下調べすることなく、勘だけを頼りに入るのだ。外れはいくらでもある。

「蛯原の店で不味《まず》い店は一軒もなかったよ」

金を出すのは交互とはいえ、蛯原が選ぶ店は新聞記者の財布ではなかなか入れない高級店ばかりだった。それでも一軒は一軒なので、二人の間に貸し借りは生じていない。

「なら、今日は甘えるよ」と言うと、そこで高嶺が蛯原の手から伝票を取った。「ご馳走《ちそう》になります」と高嶺に向かって言う。柳も「きょうはありがとうございました」と一礼した。

「いろいろ大変だろうけど頑張ってくれ。きみらとは不本意な形で縁が切れてしまったが、同じマスコミであることには変わりないんだ。こっちも新聞の情報が欲しい時があるし、なにかあったらいつでも言ってきてくれ。飯くらい、いくらでも食わすから」

高嶺の言葉に、こめかみの血管が切れるように感じた。おそらく目つきも変わったのだろう。蛯原から「安芸」と呼ばれ、柳からも肩を摑まれた。だが自分でも怒りを鎮《しず》めることはできなかった。

「高嶺さん、僕がアーバンの人間から言われて一番頭に来るのは、飯を食わしてやるから情報をくれと言われることです。蛯原はそう言わなかった。だから僕は彼とはずっと付き合ってるんです」

「安芸、やめろよ」柳に制された。

「飯くらい自分の金で食いますので、どうぞご心配なく」

そう毒づいて高嶺の手から伝票を奪い取った。

高嶺は表情を強張らせ、その隣で蛯原が困惑していた。

腹が立つことを言われても極力我慢するようにしているが、記者の仕事を軽視されると自制が利かなくなる。

「悪かったな、蛯原」そう詫びてから、個室を出た。

# 第三章　新聞未来図

## 1

リネンのシーツの上で、艶《つや》のある黒髪がばらけていた。

権藤は、体の奥深くまで届くようにゆっくりと腰を押し込んでいく。そのたびに嬌声《きょうせい》が高層ホテルの室内に反響した。

「ねえ、お願い」

彼女が眉を下げて、口づけを求めてきたが、権藤はまだだと目で示した。

体が繋がってからも、顔の距離は離したままだ。その距離でじっと見つめる。彼女は体をくねらせながらも権藤の言いつけを守り、視線を解かないでいる。

「お願い、権藤くん」

指を開いた腕を伸ばし、里緒菜がもう一度懇願してきた。権藤は彼女の手を摑み、中指を口に含んだ。

喉の奥まで達すると里緒菜が声をあげた。口全体で包むように動かし、薬指に移す。順番にすべての指を同じように扱った。根元まで届くたびに声色が高くなった。

親指を口から抜くと、ようやくオレンジ色のリップが残る柔らかい唇に顔を近づけた。里緒菜は頭を持ち上げて口づけしてきた。そのまま両手で権藤の頭を摑み、舌を絡ませてくる。それもすぐに中断し、再び距離を取った。

「どうして」声を発した里緒菜は切ない目で訴えてきたが、無視した。彼女の両手を一本ずつ頭の上に運び、手首をまとめて握った。不安と困惑、そこにほんの少しの好奇がない交ぜとなって、表情が変わった。

しばらく拘束したまま腰を動かし、徐々に前後の動きを速めていった。彼女の声がいっそう大きくなる。シーツが波を打つ。水辺を鳥が跳ねるような音が聞こえてきた。いつ達しても不思議はなかったが、まだいくなと小声で伝えた。里緒菜は奥歯を嚙み締めて何度も頷いた。さらに強く打つと、里緒菜は顎を上げ、体をエビ反《ぞ》らせ、声を遠くへと響かせた。

手首は離したというのに、彼女はなお律儀《りちぎ》に両手を頭の上に置き、声を漏らしながら、そのたびに体を痙攣《けいれん》させた。

「権藤くんって、本当は人に仕《つか》えるのはまっぴらだと思ってるんじゃないの」

腕枕をしたままぼんやりと天井を眺めていると、息遣いが戻った里緒菜が少し鼻にかかった声で話しかけてきた。

「そんなことはないですよ。僕は会長や里緒菜さんのおかげで、自分の納得のいく仕事をさせてもらっているわけですから」

二人きりの時は名前で呼ぶようにしている。だが遠い昔、異国の強い太陽の下で抱き合っていた頃のように、呼び捨てにはしない。

「将来、自分がのし上がっていくための手段でしょ。あなたが生まれつきの支配者だということは、みんなが感じているはずよ」

「そんなこと、誰からも言われたことありませんよ」

「それは轟木の前であなたが仮面を被ってるからよ。一度でも関係を持った女なら、あなたの強さはすぐに分かるわ。そういう子、会社にはいないの？」

遠回しにプライベートを探ってきた。

「僕は自分の部下に手を出すような愚かな男ではありません」

部下には手は出さないが、上司とは関係ができてしまった。それでも情事を終え、今は

「公」へと気持ちを切り替えたつもりだ。

「それより里緒菜さんは、二人の時はゴードンって呼ばないんですね」

権藤の腕に頭を載せていた里緒菜が、上目づかいで表情を確認してくる。

「だってあなた、ゴードンなんて呼ばれるのは嫌でしょ？」

「そんなことないですよ。会長にも副会長にも親しみを込めて呼ばれていると感じてます」

「そうかな。私は轟木がそう呼べというから言ってるけど、轟木があなたを呼ぶたびに、いつかあなたの心は爆発してしまうんじゃないかって心配になるわ。その時はあなたがいなくなってしまうどころか、うちの会社をあなたに取られてしまうかもしれないのに」

「平取でしかない僕が、どうしたら会社を取れるんですか」権藤は笑った。

「法律上はそうだけどね」と彼女も同調した。

なぜ彼女がそんなことを言い出したのか、本心は分からない。権藤は昔から男と女は思考回路が異なると思ってきた。だから女性に対しては、自分が直感した逆の行動を取る。脈があると感じた相手にはその日はなにもアプローチせずに帰る。逆にないと思った時には、しばらく距離感を置いたまま会話を続けてみる。すると急に向こうが興味を持ってくる。自分の感覚がズレているのか、それとも女性が気まぐれなだけなのか、男がこれだと思った正反対のところに女性が喜ぶポイントがあるように思えてならない。

今朝、会長室に入ってきた里緒菜が普段つけているセルジュ・ルタンスの香水を替えたと感じた時、権藤は彼女のメッセージを受け取った。とはいえ、まさかこのタイミングで彼女が誘ってくるとは思っていなかった。

この会社に入って十一年になるが、里緒菜との関係が復活するようになったのは二年前からだ。それほど頻繁にではない。彼女は二十代の頃と同じように一、二ヵ月に一度の割合で誘ってくる。

彼女を初めて見たのはオークランドのクラブだった。黒髪に黒い瞳で、顔のパーツは和風なのに、表情にはどこか西洋人的な面差《おもざ》しがあった。そう見えたのは、里緒菜が常に男性客から注目され、自信に満ち溢れていたからだろう。

権藤は男友達と一緒だったが、彼女は必ずボーイフレンドと二人だった。相手はカレッジフットボールで注目されているクォーターバックの時もあれば、違う男の時もあった。どの男にも共通点があり、轟木と似た筋肉質な体型だった。

タイプが異なる権藤に、ある時、珍しく一人で来ていた彼女が声をかけてきた。その夜、初めて寝た。その後も気まぐれのように連絡があり、そのたびに彼女の高級アパートに泊まった。自分が恋人だという自惚《うぬぼ》れはなかった。一年後、権藤が日本に戻った時に関係はフェードアウトした。

二人が同時期に同じサンフランシスコに留学していたことを轟木太一は知っているが、

ただの顔見知り程度に思っている。里緒菜が完璧に演じているからだ。

「もう、こういうことは避けた方がいいと思いますよ。会長に気づかれたら、僕も里緒菜さんもただでは済まないでしょうし」

彼女の頭の下からゆっくりと腕を抜き、体を離した。里緒菜は少しむくれた。

「轟木一人じゃなにもできないわよ」

「そんなことはないです。会長は今や日本を代表する経営者ですよ」

「それは私とあなたがいるからじゃない」

「会長にも男の、そしてインアクティヴをここまで成長させた経営者としてのプライドがあります」

「あの人にプライドなんてあるのかしら」里緒菜は意味ありげに首を傾げた。「単純そうに見えるけど、あの人は頭はいいから。自分が権藤くんに敵わないことくらい理解してるわよ」

「自分に自信がなければ、メディアの前であそこまで堂々と振る舞えません」

「彼は学歴コンプレックスをエネルギーに変えるからね。でもお父さんは元町長だし、恵まれた家庭で育った彼の苦労は、私たちのに比べたら程遠いけど」

私たち――この手の話をする時、里緒菜はいつもそう言う。

「里緒菜さんは苦労した部類には入らないでしょう」

「苦労したのよ。広尾の家が競売に掛けられて、追い出されるように引っ越したんだから。私も公立の中学に転校させられたし」

「引っ越したといっても、マンションにでしょう」破産しても、造船王の家系なのだから、権藤が住んでいたような公営団地ではない。

そうした肩身の狭い生活も長くはなく、一族の支援で父親は新たな会社を任され、彼女も高校からは元のお嬢様学校に戻った。

「そりゃあなたみたいに、ご近所にお醤油を借りに行った経験はないけど」

「そんな恥ずかしい話は早く忘れてくださいよ」

幼少期に両親が離婚した権藤は、父親が約束した養育費を払わず極貧だった。生活保護を受けた時期もある。中学になって母がスナックで働いた。それが友人たちに知られ、ずいぶん嫌な思いをした。母親は毎晩、酒に酔って帰ってきたが、自分のために働いてくれているのだと感謝する気持ちが強かった。

「権藤くんがやっていた新聞奨学生って、調べてみたら全国に二万人くらいいるのね。私はそんな制度があることすら知らなかったわ」

轟木太一が過去を話すと軽薄だと思うのに、知らず知らずのうちに自分も苦労話をしていた。

「新聞奨学生の経験って、就活のセールスポイントになるっていうじゃない。でもあなたは轟木との面談の時にもそんな話、一切しなかったわよね」

「言ったところで、自分は毎日休むことなく働くという主張にしかなりませんから。それに新聞配達を続けたのは大学二年までですし」

母が再婚したおかげで、そこまでして学費を稼ぐ必要はなくなった。

権藤はそこで会話を止めたが、彼女は思い出したように「もう一つだけいい？」と聞いてきた。

「権藤くんはいつから新聞記者になりたかったの？」

「僕が記者志望だったなんて話をしましたっけ？」

「だってバークレーではジャーナリズム専攻だったでしょ」

「そういうのもいいのかなと思った程度です」

「やっぱり志望してたんじゃない」

「イエスともノーとも言えます」

里緒菜は黙って聞いていた。

「漠然とジャーナリストへの憧れはありましたが、新聞記者として一生を終えたいとまでは思っていなかったです。実際に配達のアルバイトをして新聞の現場を見てきましたからね。新聞って集金するのが大変なんです。未収金が出れば販売店が被ることになりますし」

「東洋新聞にも、最初からやめるつもりで入ったの？」

「決めていたわけではないですけど、四年やってこれで十分だと思ったのは事実です」

東洋新聞の買収を持ちかけた時、轟木は反対した。だが里緒菜は「新聞を握ればいろんな事業が進めやすくなるんじゃない」と賛成してくれた。里緒菜から祖父の話を聞いていたので、彼女が賛成してくれるのは計算の内だった。

「新聞社にいた経験が今回に繋がったわけだから、四年間は無駄ではなかったってことね。メディアを買収しようとするIT企業はみんな同じことを言うけど、あなたは世界で通用する新聞社を誕生させたいと主人に言わせた。その後の軽減税率も見事だったけど、あくまでもニュースメディアとして勝負したいと言わせたことに私は感心したわ。新聞社はニュースというコンテンツを売って利益を出すわけだから」

「それでも簡単にはいかないでしょう。会長は記者に国境はないと言いましたが、実際にそれが通用するのは、戦場取材くらいです」

「それをなんとかしようと考えてるわけでしょ」

「アイデアを絞り出しているところです。せっかく新聞というメディアを手に入れても、なにも変革しないのであれば高い買い物で終わってしまいます」

「余計な口は挿まず、あなたに任せた方が良さそうね」

権藤の体から離れて起き上がった里緒菜だが、再び権藤に体を伸ばしてきた。口づけをせがまれるのかと思い顔を逸らしたが、顔の間近まできて里緒菜の頭が下がった。うなじから尻にかけての湾曲したラインが権藤の目に飛び込んでくる。そこで肩に痛みを感じた。右肩を甘噛みしてきたのだ。瞳の中に悪戯心《いたずらごころ》を見せて彼女はベッドから降りた。

「そろそろ会社に戻るわ。権藤くんはゆっくりしてっていいわよ、このホテル、あなたの名前で明日まで取ってるから」

「いえ、僕も里緒菜さんの後にシャワーを浴びて戻ります。仕事が残っていますので」

床に落ちていたレースの下着を拾ってシャワー室に向かおうとする里緒菜に「本当に気をつけてくださいね」ともう一度念を押した。

「主人のことなら大丈夫よ。あの人が今、他の女に夢中になっているのも知ってるし」

尻を向けたまま彼女は答える。

「会長は里緒菜さんのことを大切に思われています」

そう伝えたが、あまり嬉しそうではないのが後ろ姿からでも分かった。

「あなたは本当に不思議な男よね。普通の男性なら次はいつ会える、って誘ってくるのに」

「僕にも立場があります。里緒菜さんは僕の上司でもありますし」

「そうかしら。さっきまでのあなたからは、私が上司だなんて配慮は少しも感じなかったけど」彼女は前を向いたまま続ける。「普通の男は私のことをガラス細工を扱うようにしか触れてこないのに、あなただけは昔から私を粗雑《そざつ》に扱うの」

そこで振り向いた。ルージュが取れた唇の口角が上がり、そして動いた。

「あなたを生まれもっての支配者だと言ったのはそういう意味よ」

下着で胸だけを隠していた。

「副会長」権藤は彼女の全身を目でなぞってから普段の呼び方に戻した。

「なあに」彼女はまた甘えた声に戻った。

「僕が副会長のことを粗雑に扱っているとしたら、それは毎回これで最後だろうと思っているからです。別に僕は特別な人間ではありません」

これ以上危険なことはやめましょうというメッセージを送ったつもりだった。

「最後だなんて、地球が滅亡する前日の情事のようで、ロマンチックでいいじゃない」

やはり男女の間で心を通わせるのは難しいらしい。

「心配しなくても大丈夫よ、私はあなたが心配するほど愚かな女じゃないから。欲にまみれて散々失敗した父親を見て育ったと言ったでしょ」

ちゃんと伝わっていた。後ろ姿がシャワー室に消えてから、噛まれた右肩に指を添えた。

## 2

紙面会議は午後四時から始まった。

大きな正方形に組んだテーブルの上座に、この日の編集長である三好《みよし》局次長が座って議事進行する。右隣に専務兼編集局長の田川が、上座の一辺を囲むようにすべての部長、当番デスク、サブデスク、整理部の記者が座り、各部の当番デスクがそれぞれの報告をしていく。普段と異なるのは、吉良会長と内山社長が紙面会議に出席していることだ。

アーバンテレビ出身の吉良会長は白髪で背が高く、映画俳優のような佇まいで品がある。一方、小柄で黒縁眼鏡をかけた生え抜きの内山社長は、手にしたボールペンを何度も持ち替えて落ち着きがない。半年前に胃潰瘍の手術をしたとあって、体調もすぐれないのだろう。

各デスクからの報告を三好が聞き、「それをトップで」「肩で行こう」などと指示していく。内容がないと却下したり、再取材を命じたりすることはなかった。会議全体に活気が足りない。

安芸は当番デスクの佐々木を補助するサブデスクだった。

「それではこれでいいですかね」

三好が右隣に座る田川専務に許可を仰ぐ。「いいんじゃないか」と田川が答える。三好はさらに首を伸ばして、田川の右隣に座る会長と社長に「いかがでしょうか」と伺いを立てた。

二人が相次いで頷いたところで、安芸が「インアクティヴについては触れずじまいですか」と田川と対面するテーブルから口を出した。本来ならこの日の一面トップにすべき事案だが、どのデスクの口からも出てこなかった。

「おまえは当番じゃないだろ」田川から注意をされた。発言権のあるのは当番デスクで、サブデスクはオブザーバー参加という取り決めになっている。

「うちの会社のことですよ。実質的な親会社が自分の会社を守るために、子会社を差し出したんです。うちの意見は言わなくていいんですか」

「おい、安芸」今度は直属の上司である長井社会部長に窘められた。

インアクティヴの轟木太一が東洋新聞買収を公言した翌土曜日、東洋新聞はそのことを社会面トップで報じ、日曜日には論説委員が社説を書いた。

〈欧米では新聞は公共財としての共通認識がある。英国の思想家であり、政治家のエドマンド・バークが使った「The Fourth Estate（第四階級）という言葉は、当初は無産家階級を意味していたが、司法、立法、行政の三権の三つの権力を監視する《第四の権力》を担う役割として、新聞に使われるようになった。

新聞に権力の暴走を止める役目が与えられている以上、一企業、一個人の営利活動に利用されてはならない。買収といった強行的な経済活動から新聞は守られるべきである〉

自分たちが新聞を「権力」と書けば、より国民から反発を招くようにも感じたが、ベテランの論説委員はそういった矜持《きょうじ》を持ってこれまで仕事を続けてきたのだろう。反対の意思を勇敢に書き綴った論説委員の記事に、安芸は感服した。もっとも彼は来年に定年を迎える。合併されても自分が残ることはないと開き直れたこともあるのだろう。

だが日曜、そしてこの月曜の紙面にも、インアクティヴ関連の記事はなかった。他紙が「次々とM＆Aを繰り返してきた企業が、中立性を確保できるのか」「轟木太一会長の発言は我が国の新聞制度を根底から覆すことになる」と買収に反対する意見を掲載しているにもかかわらず、肝心の東洋新聞は無抵抗だ。これでは他紙も拍子抜けしているだろう。

「おまえに言われなくともそんなことは分かっとる」田川に不機嫌な声で返された。「インアクティヴが次の行動に出ればそれを掲載する。だけど今日はなにもないんだから仕方がない」

六本木の本社に詰める記者からは、とくに動きはないと報告があった。その電話に出た安芸は、夜回りして轟木に直接当てるよう指示した。しかし、インアクティヴ本社も轟木の自宅マンションも専用のエレベーターで駐車場まで行き来できるため、顔を合わせることができないという。

「それでも、うちの紙面でまだ書いていないことがいくらでもあります」

「なにを書けというんだ」

「それを今、話し合いませんか。せっかくこれだけの人間が集まってるんですから」

「安芸、やめろ。デリケートな問題だからみんな慎重になっているんだ」

政治部長の石川まで口を出してきた。上層部の会議の内容に憤慨していた石川も、今は静観の方針であるようだ。

彼らはアーバンテレビ出身の吉良会長に気を遣っている。インアクティヴの買収に紙面を使って強硬に反対すれば、なによりもアーバンが気を悪くする。今、上層部が考えているのは取締役が一体となって日刊新聞法を行使することであり、波風を立てたくないのだろう。

それでも安芸は、自分たちは新聞社なのだから、紙面で報じ、読者に東洋新聞のまま残る意義を訴えていくべきだと思っている。轟木は会見では宅配を継続すると言ったが、ネットに軸足を置くとも明言した。ネットでは今と同じような購読料を取ることは考えられず、無料化が妥当だ。そうなれば紙で購入する読者は減り、印刷工場、配送の運転手、そして全国津々浦々で東洋新聞を届けてくれている販売店の従業員たちが職を失う。

記者だって同じだ。権藤は007委員会で、仕事をしないベテラン記者は不要だと発言したという。インアクティヴによる支配は、記者の在り方、ひいては多くの社員が路頭に迷う。

迷うなど会社全体を大きく変える。

「では政治部長は、今回の件についてどう思われているのですか」安芸は石川に矛先を向けた。

「俺だって先輩方から受け継いできた東洋新聞の伝統の灯を消してなるものかと思っている」

「その意見を政治部長として書いてもいいのでは」

「書くのは簡単だ。だが読者には乗っ取られそうになった東洋新聞の人間がエモーショナルになっているだけだと受け取られる。今や国民にとって、インアクティヴが言ってることが正論であり、我々新聞社は既得権益に守られている抵抗勢力なんだ」

「感情的になってなにが悪いんですか。自分の会社がなくなるんですよ」

「それは新聞の使命から外れる。俺たちは自分たちの仕事に対しても、公正中立であるべきだ」

石川の言ったことは至極当然だったが、本音とは思えなかった。新聞だって過去に自分たちが有利になる記事を書いてきた。再販制度の維持や軽減税率の導入などは顕著な例だ。

「それでもうちの読者に説明する責任はあるでしょう。読んでいた新聞がある日突然変わってしまうかもしれないんだから」

当然のことを言ったつもりだったが、石川から「変わって困ると思うことからして、俺たちの思い上がりだ」と断じられた。「うちにも熱心な読者はいる。今の東洋新聞が好きだと購読してくれている人もいる。だけど全員がそう思っているわけではない。もう新聞なんか要らない、いつやめてもいいと考えてる読者だっている」

「石川くん、そこまで言わなくても」今度は石川が内山社長に注意された。

「そうですよ。誰だって無料で読める方がいいわけだし」整理部員の一人が言った。すぐに整理部長から「やめろ」と叱られた。すっかり雰囲気が悪くなった。だが他の社員も新聞は無料でいいと思っているように感じ、自分一人だけが抵抗しているような孤独感を覚えた。

それでも安芸はこの日の編集長である三好局次長の顔を見て「それなら」と言い、今度は視線を田川専務に移してから提案した。

「不当だと訴えるのではなく、自分たちになにが出来るか紙面で書いていくのはどうでしょうか」

「言うことは立派だが、具体的になにを書くんだ」田川から冷めた目で言われた。

必死に頭を捻ると少し考えが浮かんだ。

「現在の新聞の問題点と、自分たちが理想とする未来の新聞社像についてのオピニオン記事を書くのはどうでしょうか。国民は、今インアクティヴの買収を拒否したら、東洋新聞は変わらないままだと思っています。ですけど、東洋新聞だって未来はちゃんと考えている。新聞が本来持つ使命からブレず、時代に沿って変革していこうとしていることを連載にして読者に伝えていくんです」

「おいおい、それじゃ今のうちの新聞を否定するようなものだぞ」三好に言われた。

「否定ではありません。うちだけではなく、東都や毎朝なども含めた新聞業界全体が変わるアイデアを提唱していくんです。多少の現状否定も含まれますが、記者が自分たちの未来をそこまで考えているなら、読者ももう少し東洋新聞を応援してみるかという気持ちになってくれるはずです」

「おまえの話は理想像であって、具体的なものがなにも見えてこない」田川に言われる。

「理想像でいいんですよ。轟木太一だって会見で理想を列挙しただけです。でもその理想が聞き手の想像力を膨らませました」

「一歩書き間違えれば、今の新聞の存在意義を疑う記事になるぞ」

「それを反省や懺悔《ざんげ》と見るか、それとも改革やヴィジョンと見るかは読者次第です」

「やれるはずがないですよ」三好が田川の顔を見ながら言った。

「できます。一回で書くのは難しいですが、連載にして、記者一人ずつに意見を述べさせていくのがいいと思います。日曜日の社説のようなストレートな内容もいいですが、異なるテーマを日々列挙し、東洋新聞にはたくさんの記者がいて、それぞれが新聞の在り方を考えていると感じさせれば、より効果はあります」

思うままに言い続けていくうちに、自分でもできるような気がしてきた。どのみち、インアクティヴ傘下に入ってしまったら、書きたい記事が書けなくなるかもしれないのだ。それなら今のうちに書いておきたいし、記者にも思う存分書かせたい。

田川も三好も返事はなかった。こういう時はいくら正論を吐いたところで、上は意固地になるだけだ。

安芸は立ち上がり、笑顔を消し、「専務、やらせてください」と頭を下げて懇願した。

田川は眉間に深い皺を寄せて熟考し、その隣の内山社長を見る。内山は首を左右に振る。頭を下げてもダメなようだ、そう落胆しかけた時、内山の隣から声がした。

「書いてもいいんじゃないか」

吉良会長だった。

「いいんですか、それをうちがやって？」田川が確認する。

「いいもなにも、我が社のことでしょ」

「そうですが、けど……」

「田川さんは轟木会長に気を遣っておられるんでしょうか。それともアーバンテレビにですか」

「轟木なんか気にしておりません。でも会長のお立場が難しくなるんじゃないですか」

言いにくいことを言った。専務であり、次期社長と言われる田川だから言えたともいえる。

「立場なんて関係ないですよ」吉良は涼しい顔で返した。「アーバンは我々を不要と判断したわけですからね」と白い眉尻を下げながら笑った。田川は困惑した顔で、隣の内山社長を見た。内山は「会長がそうおっしゃるならいいんじゃないか」と許可した。

「安芸、けっして感情論にするなよ。主観原稿で構わないが、読者全体、とくに若い読者がどう思うか考えて書け」

田川からネットでの炎上に気をつけろと遠回しに注意された。轟木の会見以降、消費税を払わない新聞社なんて潰れてしまえというネット批判や抗議電話を相当受けているらしい。

「分かっています。最初から言いたいことをすべて書くのは難しいでしょうけど、連載を続けていきながら自分たちの考えをまとめ、最終回では轟木会長に直接インタビューする、それくらいの腹づもりでやります」

轟木の会見は前触れなく行われたため、会見場にいた西谷も思うように質問できなかったと悔やんでいた。今一度、多くの記者で新聞の役目について議論を交わしていけば、次は誰が出ることになっても轟木と対等に討論できる。いや相手は轟木ではない、権藤正隆か。

「連載は何回いただけますか」三好に質問した。

「どうします？」三好は隣の田川を見る。「とりあえず一週間くらいやって様子見だな」

田川は答えた。

「それでは轟木に笑われます」安芸は言ったが、田川に「一発目も読んでいないのに長期の約束などできるか」と撥《は》ね返された。「長くやりたければ、それなりのものを出せ」

「分かりました。それなら一週間読んで判断してください」

「で、いつからやる」眉を寄せた三好に聞かれ、「きょうからでお願いします」と即答した。

「待ってください」長井社会部長が出てきた。「連載となると準備期間が必要ですよ。遊軍だってみんな今は仕事を持っていますし」

「遊軍に空いてる人間がいますし、他にも記者はいるんです。みんなで回せばできますよ」と長井に向かって答えた。

「社会部長、きょうから始めてください」吉良会長が後押ししてくれた。

「分かりました、デスクと打ち合わせします」長井は渋々ながら了解した。

そこで紙面会議は終了した。長井と当番デスクである佐々木、安芸の三人は会議室に残った。

「ただでさえ忙しいのによ」長井はぶつくさ文句を言っていた。佐々木も面倒なことには巻き込まれたくないのか、この日のコンテ表作りに集中する振りを見せている。

「僕が責任を持ってやりますから大丈夫ですよ」安芸が目も合わせようとしない長井に言った。

「で、誰に書かせんだ」

「きょうは会社にジャンボがいましたね。あいつなら書けるでしょう」

尾崎は原稿が巧く、自分の言葉で問題提起をし、読者に記者がなにを言いたいかを理解させる。安芸がいつも言う「書き手の顔が見える記事」を書ける記者だ。

「ジャンボなら大丈夫だろう。ただしテーマが決まったら、書かせる前に俺のところに持ってこいよ。専務にも見せるから」

部長が心配する気持ちも分からなくはない。「分かりました」と答えておく。「このままこの部屋を使わせてください」

許可をもらった安芸は内線電話でデスク席に電話した。出た記者に「ジャンボと、それと社内で空いてる記者がいたら全員会議室に呼んでくれ」と告げた。

どんな連載になるかも想像がつかないのに、すでに気持ちは高揚していた。

3

汐留《しおどめ》の外資系ホテルで行われたパーティーは賑やかだった。

若い起業家たちが明るい色のスーツにノーネクタイで談笑する。スーツの下にTシャツを着た者、ジャケットも着ずにパーカーを羽織った参加者もいる。

権藤には彼ら全員が薄っぺらく見えた。何人かと名刺交換し、その中にはすでに実績を出した企業もあったが、五年後、十年後に生き残っている保証はない。

残念ながらこの中に日本のeビジネスをリードしてきた大物はいなかった。あくまで若手起業家たちが発足させた親睦会であり、最初に挨拶した轟木太一が一番の成功者である。

里緒菜と過ごしたホテルを出てから、オフィスに戻って仕事をこなし、夕方からスケジュールに入っていたこの親睦会に参加した。昼間は外出していた轟木とはこのホテルで落ち合った。権藤は早く到着し、ホテル周辺を確認した。轟木が参加するかどうかは直前まで主催者に伝えていなかったこともあり、記者の姿はなかった。

轟木は現れるなり権藤に近づいてきて「ゴードン、明日のゴルフのために今晩から出かけることになってるから頼むな」と愛人とのアリバイ工作を頼まれた。耳に顔を近づけられた時、自分の体から里緒菜の匂いがするのではないかと気になった。「あの人が気づくわけがないじゃない」と里緒菜が言った通り、轟木は澄ました顔で壇上に上がり、起業家たちに得意満面にスピーチした。

彼らは当初、なぜ今時新聞社を買収するのかと懐疑的だった。しかし轟木が新聞社に狙いを絞った意義を話すと、再び尊敬の眼差しで壇上を見はじめた。政府や官僚たちを見張ることで、自分たちの事業展開に有利になる。主張を紙面で訴えることができる。これだけ新聞離れが起きても、なお新聞に載っている記事は正しいという性善説のもとで読まれている。

轟木の次に挨拶したネット系中古車販売会社の社長も、「事業を拡大していくには銀行を買収しないといけないと思っていましたが、それより先にメディアでしたね」と壇上から嘆美していた。

始まって十五分もしないうちに、轟木は起業家たちの輪から離れた。首を伸ばして権藤を探している。持っていた烏龍茶のグラスをウエイターに返して轟木の元へと近づいた。

「どうされましたか、会長」

「ゴードン、もう出よう」

言われて腕時計を見た。七時十五分だった。

「分かりました」三ヵ月ほど前から入れあげている銀座のホステスから同伴を頼まれたの

か。今は行動を控えてほしいが、女に関しては轟木は注意しても聞いてくれない。

スーツの胸ポケットから携帯電話を出して運転手に正面に車を回すように伝えようとしたところ、「車はまだいい」と言われた。

「どこに行かれるのですか」

聞いたが轟木はにんまりしたまま、足早に宴会場を出た。エレベーターホールに到着する。手を伸ばして下階行きのボタンを押そうとすると、轟木にジャケットの袖を摑まれた。彼が上階行きを押すと、エレベーターが鐘を鳴らし、扉が開く。轟木が先に入って二十八階のボタンを押した。

まさか女を連れ込んでいるのか。いや、それなら自分は連れていかないだろう。

「ゴードンにはいつもサプライズをされてるからな」と小鼻を膨らませた。

仕事関係の人間に会わせるつもりか。轟木が献金している政治家の顔が浮かんだ。

エレベーターが止まり、足音の聞こえない絨毯敷きのエグゼクティブフロアを轟木と並んで歩く。親睦会と同じホテルで政治家と会うのはあまりに不用心だが、相手がこのホテルを指定したのであればどうしようもない。

一番奥の部屋の前で立ち止まると、轟木はチャイムを鳴らした。しばらくすると扉が開いた。そこには予想していた偉そうな男とは異なる、小柄でスマートな体型をした中年男性が、カーディガンに綿パンというカジュアルな格好で立っていた。

米津《よねづ》訓臣《くんじん》、ニューマーケットインク社の会長であり、日本のＩＴ業界でもっとも成功したカリスマ経営者だ。

4

「ジャンボ、これじゃさっきと変わってないよ」

　安芸はモニター画面を見ながら執筆した尾崎を呼んだ。午後九時、すでにこの原稿は差し替えをした二本目だ。

　安芸の席に背を向けて仕事をしていた尾崎は「はい」と立ち上がった。

　普段はスポーツマンらしく、きびきびと行動するが、今は歩く速度が遅い。

「書き手が新聞は今のままでいいと思っているのか、それともダメだと思っているのか、ジャンボの原稿からは伝わってこないよ」

　前の原稿と同じことを言った。その時は自ら差し替えますと言った尾崎だが、今回は「それって僕らが書いていいことですかね」と反論してきた。

「記者である前に、俺たちだってうちの新聞の愛読者なんだ。意見を持って当然じゃないか」

「それだと単なる買収反対の原稿になりますよ」

「おまえの筆力ならそうはならないだろう。なにも『新聞は国民全体の代弁者だ』とか『民主主義社会の発展に不可欠だ』とかいう文言を入れる必要はない。轟木はそんなことは言わず既存の新聞社のダメなところを批判してきたんだ。それならこっちも反省すべき点は反省し、今後はこんなことをやっていきたい、こうやって新聞は残っていく、と書けばいいんじゃないか」

「そう言われても……」尾崎は黙り込んでしまった。

夕方の会議の後、七人の記者が集まって連載の打ち合わせをした。その中には尾崎、下之園、霧嶋、西谷という安芸会のメンバーが四人いた。連載の趣旨を説明した安芸が「一発目はジャンボに頼みたい」と告げた時は、尾崎は大きく頷き、意気に感じていた。

だが最初に出してきた原稿は、「新聞は歴史上、いくつもの転換期で権力の暴走を防いできた」という上から目線の内容だった。二本目は少し表現を変えていたが、中身に代わり映えはない。

「飲み会でも、もっと新聞を読ませるには、自分たちの常識から変えていかなくてはいけないと言ってるじゃないか。『特ダネだ、独自ネタだと威張っても、読者に関心のないことでは意味はないですよ』と言われた時、俺はその通りだなと感心したよ」

そう持ち上げたところで「酒の席で言うのと原稿で書くのは違いますよ」と反応はすげない。

「安芸さんはインアクティヴ側に向いてしまった世論を我々の方に戻すためにこの連載を企画したわけでしょ。ここで轟木の挑発に乗って反論したら、ますます向こうの思惑に嵌りますよ。なにせ轟木にはうち出身の優秀な参謀がいてシナリオを描いてるわけだし」

尾崎も轟木の側近に権藤正隆がいることは知ったようだ。権藤が在籍していた時、支局勤務だった尾崎は、社内を取材して当時の権藤の評判を聞いたのだろう。

「権藤は確かに優秀だったけど、おまえと比べたら全然たいしたことはなかったよ」

守《も》り立てたが、表情に変化はなく「うちが議論の矛先《ほこさき》を変えて、こういった連載で応戦してくることまで、向こうは想定してますよ」と弱気だった。遊軍のエースである尾崎が、戦う前から白旗を上げているのが安芸は歯痒《はがゆ》かった。

それでもここで叱ってしまえば、ますます書く気持ちが失せるだけと、丁寧に説明し直した。

「俺も轟木が、東洋新聞はこの窮地にまだこんな呑気なことを書いているのかと馬鹿にしてくる様が想像できる。それでもいいじゃないか。書きたいこと、思いついたことが自由に書けるのが新聞記者のいいところなんだから」

実際はデスクの指示で書かされることもあれば、書きたい部分を丸々削除されることもある。それでも自分が取材したことを書かせてほしいと訴えることはできる。ブログやSNSが生まれるはるか前から、新聞記者は読者に伝える機会を与えられてきたのだ。

尾崎は反論してこなかった。だが「新聞は国民全体の代弁者だ」という部分は切れないという。

「こんな文言、今はたいした問題ではないだろ」と安芸は言うが「そこを取ってしまうとメディアは私的企業ですと認めたことになってしまいますよ」と言ってくる。

「私的企業、大いに結構じゃないか。うちだって株式会社だ」

「株式会社ですが、上場はしてませんよ」

「それはなぜだと思う？」

「書いたじゃないですか。外部の圧力や介入から守るためですよ」

一発目の原稿からその部分は書き残している。これも不要だと思っている。

「違うよ、買収されるのが怖いからだ。そのために他種業界には規制緩和や既得権益の廃止を訴えておきながら、自分たちは日刊新聞法という自由経済を制限する法律を受け入れている」

周囲に座っていた何人かの社員が安芸に顔を向けた。社会部長の長井などは露骨に顔を歪めた。みな二人のやりとりに聞き耳を立てている。

「それって、別に新聞社が頼んで作ってもらった法律ではないでしょ。日刊新聞法が制定されたのは昭和二十六年、我が社をはじめ、多くの新聞社はその前から存在していたわけですし」

「おっ、よく調べたじゃないか」と言うと、尾崎は「それくらい調べますよ」と返してきた。

「いつ制定されようが一緒だよ。新聞社だって自分たちが国から守られているからこそ、最近は有価証券報告書をEDINETで閲覧できるようにしている」

「うちはまだしてませんよ」

「残念ながらな」

「ならうちもそうすべきだと安芸さんは書けと言うんですか」

「そんなの株主でもない読者は興味がないよ。新聞はタダで守られているだけじゃないだろ。公的機関の公告や企業の決算報告、選挙での政党や候補者の掲載もしている」

「新聞に載せなくても、国民は知ることができますけどね」

「ネットでだろ。だけどそんなの新聞より読まれないさ」

「政府や公共機関のホームページですからね」

「他にも、新聞は第三種郵便の優遇も受けてるよな」

「それは雑誌も同じだから別にいいんじゃないですか」

テンポよく言い返してくるようになった。相変わらず口を尖らせているが、議論になってきた。

「新聞が優遇される点は、他になにがあると思う？」

「一番は記者クラブですかね」

「記者クラブ制度や報道協定については賛否が分かれるところだな」

安芸はそう言ったが、尾崎は「僕は必要だと思います」と答えた。「なんでも協定するのは良くないですけど、誘拐報道など人命に関わることがありますし」

「インアクティヴは、新聞協会には入らないが人命に関わる事件の報道は控えると言うかもしれないぞ」

「それって誰が判断するんですか？　彼ら自身が判断するわけですよね。でも独自判断だと事件によって基準がぶれます。少年事件なのにこれは凶悪だからと、週刊誌が顔や名前を公開するのと同じことが起きます」

「おい、いいじゃないか」思わず唸った。「それを書こうぜ」自分の顔がにやけていくのを感じる。

「新聞協会に残れって書くんですか」

「違うよ、協会に属さない新聞社は報道基準を明確に設定できるのか、できなければ国民の安全は守れないと」

「そうですね」相変わらずつっけんどんな返答だが、考えがまとまってきたのか、表情は普段のやる気に満ちた尾崎に戻ってきた気がした。「分かりました。もう一度差し替えます」と言って、自分の席に戻った。

そこでデスク席の背後で仕事をしていた整理部員が伝えてきた。

「安芸さん、タイトルですけど、新聞未来図で行くことにしました」

「おっ、いいタイトルじゃないか」

「霧嶋さんのアイデアですよ」彼は、安芸から少し離れて座っていた霧嶋ひかりに顔を向けた。

「おまえがいつもカラオケで歌う曲だろ」と尾崎に指摘された霧嶋は「ネタ元をばらさないでくださいよ」と言い返すが、採用されたことで顔は嬉しそうだった。

5

「本当に印象に残る会見というのは、面白い映画や本と同じだと思うんですよ。あらすじを知っていても楽しめます」

広いスイートルームのソファーで一九九八年のシャトーラトゥールを飲みながら米津訓臣が笑顔を弾けさせた。

権藤は、米津が自分を見ながら言ってくれているように感じたが、轟木に配慮し、黙礼するだけにとどめた。権藤の隣に座る轟木が「ありがとうございます。米津会長からそう言っていただけるほど、光栄なことはありません」と満面の笑みで礼を言った。

「私も米津会長のプレゼンテーションのビデオを見ていろいろ勉強しました。インパクトのある言葉を組み合わせて、短いセンテンスで語る。重要な案件を提示した後は、考えさせる間を相手に与える。さらにそこにウイットを加えることができれば、聞き手の印象に残るプレゼンになる、会長の姿を思い浮かべてあの場に臨みました」

憧れの米津に褒められたことで轟木はいつにも増して上機嫌だった。

通信業や通販サイト事業などEC運営サイトを営み日本のIT業界を牽引《けんいん》してきた米津訓臣は、轟木のようにカメラ映えする外見ではない。それでもスマートで、小顔で首が細く、白髪混じりの髪がよく似合う。なによりも内に秘めた自信が、体全体から滲《にじ》み出ている。

自分の知らないところで轟木は米津に連絡を取っていたらしい。アドバイスを貰うだけでなく、交渉が長期化すれば米津から資金を借りる話になっていたようだ。アーバン側が長期戦に持ち込もうとしてきた際も轟木が動じなかった理由がよく分かった。

「あのストーリーを描かれたのが権藤さんですね」

米津はにこやかな表情で、権藤に目を向けた。「轟木会長と一緒に考えたものです」と答える。

「さすが模範解答」米津は口を窄めた。すかさず轟木が「こうした謙虚なところがゴードンのいいところです」と後押ししてくれる。

「ゴードンとは？」米津が聞いてきたので、権藤自らが「以前にいた会社で、先輩から権藤を捩《もじ》ってつけられたんです」と答えた。

「そういう理由ですか。私はジャズファンなので、羨ましいニックネームですけどね」

「ジャズ奏者にいるんですか」轟木が尋ねる。

「デクスター・ゴードンって知りません？　彼のテナーサックスはすごくタイム感があっていいんですよ」

米津は両手でサックスの指の動きを真似しながら、鼻歌を聴かせた。知らない曲だった。そう言えば、米津の趣味はジャズで、五十歳を過ぎてからサックス教室に通い始めたという記事をネットで読んだことがある。

「権藤さん、今回の計画で私がなによりも感動したのは、あなたの計画にはこれまでの誰もが思いつかなかったオリジナリティーが含まれていたことです。テレビ株から突然新聞に切り替えたのもそうですし、会見の最後で軽減税率を持ち出した時は、私はテレビを見ながらあっぱれと拍手してしまいましたから」

男性にしては小さな手で可愛く拍手された。権藤は丁寧に礼を言った。

「しかもあなたは浮かれることなく、今回の売却益の一部をアドブロック対策に使うべきだと提案されたそうですね」

提案したのは今朝だ。轟木を見ると、口元に柔らかい皺を浮かべていた。

「我々にとってアドブロックは死活問題です。彼らは、広告を消されたくなかったら金を出せと、マフィアのように脅してきますからね」

マフィアという物騒な言葉を出したところで、米津の少しハイトーンで柔らかい口調は変わらない。

権藤の知る米津のイメージとは正反対だった。せっかちで思ったことを即実行しないと気が済まず、しょっちゅう部下を叱責する。思いついたら夜中だろうが会議を招集し、毎年元日の朝から会議をするのは有名な話だ。あまりにワンマンなことから創業仲間は次々と離れていった。轟木が月曜に早朝会議をしたり、夜遅くになって翌朝の会議開催を決めたりするのも米津を信奉し、模倣をしているからだ。

なのに今の米津には、そうした面影はなかった。会話は終始スローテンポで、格下の轟木に先輩面することもなければ、権藤にまで丁寧な言葉遣いで対話する。知識をひけらかすこともなく、笑みを絶やさない。きれいに並んだ白い歯が、何度も目に飛び込んできた。

「米津会長も親睦会に顔を出していただければ、若い連中も喜んだでしょうに」

轟木はそう言ったが「もう私たちが出しゃばる時代ではないですよ」と手を左右に振った。

「今や轟木さんは若い人たちのヒーローです。新しい道を切り拓いて、皆さんを引っ張っていってあげてください」と逆に轟木を持ち上げる。

「東洋新聞の社員の中には買収を歓迎している人間もいるんじゃないですかね。以前の新聞記者は高給取りでしたが、最近は部数減や広告収入の減収で給料は右肩下がりだそうですし、経営者が替わった方が、待遇は良くなると思っているかもしれません」

轟木はしたり顔だったが、米津は「それはどうでしょうか」と首を斜めに傾けた。「彼らはエリート意識が強いですからね。我々の業界を所詮成り上がりだと見下しているでしょう」

「そうでした。米津会長のように最後まで気を引き締めて進めなくてはならないですね」

轟木は緩んでいた頰を軽く張って、謝った。轟木が権藤に黙って米津に相談したことは不本意だが、米津の後見を得たことは部下として喜ばしきことだ。

「あの会見で国民の大多数が我々を支持してくれているようにも見えますが、内心、新参者の私の成功を面白くないと思っている人間は多数いるでしょうからね」

ワインを飲む轟木が、自分に言い聞かせるように言った。

「人間というのは成功を手に入れる者の顔が見えた途端、その人間の失敗した顔を見たい衝動に駆られます。私も新しい事業に手を出すたびに、また借金まみれになれ、と望まれていたと思います」

「そんなことはありません。米津会長は我々の憧れです」

「そう言われるのは最近になってからです。私はずっとほら吹き扱いでしたから。そのおかげで、いつかそう言って笑う連中を見返してやろうと反発心が生まれ、ここまで頑張って来られました」

「僕もその気持ちを忘れないようにします」

そう言って轟木はグラスのワインを飲み干した。二人の会話は師匠と弟子のそれだ。

米津のグラスも減ってきている。権藤がワインボトルを取ろうと手を伸ばすと、「ここは私の部屋です。きょうはあなた方の祝杯なのですから」と米津から制された。

「ラトゥールの九八年ですか。さすが米津会長ですね」轟木がラベルを見ながら言った。

米津は「そうなんですか」と眉尻を下げた。

「会長が指定されたのではないのですか」

グラスに注いでもらいながら轟木が目を見開く。ワイン通の轟木はヴィンテージイヤーを把握し、レストランではワインのスーパーヴィンテージを指定する。同席するうちに権藤も覚えた。

「私はワインは飲みますが、味はさっぱり分かりません。轟木会長がお好きだと聞いていたので『いいものを』と頼んだだけです」

米津は自分のグラスにも注ぎながら答えた。

「それではホテルのスタッフが気を利かせたのでしょうね」

「届いた請求書を見た秘書から、『また無駄使いして』と叱られそうです」

米津の会話はテンポがよく、そして茶目っ気を感じさせる。

しばらく当たり障りのない会話が続くのかと思ったが、米津が「インターネットと新聞の融合が、このワインが造られた一九九八年くらいでしたら、もっと違った結果になったんですけどね」とワイングラスを回しながら呟いた。

「新聞社にまだまだパワーがあった時代ですね。あの頃に合併してしまえば、新聞の利用価値は今よりあったでしょう」

轟木も同じようにグラスを回して同調した。米津からは「いえ、私が言う融合とは、新聞社が我々の業界に参入してきていたら脅威だったという意味ですよ、権藤さんはそう思いませんか」と、権藤に振ってきた。

轟木から「元東洋新聞の社員」と聞かされているのかと思ったが、九八年ならまだ大学生だ。東洋新聞に入社したのはそれから四年もあとになる。

必死に米津の言わんとしていることを考えたら、少しずつ読めてきた。

「会長は、その頃に一緒になっていたら、我々と新聞社との立場が逆転していたとおっしゃりたいのですか」

「ほぉ、さすが鋭い」米津はまた口を窄めた。

「どういうことなんだ、ゴードン」

轟木が質してくる。権藤は答えずに、米津に目で合図を送った。米津はワインを一飲みしてから話し始めた。

「当時、私たちはサイトに載せる記事を、新聞社の言い値で買っていたんです。訪問客を呼び込むにはニュースほどインパクトがあるものはありません。不謹慎ですが、どんな広告を打つよりも、大事故が起きた方が、ユーザーがうちのサイトに来てくれます」

「それがどう新聞と立場が逆転したに結びつくんですか」轟木が尋ねる。

「簡単ですよ。新聞がニュースを売るのではなく、本腰を入れてポータルサイトの運営に乗り出していたら、我々はここまで成長できなかったということです。たとえばメールサービスを始めるだけでもずいぶん利用者を増やしたでしょう。今では当たり前のように使う、〈gmail.com〉や〈yahoo.co.jp〉が〈maiasa.com〉や〈touto.co.jp〉になっていたかもしれません」

米津の説明を聞きながら、ぼんやりと浮かんだことが確実にイメージできた。確かにその時代に新聞社がネットに大きく舵をとっていたら、彼らが今の時代を制していたかもしれない。

「二〇〇〇年代に入ってソーシャルネットワークが始まりますが、それだって新聞社がやっても良かったんですよ。あるいは携帯電話のｉモードが始まった頃に、登録者には勝手にニュースを配信するサービスを始めれば良かったんです。人は誰よりも早く、情報を知りたがりますから」

「そんなこと、新聞は絶対にやらないでしょう」

「どうしてですか、轟木さん？」

「ジャーナリズムでなくなってしまうと彼らは言います」

「そうですね。でも実際のところ、彼らは昔から似たようなことをやっていたんですよ」

米津は淀みなく説明を続けた。「新聞には天気予報や株価は不可欠です。さらに不動産や中古車の販売情報も載ります。昔の新聞の日曜版なんて求人情報だらけでした。足りないのは検索エンジンぐらいです。それだって当時の新聞社の資金力と、ペーパーからネットに軸足を移し、社員トレーニングやインフラの整備をしていれば、恐ろしいほどの広告収入を得ていたでしょう」

「優秀なエンジニアを集めて、新聞社自身で検索エンジンを開発できたかもしれませんね。新聞は莫大な過去記事のデータを持っていますから」

「おっしゃる通りです。そこまで実行されていたら、象がアリを踏み潰すようなもので、我々はこの世に存在すらしていなかったと思います」

メディアを乗っ取ろうと考えたＩＴ起業家はこの世にごまんといるが、新聞社にすべてを奪われていた可能性を考えるのは米津ぐらいではないか。当時、新聞社から記事を買いながら、この人は新聞社がこのビジネスモデルに気づく前にシステムを確立させようと、猛スピードで事業を拡大させたのだろう。

「そう言えば今のニュースサイトには、読者の相談に答える欄がありますが、その手の人生相談コーナーも昔の新聞にはありましたものね」

そう言った轟木に、米津は「さすがに、読者の質問に読者の知恵を拝借しようなんて発想は、先人は思いつけなかったでしょうけど」と笑った。

話は盛り上がる一方だったが、次第に耳に入らなくなってきた。この会談は謎が多過ぎる。どうしてきょう轟木が米津に自分を会わせたのか、いや、そうではない。米津がどうして轟木と自分をこの部屋に呼んだのか。

アーバンテレビ株を買い占めるに当たって、轟木が米津に相談したのは理解できる。資金的な問題もあるし、業界で神と崇《あが》められる男をバックにつける意義は大きい。

だが米津にはどんなメリットがあるのか。

考えられるのはニューマーケットインクが持つ検索エンジンの利用だ。その検索エンジンをインアクティヴが所有する新しい東洋新聞のニュースサイトに使用させ、利用料金を稼ぐ……。それなら業務提携すればいいだけの話だ。

必死に頭を整理すると、浮かんだいくつもの考えが消去され、一つに絞れた。再び轟木のグラスが空き、米津がワインを注ぐところで「米津会長」と呼びかけた。

「なんですか」ボトルを置いてから米津が顔を向けた。

「大変失礼ですが、会長は新聞社の経営に興味をお持ちではないですか」

「どうして権藤さんはそう思われたのですか」ポーカーフェイスを崩さずに聞き返してきた。

「お話を聞いた時、今でも新聞に我々に対抗するパワーがあるのかと考えました。ですが彼らには資金力も国民の支持もありません。それでも会長が我が社に力を貸してくださるということは、会長の中にもっと純粋な意味で、新聞社を経営したいというお考えがあるのではないかと思いました。ニューマーケットインクの現在の事業内容を鑑《かんが》みれば、それは国内ではありません。轟木が会見で話したようなグローバルな新聞社です」

米津はワインに口をつけながら黙って聞いていた。一方の轟木の手は止まっていたが、部下の唐突な質問に不快感を示している様子はなかった。そこで轟木は笑い出した。米津も小声で笑いを漏らす。張り詰めていた部屋の空気が一気に解けた。

「どうですか、会長、うちのゴードンは」

背もたれに体を倒しながら轟木が振ると、「さすが、切れ者だ」米津は何度も頷き、笑顔を権藤に向けた。

二度目の差し替えはなんとか及第点を与えられるものだった。頑張って書き終えた尾崎を安芸は「ジャンボ、お疲れさん。格段に良くなった」とねぎらった。

# 6

出稿を終えると、ゲラが出るまでもう一度メンバーを集めた。みな、自分の会社が買収されることに不安は感じているものの、一社員の力で阻止できるとは思わないのだろう。だが自分たちは新聞記者なのだから、買収先の経営者に対しても紙面で意見を言うことができる。それが一般企業の会社員と大きく違うところだと、この連載の狙いをもう一度伝えた。各自に新聞の生き残り方を考えさせないことには、この連載は上っ面をなぞるだけの検証記事で終わってしまう。

「みんなは今回の買収発表を受けてどう思った」と意見を募ると、記者たちから挙がったのは、轟木太一がどうやって利益を出そうとしているのかが見えてこないということだった。

「ネット化して無料にしたら大赤字になるだろう」安芸もそう言ったが、インアクティヴ担当の西谷が「ニュースサイトでも十分利益は出ますよ」と説明した。彼は一昨年まで経済部にいたので、この分野にも詳しい。

「ネットで儲かってる新聞社なんてあるのか」

「真っ先に移行を始めた東西新聞は、当初は赤字でしたが今は年間五億ほど利益を出しています」

「広告だけでどうやって収入を得るんだ。ページの端っこにちょこっと広告が出てるだけじゃないか」

新聞のような五段広告や全面広告はネットでは作れない。

「ニュースサイトの記事を、ヤフーやインアクティヴのようなポータルサイトが、出典を明記すれば引っ張れる仕組みになっています。閲覧数によってお金が入ってくる場合もあれば、リンクからニュースサイトにユーザーが来てくれて、そこで稼ぐ方法もあります」

「それだけで広告費を稼げるのか」

「どの社の記事も、一度クリックしただけでは途中までしか読めない仕組みになっています。〈続きを読む〉をクリックさせることでページビュー数を稼ぐんです」

「それは見たことがある。途中から課金させるサイトもあるよな」

「毎朝や東都といった大新聞は、お金を払って新聞を取る読者に気を遣い、課金制を採らざるを得ないんです。その結果、訪問者数は伸びません」

「最近は動画広告も多いよな」尾崎が言った。テレビのCMのようなものが突然出て来るらしい。そういえば近くにいた記者のパソコンから突然音がして、驚いたことがある。

「とくにスポーツ紙の中には、紙での収益を諦めてネット一本で勝負しようとする会社もあります。過去記事にもう何年も昔の、見出しだけ衝撃的な記事を載せて『コイツ、またやらかしたのか』とクリックしたら大昔のことだったり……そういうのは釣り見出しと言います」と補足した。

「それって詐欺みたいなものじゃないか」

「詐欺みたいな気分になるか、それともやられたと納得するかは、作り手のセンスによります。男なら一度は〈ノーバン始球式〉をクリックしたことがあると思いますけど」西谷は、そこに霧嶋がいるのに気づき「あ、ごめん」と謝ったが、「私もクリックしたことがありますよ」と霧嶋が話を合わせた。

「一ビューっていくらなんだ。大昔に俺がウェブ版の検討会議に出席した時は、一ビュー一円とか言っていたけど」

あれはインターネットが盛んになり始めた一九九八年から九九年にかけてだった。東洋新聞でもウェブサイトを設立するための検討会議が発足し、安芸も何度か出たことがある。当時は全国紙が相次いでウェブ版を開設した。東都や毎朝はライバル関係にありながら、合同のニュースサイトを作ったこともある。

「一円なんていつの時代ですか。今は〇・一円以下ですよ、なぁ、西谷」

尾崎が言うと、西谷は「〇・〇一円なんてこともあります。それに今はページビューの他にインプという言葉も使います。インプレッションの略ですが」と続ける。

「それってどう違うんだ」安芸が尋ねる。

「ページビューはコンテンツが表示された段階でカウントされますが、アフィリエイト広告は重たくなればなるほど表示が遅くなるので、広告が画面に出た段階でインプになるわけです。編集サイドはページビューで十分だろうと言いたくなりますが、広告サイドはすべての広告が出るまで時間をかけて読ませる記事を載せてくれと主張するわけです」

編集と広告が揉めるのは新聞社の常だが、それはデジタル化しても変わらないということか。

「スクープはどうなんだ、西谷。スポーツ紙は大スクープでもニュースサイトにすぐ載せるのか」

安芸が出ていた検討会議でも、特ダネの扱いをどうするかで毎回揉めていた。当時、ワシントンポストやニューヨークタイムズといった米国の大新聞は、スクープを即座にネットに掲載し、アップした時点で自社の特ダネとしていた。日本もそうすべきだという意見もあったが、それは購読者数が少ない米国だからできるのであって、二百万から一千万までの部数を誇る日本では、新聞が届くのを待っている購読者を無視できないという意見が大半を占めた。

「スポーツ紙でも普段は通信社の原稿を使うだけで、監督の交代とかトレードといった独自ネタは朝まで載せないですね。でも違う方法でどの社も頭を使っています。たとえばあるプロ野球チームが季節限定のユニホームを発表するとするじゃないですか。全社集めての記者発表会ですが、優秀な記者はその場で写真を撮り、主旨だけを書いて会社に送ります」

「急いだところで、ただの発表記事だろ」

「早く自社サイトにアップされれば、それをポータルサイトが引っ張ってくれるんです。結果、ただの発表原稿が、他社より一分早いだけでネットユーザーには一社の独占スクープのように認知されるわけです」

その記者はこれからの新聞社の金の稼ぎ方を知っているのだろう。たいしたものだと感心してしまう。

「ただ私は、もっと独自意見に特化するニュースサイトを作ってもいいと思いますけどね」霧嶋が意見を挿んだ。「衝撃的な見出しに釣られたとしても、結局記事に読み応えがなければ、ユーザーは落胆するだけでしょうから」

「そうだよな。ネットユーザーからは新聞のサイトはどこも同じで、ブログの方がよほどタメになるって言われてるものな」尾崎が続く。

「有名ブロガーだって我々が出した原稿を元に書いてるんですけどね」霧嶋が言うと、尾崎が「そう反論したら、じゃあ記者がちゃんと書けって言われるのがオチだぞ」と返す。

議論が白熱してきた。

今度は西谷がため息混じりに言った。

「未だに新聞社は論説や社説や看板コラムは、出し惜しみする傾向にあります。ネット軽視の表れです」

「大地震や飛行機事故があった時、ウェブサイトに限っては現場に出た記者全員の記事を載せてもいいかもしれませんね」

それまで黙っていた下之園が小声で呟いた。

「そうよ、紙には制約はあるけど、ネットはフリーなんだから」そう声を弾ませた霧嶋が「それこそ安芸さんが言う『ロンチョウ』ですね」と突然安芸に振ってきた。

「ロンチョウ？　なんだっけそれ？」

おそらく安芸会で言ったのだろうが、議論が盛り上がるのはだいたい酔っ払っている時なので思い出せない。

「論の調子の『論調』ではなく、論を張るの『論張』ですよ」

「僕も聞きましたよ。もっと論を張って読者に訴えていけって僕たちに発破をかけてたじゃないですか」下之園にも言われ、「ああ、言った、言った」と一気に思い出した。

「安芸さんはもし新聞の宅配制度が崩壊したとしても、論張だけの新聞に生まれ変われば、残れるかもしれないって言ってましたよ。今は二十四から三十二ページで各社、三千円から四千円台前半だけど、論張だけで勝負できれば八ページでも買う読者はいるって」

「そうですよ。安芸さん、言ってから『俺もたまにはいいこと言うだろ』とドヤ顔してましたよ」

霧嶋に続いて西谷にまでからかわれた。調子に乗って語る自分の酔いどれ顔が浮かび、気恥ずかしくなる。それでもこれで次のテーマができた。

「よし、二回目の明日は、『論張』で行こう。霧嶋書けるか」

「はい。紙の紙面は、いずれは報道重視ではなく、記者が論を張って、読者と一緒に考える時代が来るという感じで書きます」

速報性はネットに任せ、紙はじっくり読みたい読者に提供するという新しいスタイルの提案だ。霧嶋は読者と一緒に考えると加えた。それなら読者から新聞は傲慢だと受け取られることもないだろう。

会議室での話し合いを終え、気分よく自分の席に戻ると、最終版のゲラが出てきた。チェックしていると「安芸さん、なんですか、これ」と紙面を手にした尾崎がむくれた顔で近づいてきた。

「どうしたジャンボ、誤植でもあったか」心配になって尋ねたが、違った。

「この連載、どうして僕の署名が載ってるんですか。僕は自分の名前を入れて送稿してませんし、早版にも入ってなかったはずですよ」

「俺が最終版で入れたんだよ」

「いつもは〈特別取材班〉にするか、連載の最終回に連名で載せてるじゃないですか？」

それが慣例だが、今回のものは大きな事件が発生した時に、政治部長や社会部長が書く記事と同等の価値があると思った。００７委員会で権藤が提案したことを思い出したことも大きい。

そう説明しようとしても、尾崎から「僕だけ目をつけられたらどうするんですか」と言われて興ざめしてしまう。

「この連載って上の人が全員賛成しているわけじゃないんですよね？　田川専務からは一週間と言われたんですよね」

その説明も打ち合わせの冒頭でした。だが一週間では終わらせないとも言ったはずだ。

「ジャンボだって、最初は乗り気だったじゃないか」

「そうですけど、おまえ一人で戦えと言われたら、誰だって気分は悪いですよ」

記者が自分の名前を載せたがらない記事なんて、誰が読みたいのだ。だが本人に名前を取ってほしいと言われたらそうするしかない。

「分かった、名前は削ろう」

認めたが、尾崎はまだ憮然としていた。

「ジャンボはこの連載に気が進まないのか」

尾崎は小声で「僕は次の連載の準備もありますし」と言った。尾崎は先月英国に行き、ロンドン特派員とともにEU離脱を決めた後の英国民がいまだ二つに分断されたまま、それぞれがなにに失望し、不安を抱えているかを取材してきた。

尾崎は真剣な眼ざしで安芸を見てくる。安芸も見返した。経営者が替わればその連載が載る保証もないぞ、と言いたいのはやまやまだが、努力して目尻に深い皺を寄せた。急な笑みに尾崎は困惑していた。

「分かったよ。ジャンボは次の連載に専念してくれ。せっかくロンドンまで行ったんだ。その方が大事だ」

「は、はい。すみません」そう言って尾崎は席に戻った。

赤ペンで署名の上から線を引き、整理部員に「悪いけどこの署名、取ってくれないか」とゲラを渡した。

7

権藤の考えは当たっていた。

米津が答えるより先に、轟木が「そうなんだよゴードン、会長はすでに新聞業界に入っておられる」と口にした。

すでに聞いてまた驚いた。米津が新聞社を買収した話は聞いたことがなかった。

「新聞といっても日本の新聞じゃないですよ」

米津がワイングラスを揺らしながら答えた。日本でないと言われてもピンと来なかったが、その後の轟木の説明を聞き納得した。米津はワシントンD．C．周辺をカバーする「ワシントンモーニング」、マイアミ州タンパベイの「タンパワン」、ノースキャロライナ・シャーロットの「キャロライナスター」の三紙に米国法人を通して投資しているそうだ。いずれも筆頭株主か、それに近い割合の株式を保有しているという。

「私が持ってるのは、どれも日本人には馴染みのない、小さな新聞社ですけどね」

ワシントンには有名なワシントンポストがあり、「ワシントンモーニング」は大きく水をあけられた二番手グループだ。「タンパワン」も「キャロライナスター」も地域筆頭の新聞社ではない。

「それでも三紙合わせたら結構な部数になるのではないですか」と尋ねると、「それぞれ十万部ちょっとですから、三つ合わせて四十万部に届くかどうか、日本ではお話にならないレベルです」と米津は答えた。

「アメリカで四十万部といえばシカゴトリビューンほどの規模になりますよね。確か全米で……」

記憶を辿《たど》っていると、米津の方から「九番目か十番目かといったところです」と言われた。

トップがウォールストリートジャーナルで、二位がUSA・TODAY、三位がニューヨークタイムズ……ただし地方紙が重視される米国では全国紙と呼ばれるのは上位二つで、世界的にも名を馳せるニューヨークタイムズやワシントンポストでさえ全米で読まれているわけではない。部数もウォールストリートジャーナルが二百万部、USA・TODAYが百八十万部、ニューヨークタイムズ、ワシントンポストは九十万部、六十万部のレベルである。日本の大新聞のように一千万部、六百万部なんて部数は、彼らからすればありえない。

「その四十万部が今回大きく増えると目算されているわけですね」

権藤が言うと、「そうなればありがたいですけどね」と米津はクールな表情のままワインを口にした。

「東洋新聞の二百万を合算すれば二百四十万部になります」

「その通りだ、ゴードン。世界の新聞業界に乗り込むには立派な数字だ。ですよね、会長」

「野球のメジャーリーグが日本でのヒット数をカウントしてくれないのと同じで、アメリカの新聞業界が日本の部数を入れてくれるとは思えないですけどね」

そう言ってワイングラスを置いた。それまでずっと謙虚だったが、少し誇らしげに見えた。

米津訓臣が見事なのは、世の中に知られることなく二百四十万もの部数を誇る新聞社を築き上げようとしていることだ。二百万部の東洋新聞の買収は国内ニュースだが、二百四十万部の世界規模の新聞社の設立となれば、そのニュースは世界を駆け巡るだろう。

「米津会長は世界に匹敵するニュースコーポレーションの設立をお考えになっておられるのですね。現在、アメリカのほとんどの新聞がガネット、グラハムHD、ニューズコーポレーション、タイムズミラー、トリビューンパブリッシングといった新聞チェーンに統括されていますから」

「私がハーバードに留学していた頃に購読していたボストングローブも、一時ボストン子がもっとも嫌うニューヨーカーのニューヨークタイムズの子会社になったことがありました。ボストン子はニューヨーカーが大嫌いですから、当時では考えられなかったことです」

権藤には米津の思惑が完全に理解できた。

「ニューマーケットインクの海外事業展開にも役立ちますね」

「そうなんだよ、ゴードン。会長は俺にも、新聞事業はさまざまな事業の手助けになるとアドバイスをくれたんだ」

なるほどそういうことか。米津のアドバイスを得たことも、権藤が提案した新聞買収に賛成した一因になったようだ。

「ゴードン、俺は買収した新聞社のトップに、米津会長に就任してもらおうと思っているんだが、会長は裏方でいいとおっしゃるんだ」

「それはどうしてでしょうか」米津本人に聞いた。

アルコールが回ってきたのか、米津の頰はリンゴのように赤く染まってきていた。「顧問というような形がよろしいという意味でしょうか」

「そういう役職もとくに求めませんよ。東洋新聞を持った御社と、アメリカの小さな地方紙の株を保有する弊社が一緒になって新しいグループを作る。そこに参加できれば私は十分です」

本心かどうか分からなかった。これまでの米津は大きな事業に打って出る時に必ず自分が前面に出た。ここまでのアプローチの仕方だけでも、過去の事業拡大とは大きく異なる。

「ということは、トップは轟木でいいということですか」と聞くと、今度は轟木が「東洋新聞は俺でいいだろうが、世界的な新聞社のトップに俺がついたら反発を招くだけさ」と言った。

「ではどうするんですか」轟木に聞き質す。

「米津会長はすでに三紙のトップに、銀行やヘッジファンド出身の経営のプロを送り込まれている。中でもワシントンモーニングのCEOに内定しているクリフォード・ブラウン氏は相当に優秀だそうだ、ねえ、会長」

轟木が親しみを持って振ると、米津も笑みを浮かべたまま頷いた。

「ジャズトランペット奏者と同姓同名なんですよ。彼は生真面目な男で、ジャズなんて聴きませんけどね」冗談を交える。

米津が認めるのだから本物の経営者なのだろう。ただ一抹の不安を覚えた。米津が表に出ない。だから轟木も遠慮してトップには立たない。代わりに米津の息のかかったプロが立つ。インアクティヴのような小さな会社は、知らぬ間に飲み込まれてしまうのではないか。

不安が顔に出てしまったのかもしれない。米津から「心配要りませんよ、権藤さん」と言われた。

「とくになにも」とごまかすが、お見通しです、と言うように米津はさらに目尻の皺を深くした。

「あなたが中心となってここまでやり遂げたのです。仕事に論功行賞は不可欠です」

米津は再びワインボトルを取り、轟木と、あまり減っていない権藤のグラスに注いだ。

「轟木会長とも相談した結果、CEOにはブラウンを就かせますが、副社長《ヴァイスプレジデント》には権藤さん、あなたに就任してもらいます。お飾りではありません。ブラウンと同じ代表権を持ってもらいます」

注ぎ終えるとまっすぐ顔を見て言われた。

東洋新聞の運営は任せると轟木から聞かされていたから、ある程度のポストは貰えるだろうと予想をしていた。だが今、はっきりと「副社長」と言われた。国内の新聞社ではない。米日を股にかけるニュースコーポレーションのヴァイスプレジデントだ。

「クリフォード・ブラウンのトランペットと、デクスター・ゴードンのテナーサックス、実現したらすごいデュオになってたでしょうね」

米津はそこで顎を軽く突き出した。トランペットを吹くように指を空間に置いて。首を左右に振ってまた鼻歌を奏でた。

今度の曲は知っている曲だった。アイ・リメンバー・クリフォード——。

名トランペッターの死を悼んだ仲間が演奏した哀しい曲だというのに、米津の調子はどこか長閑《のどか》に聴こえた。

# 第四章　決起会

## 1

安芸はマウスに手を置いたままの状態で、モニター画面の記事に読み入った。

最後まで読み終えると、東洋新聞の社内校閲ルールが入ったソフトを作動させて校正する。原稿の中の「マシーン化」という語句が赤く色が変わり、変換ボタンを押すと「マシン化」に修正される。昔は記者ハンドブックで統一用語をいちいち確認したが、今は校正ソフトが入っている。東洋新聞では「仏国」は「フランス」に変換されるが、「オーストラリア」はオーストリアと区別するため「豪州」になる。差別用語など不適切な語句は白抜きで使用禁止を示される。

語句が統一された。〈てにをは〉も問題はなかった。出稿ボタンを操作し、〈連載三回目〉とタイトルの横に打ち込み、〈社会面〉〈31面〉〈東西共通〉〈ウェブ使用可〉〈即時アップ〉のブランクにチェックマークを入れていく。完了ボタンを押すとともに「下之園」と執筆者を呼んだ。

「は、はい」

下之園が小走りでやってきた。書き直しを命じられると思っているようだ。

「どうした、自転車部。もっと胸張ってこいよ」

原稿の出来のことで頭がいっぱいなのか、そう言ったところで顔から不安は消えない。

「面白いじゃないか、俺が直すところは一つもなかったよ」

「本当ですか、良かったです」下之園は大きく息を吐き、顔いっぱいに笑みを広げた。

「うちの支局制度に出身地や大学と無関係な場所に行かせる方針があったなんて、初めて知った」

下之園が担当した新聞未来図の三回目は、新聞には地方の内情を伝える役割があるという内容だった。

東洋新聞では、記者職採用の新人が入社すると、二度の支局回りを経験させる。その支局を決めるのは地方部長と人事部長だ。彼らにはその新人が知らない土地に行くことを前提に、赴任地を決めるという内規があるそうだ。

下之園の記事によると、それを言い出したのは三十年前、北海道の新聞社から転職してきた地方部長だった。「うちの記者は全国紙の看板に胡座《あぐら》をかき、地方のことを知らなさすぎる」地方部長はそう嘆いて、新人の配置を見直したという。その後、地方部長は現職まで十一人も代わったが、今も伝統は受け継がれていると記事には書いてあった。

「こうした制度を採るのは東洋新聞だけだと書いてあるものな。他紙の人事まで調べるとはたいしたもんだ」

「それは同期の人事部員のおかげです。彼が他紙の人事部との交流会でその話をしたそうです。他紙は地元出身者の方が土地勘はあるし、実家に住んでくれたら手当も安く済むと、率先して出身地に赴任させるみたいですが」

言われて新人時代を思い出した。研修の終盤、間もなく赴任地が決まるという頃、安芸は、直前に支局員が二人やめた札幌支局に自分は行くのだろうと感じていた。

安芸は都内の高校を出て、都内の私大を出たが、中学までは父親の仕事の都合で札幌で育った。そのことは履歴書にも書いたし、当時の人事部長が同じ中学校の出身だったことから、合格後の懇親会では学校や担任の話で盛り上がった。安芸以外、同期に北海道出身者は一人もいなかった。

ところが命じられた赴任地は仙台だった。そこに三年いて、横浜支局に移った。札幌には同期で山口県出身の柳をはじめ、北海道には縁もゆかりもない三名が赴任し、柳は札幌からさいたまに移った。同期の石川は名古屋出身だが千葉と前橋《まえばし》支局、鹿児島出身の下之園は三重と広島だ。そういえば入社式後に、自分がこれまでどこに住み、どこの学校に行ったかなど細かな経歴を書かされた。

下之園の原稿には、新聞は地方を知らない者がその地方を自分の目で見て感心し、驚いたことを全国に伝える役目があると書いてあった。

インターネットの普及で、記者の目はより世界に向けられるようになったが、一方で全国紙の地方支局は縮小されており、地方は置いてきぼりになっている。新聞は国や政府に対し、もっと地方に目を配れと主張するが、そこに居なければ本当の苦労や苦しみは知り得ない……記事からは下之園が伝えたいことが過不足なく伝わってきた。

「このアイデア、よく思いついたな」

「それは霧嶋のお陰です」

千葉、多摩《たま》と二ヵ所とも首都圏の支局だった霧嶋がどうしてこのような提案をしたのか聞き返すと、「この前、福島の記事を書いた時、霧嶋がアドバイスをくれたじゃないですか」と言った。

「なるほど、まさに支局制度は新聞記者が一人前になるためのツールドフランスだな」

「はい、僕も支局にいかなければ伊勢うどんもコウネも知らないままでしたから」

「コウネか。あれは絶品だったな」

牛の首元の肉のことで、下之園が探してきた広島出身の店主がいる焼肉店で初めて食べた。脂が多いので火柱が立つほどよく燃える。程よく脂が落ちた薄い肉に甘めのタレが絡まり、白飯に載せて食べると絶品だった。

「下之園、近々もう一本頼むから次も考えておいてくれ」

「はい。頑張ります」

気を良くした下之園は自分の席に戻っていった。来た時とは別人のような歩き方だ。新聞記者は、書いた記事を褒められることが一番嬉しい。

下之園は原稿が上手い方ではない。連載二回目の「論張にシフトした新聞作り」と題した霧嶋の記事が秀逸だっただけに不安になった。安芸は休日だったこの日も連載を見るためだけに出社した。最終版まで差し替え作業に追われると覚悟していたが、一発で通したのでまだ午後六時半だ。誰か社内で暇そうな人間を見つけ、景気付けに一杯飲みに行こうと思った。

そこに携帯電話が鳴った。総務部長の柳からだ。

「柳、ちょうど良かったよ。後からでもいいが軽く飲みに出られないか？」

会社存続の危機なのだから総務部長がこの時間に帰れるわけがないが、ダメ元で聞いた。

〈それならちょうどいい。今から言う場所に来てくれないか〉

思いがけないことを言われた。声の調子が変だ。耳を澄まさないと聞き取れない潜め声だった。

「来てくれって、柳は社内にいるんじゃないのか」

〈会社にいるが、ちょっと訳ありなんで別々に行こう。誰にも言うなよ。長井社会部長にもだ〉

柳が指定したのは日比谷の老舗ホテルの本館から隣のタワーに通じる連絡通路だった。

2

歯を磨きながら洗面室から部屋に戻った権藤は、片手でベッドを直した。ビジネスホテルなので毎日ベッドメイキングはしてくれるし、深夜三時過ぎにこの部屋に帰り、三時間余り眠っただけなのだからたいして乱れてもいない。それでも自分の生活の痕跡を人に見られるのは昔から嫌だった。

白いシャツの上に、ネイビーにストライプの入ったスーツを着てクローゼットを開けた。シャツは白と水色の無地だけで、スーツも紺かチャコールグレー系しか持っていない。

轟木からは「新聞社じゃないんだから毎日スーツで来ることはない。ここはＩＴ業界だぞ」といつもからかわれるが、権藤は頑として服装は変えなかった。男は外見から内面を透かして見られる。経営者ならまだしも、自分のように使われる立場で頻繁にイメージチェンジすると、知らず知らずのうちに相手に対して不安感を与えてしまう。

それでも小さな変化をつけるため、ネクタイとチーフは幅広い色彩やデザインのものを所有し、場所や相手、請け負う仕事によって使い分けている。この日はシルバーグレーに海老茶のストライプの入った、持っている中では比較的明るい配色のネクタイを選んだ。

扉を開けてドアに掛けていた札を「Make up a room」に切り替えようとすると、「私がやっておきますので大丈夫です」と声が聞こえた。普段から見かける若い女性のルームキーパーだ。

「いつも悪いね」

「行ってらっしゃいませ」頭を下げられた。笑顔で見送ってくれたが、彼女にしてみれば、長期滞在する男を不思議に思っているのかもしれない。

ホテルのフロントでは、幾人かの出張客がチェックアウトしている。いつもと変わらぬ風景だった。顔見知りのフロントマンが権藤に気づいたが、黙っていると目礼だけした。周囲を確認してから表通りに出る。タクシーを使えば千円余でいける距離だが、日比谷線の銀座駅に向かう。

少し歩くと、ホテルの陰からグレーのスーツを着た男が現れた。髪が耳を覆うほど長い。真正面から行く手を阻むように立たれたことで新聞記者だと分かった。

「インアクティヴの権藤さんですね」

「あなたは」自分より少し上の四十代半ば、もう少し上かもしれない。

「日経ヘラルド新聞経済部の度会《わたらい》と申します」

男が出した名刺を受け取る。「権藤さんのもいただけませんか」と図々しく言ってきたが「きょうは名刺を持ち合わせていませんので」と渡さなかった。「日経ヘラルドさんがなんの御用ですか」

「聞かなくても分かるんじゃないですか。元同業者なんですから」

目の前の建物を見上げて「IT業界の方はホテル暮らしですか。素晴らしいところに転職されましたね」と仰々しく言った。

「たまたま忙しいのでそうしているだけです。自宅で生活する方がリラックスできます」

「高級ホテルにも泊まれるご身分なのにビジネスホテルなんですね。それでも場所柄安くはないでしょう」

「私は高い給料はもらっていませんよ」

そう伝えたにもかかわらず、「ビジネスホテルに泊まってくれる方が元同業者として親近感が湧きます」と権藤が新聞記者だったことを知っているのだとさらに強調してきた。

ホテルで生活するようになったのは今回のプロジェクトが進む中で徹夜が続いたから

だ。轟木から「ホテルを借りっ放しにして、いつでも仮眠を取れるようにしろ」と言われた。仕事中に眠くなることはないが、休んでおかないと大切な判断をする際に頭が回らなくなる、権藤も部下には「どんなに忙しくても睡眠時間は取れ、徹夜はするな」と命じている。

轟木は「俺が交渉してやる」と自分が利用する外資系ホテルに電話をかけようとしたが、断ってこのビジネスホテルにした。こうして新聞記者に見つかった時、庶民感覚とずれた人間だと勘繰られたくないこともあったが、ただ寝るだけの場所に大金を使う気にはなれなかった。

ホテルも確実に部屋が埋まる長期契約は歓迎なのだろう。一万六千円の宿泊料金を六掛けまで割り引いてくれた。それでも一ヵ月二十八万円もする。借りている目白の１ＬＤＫのマンションの倍近い価格だ。

「少し話を聞かしてもらっていいですか。よろしかったら一緒にモーニングでも」

「モーニングとは懐かしい言葉ですね」権藤は少し笑った。「本社で調査報道班になった時の先輩を思い出します。毎朝、出社すると必ず喫茶店でモーニングを食べて打ち合わせです」

柳という先輩記者だった。真面目で指示が細かいため、鬱陶しいと感じることもあったが、優秀だった。遊軍の安芸、調査報道の柳、警視庁の佐々木、宮内庁《くないちょう》の長井といったところが将来、社会部のトップになるだろうと見ていた。政治部では石川という東大大学院出のエリートが断トツの出世頭だった。今、石川は政治部長、長井は社会部長、柳は総務部長だから当時の予想はほぼ的中している。

「権藤さんはスタバ派かと思っていましたが、喫茶店にも行かれていたと聞いてまた親近感が出てきました」

「別に僕が好んで行ったわけではありません。先輩が奢《おご》ってくれたので行っただけです」

「奢られるなんて権藤さんには似合いませんね。権藤さんって、アメリカにも留学されたんでしょ。向こうは公立大学でも日本の私立の倍以上の学費がかかるじゃないですか」

すべて調べていると言いたいがためにあっちこっちに話を散らしているのだろうが、バークレー入学以前のことは知らないようだ。

「で、なんの御用でしょうか。時間がないので簡潔にお願いしたいのですが。もし会長へのインタビューでしたら、私個人ではなく秘書室に問い合わせてもらえますか」

「今回の東洋新聞の買収劇は、すべてあなたのプランですよね」

「すごい決め付けですね。記者さんらしい聞き方だ」表情を変えずに言った。「あれほどの各方面で話題になる会見を、私ごときが考えられるわけないじゃないですか」

そう続けたものの、度会に信じている様子はなかった。

「あなたは質問を躱《かわ》すのも上手だ。でも逃げないでください」笑顔の仮面を作って挑発してくる。

「東洋新聞を狙ったあなたの考えを聞きたくて来ました。アーバンに狙いをつけたと見せかけ、東洋をもらう。見事な戦略です。長く経済紙の記者の仕事をしていると企業人の作戦も読めるようになりますが、今回は私も想定していませんでした」

「会見で轟木がお伝えした通りです。テレビより新聞の方が自分たちに運営できると思ったから買収先を変更しました。僕が考えたことではありませんが」

「逃げないでください、とお願いしたじゃないですか」度会は片方の口角を上げた。「そのことを直接あなたの口から聞きたくて、私は朝六時から張り込んでたんですよ」

「戦略室長として私も意見を出しましたが、決定権があるのは轟木ですし、十分な時間をとって記者会見を開いたんです。日経ヘラルドさんは一番に質問をされていましたよね。度会さんはいらっしゃらなかったようですが」

「私はあの日は他を取材していたので、会見に間に合いませんでした」

「それは残念でしたね。言っていただければ会見を遅らせたのに」

「そんないい加減なこと言うの、やめましょうよ、権藤さん」度会は不快そうに顔を顰《しか》めた。「確かに轟木会長は我々の質問に丁寧に応対してくれましたし、経緯もすべて話してくれました。ＩＴ起業家と呼ばれる人たちは、記者会見を開かず、ＳＮＳなどで一方的に発信する人が多いですが、轟木会長のメディアに対する誠実な対応には感謝しております」

「轟木は昔から新聞が好きですからね。学級新聞と一緒にしたのはプロの記者さんには不快だったでしょうが、轟木の親近感の表れだと理解してください」

実際の轟木は、新聞は前時代の象徴だと批判し、新聞記者を嫌っている。取材がしつこいこともあるが、理由は他にもある。

「でも米津訓臣さんと手を組むとは一言も言わなかったですよね」

また度会が口角を上げた。ポーカーフェイスには自信のある権藤も少しだけ反応してしまった。

「権藤さん、ちょっとは私のことを認めてくださいましたか」

度会という記者はこれをぶつけたかったのだろう。上品そうな口が横に開き、歯が見えた。

権藤でさえ、昨日知ったのだ。いったいこの男はどこで知ったのか？

反応してしまったが、「初耳ですね」と一応、白を切った。「そういうことでしたら直接轟木にお聞きになった方がいいんじゃないですか。轟木は業界の大先輩の米津会長を尊敬し、パーティーにも必ず出席していますし」認めると受け取ってもいい言葉を付け足す。

「腹心と呼ばれる人は、普通はトップに会って聞けなんて言わないのに、あなたは逆をついてくるんですね。普通の記者なら取材が間違ってるんじゃないかと混乱するところです」

自分の取材は揺らがない、と度会は言いたいのだろう。

「権藤さん、隠さなくても結構です。我々はニューマーケットインクの複数の関係者からこの事実を聞いています。こんなことを伝えるのは忍びないですが、ニューマーケットインクの大半は、御社と手を組むことに反対されたようです。残念ながら、彼らにとって轟木太一氏は、パートナーとして信頼するに足るまで達していない。私自身も轟木会長がパワフルに頑張っておられるのは認めますが、やはり昔の軽いイメージが抜けず、本気で新聞社経営に乗り出すとは思えません」

「そう思われるのは轟木の未熟なところですね。本人に言っておきます」

頭を下げておく。「それではこちらから度会さんに聞きたい。部下たちの中で、反対意見が大勢を占めていることを米津会長はどう思われているんですか。部下に反対されているのなら、協力はご破算になるんじゃないですか」

この男がどれほど取材しているのか知りたくて質問をした。

「そうは思いませんよ、米津会長が乗り気なんですから」

「そうなんですか」惚《とぼ》けたが聞き流された。

「ま、米津訓臣さんというのは今でもワンマン経営者ですからね」

しばらくなにも反応もせずに黙っていると「なんだか権藤さんは轟木会長だけじゃな

く、米津会長にも気に入られてそうだ」と言われた。ブラフだと感じ、「そうでしたら嬉しいですが」と返す。

「いや、きっと気に入る。こうしてお会いしたことで、私もあなたの魅力に惹きつけられました。あなたは誰からも好かれるタイプだ」

やはりブラフだった。この記者は昨日の密会を知らない。

「本気で誰からも好かれるとおっしゃるのでしたら、度会さんの取材能力を疑います。僕の新聞記者時代のことは調べられましたか」

「ゴードンと呼ばれてたんでしょ」間髪入れずに返してきた。「それは東洋新聞に見る目がなかったからですよ。いや東洋新聞だけじゃないですね。あなたみたいなタイプはうちの社に来ても浮いていたと思います。それは残念ながら新聞社が古い体質だからです。今のままではこの先、生き残っていくのは大変でしょう」

「それはずいぶん弱気なお考えですね。度会さんがそう思われているのなら、会社を変えてみられてはいかがですか」

「私なんかじゃ無理ですよ」度会は手と顔を一緒に左右に振った。「新聞社というのは何千人の大所帯ですからね。私が入社した頃は人気職種でしたから、学歴が高くプライドが高い人間が多い。まぁ、プライドが高くても本当に優秀なら会社を変えてますけど、時代の変化に対応できない堅物ばかりだから、新聞社はＩＴ企業に追い抜かれたんです」

「まさか度会さんがこっち側の人間とは思いませんでした」

「こっち側？　そんなこと言いましたか」片側の目だけ細めて言った。

「そうでなければＩＴに抜かれたなんて言わないでしょう」わざとらしく笑みを作って聞き返した。

「抜かれたのは事実だから認めます。ですが私はＩＴという業種をどうも好きになれません。だって不親切でしょ？　勧誘メールは毎日のように寄越すのに、こっちが困って電話しても音声サービスばかりで、なかなか人に繋いでくれない。やっと繋がったと思っても、規則ですからの一点張りで、ユーザーを助けてあげようという気持ちがない」

反論する気にもなれなかった。いちいちどうでもいいクレームに応対すれば人件費はいくらあっても足りない。

「それに私はあなたのように、なんでも新しいものがいい、外国が正しいと言う人間には共感ができないんです」

柔らかい口調に、これまで以上の棘を感じ、「僕はなんでも外国がいいとは思っていませんが」と返す。

「共感できない一番の理由は外国気触《かぶ》れだからではありません。これは時代の最先端をいっていると思っておられる方に共通する気質だと思いますが」

そこで度会の顔が険しいものに変わった。

「権藤さん、やりっ放しは勘弁してくださいね」

「やりっ放し?」目を細めて度会を見返した。

「あなたたちの新しい分野へのチャレンジ精神は立派です。でも少しやって飽きたらすぐほっぽってしまう。かき乱すだけ乱しておいて突然やめられると、残された人間は堪ったものじゃない」

「我々が途中で挫折するのが前提のような言い方ですね」

「東洋新聞に限らず、古くから残ってきた会社は、これまで多くの社員の力で今日まで生き残ってきたんです。スクラップアンドビルドは簡単です。ですが会社というのは作り直すより長く維持していく方がはるかに大変で、エネルギーを要します」

必死に言ってくるがあまり耳に入らなかった。言い終えると同時に、度会に聞こえるように鼻から息を吐いた。

「今の言葉、よく心に刻み込んでおきます。取材は以上ですか、それでしたら時間がないのできょうはここでよろしいでしょうか」手を胸に当ててそう言った。

「きょうはご挨拶ですよ。取材の方は今度また改めて」

度会は笑顔を振りまいたが、権藤は表情に出すことなく彼の脇をすり抜けた。

3

安芸は柳と待ち合わせして、ホテルの地下に向かった。

柳が扉を開けると、並べられたテーブルにスーツ姿の男たちが二十人ほど背を向けて座っていた。正面には他の人間に向き合うように政治部長の石川、その両隣に三期先輩の論説室長と二期先輩の販売部長が座っていた。

「おお、柳、安芸、悪かったな」

石川が眼鏡のブリッジを押しながら言うと、何人かが首を捻って入ってきた安芸たちを見た。その面々に圧倒された。

経済部長、大阪の企画室長、九州の社会部長……顔は見かけたことがあるが名前は知らない人間もいる。一様に濃い色のスーツにきちんとネクタイを締めていた。

「これから派閥の決起集会でも起きるのか」

一緒に中に入った柳に小声で尋ねる。その声は石川にも届いていた。「とりあえず座ってくれ」石川は右側に座る論説室長の隣、空いている二つの席を目で差した。

後ろでいいよと断ったが、「いいから座れ」と言われたので柳の隣、一番外側に腰を下ろす。目の前に座る人間が一斉に訝《いぶか》しむ顔で自分を見ている気がした。どうして役職が下の安芸を前に座らせるのかと思っているのだろう。

「悪かったな、安芸、忙しい中、急に呼んで」石川が論説室長の前から首を伸ばして言った。

「ちょうど時間が空いてたから大丈夫ですよ」と返すと、石川から「ここでは役職も入社年次も関係ないから、フランクに話してくれ」と言われた。

「ならそうさせてもらうが、石川、これはなんの会なんだ」

「簡潔に言えば、ここにいる全員が同じ志を持つ仲間だ」

「仲間というが……」そう言いながらもう一度座っている面々を確認した。部長以外にも販売の局次長、系列のスポーツ紙の編集局長もいる。「お偉方ばかりだな」心で思ったことが小声で漏れてしまった。

「安芸の言う通り、ここにいるのは安芸を除けば全員部長以上だ。ただし、部長以上だから集まったわけではない。ここにいる者は全員、東洋新聞の株を持っている」

「なるほど、そういう集まりか」

非上場企業である東洋新聞では部長以上になると自社株の購入が認められる。できるだけ社員で株を管理したいという会社の思惑もあるし、管理職に忠誠心を誓わせるという意味もある。

「石川が仲間と認める株主たちが一堂に会したということは、なにか新しい動きがあるのか」

「インアクティヴがアーバンの保有する三十一パーセントでは満足せず、今後も保有株を買い増しする方針であるのは轟木が会見で表明した通りだ。すでに三十九パーセントまでは確定していると言っていい。この勢いなら過半数、いや三分の二だって可能だろう」

「仮に三分の二を握られたとしても、うちの取締役会が買収を拒否すれば保有できないはずだろ」

「いくらでも抜け穴はある。日刊新聞法には、新聞社の株式を譲渡できるのはその株式会社の事業に関係のある事業者に限るとあるが、彼らが新会社を作って定款に新聞事業を入れれば、関係ないとは言えない。それに取締役会が開かれたとしても拒否されない可能性があることが分かった」

「役員の切り崩しが始まっているのか」

安芸が言うと、こちらに顔を向けている何人かもざわついた。石川はまだそのことをここにいる面々に伝えていなかったようだ。

「石川、俺は部長でも株主でもないんだ。もっと分かりやすく説明してほしい」

「うちは三年前に熊谷《くまがや》工場と近江《おうみ》工場を新設した際に社債を発行したが、その返済期限が迫っている。当然新たに社債を発行して償還金に当てる予定だったが、アーバンテレビ関係の広告出稿がなくなれば、主幹事の証券会社も二の足を踏むだろう」

「倒産の可能性があるってことか」

場がいっそうざわついた。

「そうとは言ってない」

「その可能性があるから、役員の何人かはインアクティヴ側に付くしかないと思っているんじゃないのか」

石川から「最後まで聞け」と諭《さと》された。

「俺はあくまでも最悪の事態を想定して話してるんだ。まだ役員の大半は拒否を明言しているし、ここにいる社員株主以外にも、アーバンの支援がなくとも東洋新聞を続けていきたいと強い意志を持つ人間がたくさんいる。俺自身、金融機関が俺たちを見捨てるかどうかは、俺たちのやる気次第だと思っている。俺たちが断固として買収相手と戦い、自分たちで会社を再建するという強い意志を見せれば、きっと支援は受けられる」

今のところ、取引銀行や社債を発行している証券会社からも談話は聞こえてこない。彼らにしても迷いがあるのだろう。融資金を失わないためには買収されることが一番安全かもしれないが、大手銀行の多くは、ＩＴに振り回された苦い過去を持っている。

「それならこんな密室で話していないで、堂々と会社で話して、社員の賛同を得た方がいいんじゃないのか」

安芸が言うと、石川は苦い顔をした。隣の論説室長から「そんなことをすれば裏切り者はない。

を刺激するだけです」と言われる。

裏切り者、少なくともアーバンテレビから来た会長以下三名はそこに入るのか。確かにせっかく買収阻止に向けて決起したところで、情報が相手に筒抜けになってしまえば意味はない。

「うちの株って今いくらなんだ、石川」

金曜日の轟木太一の会見でも出た。社内でも話題になったが、轟木が保有する株はアーバンテレビとの直接取引なので正確な売却価格は判別がつかなかった。

「俺たちが買った時は一株千円、これは五年以上は変わっていない。ただし百株単位なので実質十万円だけどな」

「そのうち社員が持つ比率は？」

この間、安芸は自分の会社の有価証券報告書を調べたが、そこには大株主の七十パーセントまでしか出ておらず、会長や社長の名前も掲載されていなかった。

「二パーセントだ」

「たったそれだけか」

「それでも二億五千万円になる。うちのようなサラリーマン会社ではそれが精いっぱいだ」

「石川はその株をいくら持っているんだ」

石川は口を固く結び、即答しなかった。

「まさか将来の社長と言われる石川が百株ということはあるまい。一万株くらいか」

一万株なら一千万円だ。さすがにその額はありえないと思ったが、小声で「もう少し上だ」と言われて仰天した。

「一万五千か」

千五百万、気の遠くなる額だ。

「もういいだろ。まぁ、それくらいだ」

「そのくらいって、さらに上ということじゃないか。二万株か？」聞くと石川が目立たないように頷いた。

思わず口から出た。「なにがそれくらいだ」

同じ給料を貰ってきたはずなのに、いったいこいつ、どこから二千万円なんて金を引っ張ってきたんだ。

「そんな目で見るな。前会長が退任した時、これから会社を担う人間に持ってほしいと俺と田川さんが指名されたんだ。俺だってそんな金を出せるかと思ったが、選んでくれたことに恩義を感じて、実家に借金して無理して買った」

石川の実家は名古屋で食品の卸問屋をしている。その時点で田川社長、石川専務、さらには田川会長、石川社長のポストが約束されたようなものだ。自分が石川の立場なら買わないし、借金するアテもない。

「総務部長はどれだけ持ってんだ」

隣で黙って聞いていた柳に聞いた。今度は柳が渋い顔になった。

「俺はそこまでの金はないからな」安芸と同じで離婚を経験している。「それでも千株は持っている」と言った。百万円、安芸には大金だ。


そこでこの部屋で反応しているのは安芸一人だけだということに気づいた。他の人間も石川ほどではないが、柳に近い株は保有しているのだろう。以前に聞いた話では自社株は利回りはほとんどなく、国債以下だという。部長以上の役職から離れた時点で、無条件で返却しなくてはならない。

「たった二パーセントでも、株式会社ではそれが社員の総意として見られる。安芸くん、甘くは見ないでほしい」論説室長から言われた。

「そのうち何パーセントが反対なんでしょうか」

東洋新聞はグループ全体で二千五百人、取締役は十七人だが、社員全体のうち一割は部長以上なので二百五十人が株を持っていることになる。

「人数で言うなら圧倒的に反対多数だ。でも株数では取締役が勝ってるから、取締役がどっちに回るかによる」

「では取締役で反対に回るのは何人ですか。会長は賛成に回るんでしょうか」

連載を許してくれた吉良は、安芸と石川が会社に残ることができた恩人であるが、今回に限っていうなら、味方になるとは思えなかった。吉良にはアーバンテレビから出向してきた役目と義理がある。「アーバンは我々を不要と判断した」と連載の許可も出してくれたが、それが本音とは思えない。

石川が「会長の考えは見えない」と言った。アーバン内でも吉良会長に戻ってきてほしい連中と、戻ってきてほしくない連中とに分かれているらしい。

「だがアーバンから来た常務とメディア担当役員はインアクティヴを受け入れるはずだ。あの騒動以来、アーバン本社に行きっぱなしで、会社には姿も見せていない」

「他の役員はどうなんだ。当然、内山社長と田川専務は拒否するんだろうけど」

「内山さんは断固として拒否すると言っていた。田川さんもおそらくそうしてくれるだろう」

「おいおい、そうしてくれるだろうって、ずいぶん他人ごとだな……」そこから先はこの場で言うにはふさわしくないとやめる。しかし石川自らが続けた。

「田川派の俺が、どうしてそんな曖昧な返答しかできないのかと言いたいんだろ」

「そういうわけではないけど」一度は否定したものの、ここで遠慮することもないと「田川-石川ラインがうちの社の主流派なのは、社員なら全員知ってる」と言った。石川は反応せず、いっそう苦々しい顔になった。

「田川専務は、石川政治部長が社内で急激に力を持たれていることに心配してるんです」

石川の隣に座る販売部長が説明した。この男も将来、販売の役員になると言われるエリートだ。

そういう内情があったのか。部長以上の対策会議から戻ってきた時も、田川と石川は並んで歩いていたのに、会話もせず距離をとっているように感じた。

「専務と揉め事でもあったのか」と石川に尋ねる。

「そういうわけではないが、以前ほど一緒に出かけることはなくなった。だが今はそんなことは言ってられない。俺と田川さんとが一致団結して社をまとめなくてはいけないと思っている」

田川こそ権藤と因縁がある。さすがに権藤のいるインアクティヴに入ることはないだろう。

「今のところ向こう側につくと予想されるのはテレビから来た二人に、彼らと親しいデジタルとシステム担当役員の計四人。今後はその数が増えないように取締役の下にいる局長、局次長、部長の社員株主を押さえておく必要がある。彼らだって部下がついてこなくては、新会社で轟木の期待に応える仕事をする自信はないはずだ」

「さっき社員株主は圧倒的に反対と言ったが、逆に賛成しているのはどこの部署なんだ」

石川に尋ねた。石川は隣に座る販売部長に顔を向け発言を促した。

「販売局を含めた営業部門は半々といったところです」販売部長が答えた。

「半々とはどういうことですか」

「紙を売って商売してる部門は概ね反対です。制作局も大反対しています」

「広告局は賛成しているってことですか」

「新聞の部数が下がって、広告はずっと悲鳴をあげてますからね。当然ながらデジタル局は全員が賛成と見るべきでしょう」

すると、最後列に座っていた背の高い男が挙手し関西弁のイントネーションで発言した。

「事業局は反対の方が多いです。正直、今の新聞社の事業が限界なんは分かっとりますけど、インアクティヴ傘下になったとこで、僕らがやってきた事業を必要としてくれるかは分かりませんので」

初めて見る顔だった。失礼ですが、と安芸が名前を尋ねると「大阪事業部の越田《こしだ》です」と名乗った。「安芸さんや石川政治部長より一期上です。安芸さんには敵いませんけど、僕も大学は七回生までおったんで安芸さんと同じ四十七歳です」と言ってきた。

「僕は四留と言いますけど、関西風なら八回生ですね」と安芸も親しみを込めて返した。

「東京の事業部長はここにいないということは賛成ですか」

「東京は代理店が絡んどりますんで」

アーバンの蛯原も、代理店がインアクティヴ側につくように仲裁に入ったと言っていた。

新聞社の事業部は代理店と組んで絵画展などの大きなイベントを開催し、相当な金を動かす。割引券などが拡張に繋がることは今の時代はなくなり、イベントに関わる予算も縮小傾向にある。

「そういうことだ、安芸。たった二パーセントの株も一体ではない。俺たちで、それを七、八割が反対になるように持っていきたい」石川は安芸の方に顔を向け、強い眼差しで言った。

「ここに俺を呼んだのはどうしてだよ。俺には部長の説得なんてできないぞ」

「今の行動を続けてほしい、それで俺が柳に電話をした」

「今のって?」

「連載で読者に新聞のあり方を訴えていく方法だ。柳からは安芸は水面下の会合を好まないと言われたが、俺が連れてきてくれと頼んだ。安芸と柳が参加してくれたら俺たちも心強い」

「柳も初めてなのか」隣を見て尋ねた。

「集まっていたのは知っていたが、参加したのは俺もきょうが初だ」

柳も一員だと思い込んでいた。少し胸が楽になった。

「連載を続けろってことだろ。それなら大丈夫だよ。言われなくてもやる」

安芸は返したが、石川からは「それだけじゃない」と言われた。「同時に社会部でスキャンダルを探ってほしい」

「スキャンダルって轟木会長のか？　低俗ネタを摑んだところで、新聞社の経営者にふさわしくないとは言えないぞ」

「低俗ネタなのか」

「愛人の噂がある。ただのホステスだが」アーバンテレビの高嶺から聞いた噂を口にする。

「今の時代、不倫は十分なネタだろ。とくに女性は轟木から離れる」

「そんなこと言ったって、うちの記者だって不倫してるかもしれないぞ。おまえだって後ろめたいことが一つくらいあるだろ」

「俺はない」石川は断言した。周りを見渡していくと目を逸らした人間が何人かいた。

「それに今の轟木は私人じゃない。公人だ」石川が続ける。

「俺は私人だから浮気や不倫をしても構わないが、公人なら駄目なんて考えでこの仕事はできない」安芸は突っぱねた。

「下半身ネタが低俗なら、他のことを取材してくれ」石川は強気に言ってくる。

「刑事事件があれば、その手の噂は回ってくるが、今のところ入ってこない」

「安芸さん、実は経済部でも今、当たっています」

大阪の経済部長が体を前に乗り出して話に割り込んできた。

「なにか心当たりでもあるんですか」

「まずは会社の実態調査です。この手の急成長した企業で一番に出やすいのは粉飾です。過去にも似たようなITで大掛かりな粉飾決算は出てますし、インアクティヴの時価総額は今回の買収劇で株価が倍以上に上がり、アーバンテレビと同等の三千億近くまで増えましたが、純利益は年間五十億円程度ですから、時価総額に達しようとすれば、六十年もかかるんです。投資家がそこまでインアクティヴの成長に期待をしていると言われればそれまでですが、インアクティヴが不正な会計処理で、期待感を煽《あお》っていることだってあります」

「そういった絵空事が、株なのではないんですか」

「絵空事だからこそ、自由に描けるということだ」石川が言った。「俺たち政治部も手を尽くしている」

「社会部を動かしたいのであれば、俺ではなく長井部長に言うべきじゃないか」

そう言ったものの、石川が長井に頼みにくいのは察した。安芸たちより三期上の長井は年下の石川が次期編集局長と言われることを快く思っていない。

「頼みづらいか？」

「それもあるが、長井はアーバンテレビの編成局長の大学の後輩ということもある」と言った。アーバンの編成局長が同じ山岳会出身という縁もあり、長井は一時、夜の報道番組にコメンテーターとして出演していた。

「どう思う」隣に座る柳に尋ねた。

「俺たちは新聞社なんだ。新聞記者としてできることをやるべきだ」柳にしては珍しく熱が籠《こも》った口調だった。

「私情を混ぜた取材をしていいのかな。感情的になり過ぎて誤報を打ったら大変なことになる」

客観報道だけが記者の仕事だとは思っていない。時には正しいと思ったことに、主観を込めて、自分しか書けない記事を書けと記者たちには言い続けてきた。だが買収されて自分たちがクビになるかもしれない状況下で、分別のある取材ができるのか。

口を結んで悩んでいた柳だが「俺も個人的な事情でペンを武器にするなとは教わったが」と断りを入れてから「今、それをやらないと俺たちは後悔する。買収されてから、インアクティヴに不正が出てみろ。東洋新聞の記者は何やってたんだと笑われる」と言った。

女の問題にしても、それが事実かどうか取材をしていなかった。他にも、粉飾、架空取引、使い込み、贈賄……あらゆる点をひと通り洗ってみるのも記者ならば当然の仕事だ。

「その通りだな」柳の顔を見てから、石川に「社会部で使える人間は全員使って動いてみる」と言った。

「頼みます、こういうネタは社会部絡みのものが一番多いので」

名古屋の販売部長が言った。彼とは研修で一度一緒になったことがある。

「うちで一番ニュースに強いんが、東京の社会部やと思てますんで」

七回生だったと言った大阪の越田事業部長が握り拳を作った。ここにいる全員が自分を見ているように感じた。最初は株を持てる役職でもない安芸がどうして呼ばれたのか冷めて見ていたのが、今は仲間としてのエールを送られているように感じた。

「分かりました。連載を続けながら、徹底的に調べてみます」

言い終えた時には、全身に熱い血がたぎっていた。すでに誰にどこを当たらせようか、頭の中でやり繰りを始めていた。

## 4

権藤が席につくと、「室長」と声がして、山中《やまなか》という坊主頭の社員が近寄ってきた。

「東洋新聞の都内の販売店を調査しましたが、本社からの支援金なしで経営できているのはたった十一店でした」

「そんなもんだろうな」

山中は戦略室にいる社員の中でも権藤がもっとも信頼している男だ。信用調査会社にいた時に権藤が目を付け勧誘した。髪型だけでなく、肌はニキビ跡で陥没していて、強面《こわもて》に見られるが、性格は細かく、言われたことを忠実かつ慎重に進めていく。

その山中の調査力を利用し、携帯電話会社でワンセグの仕事をしていた社員をチームごと引き抜いた。そのことでゲーム中心だったインアクティヴのポータルサイトが充実した。

これだけの仕事をしながら、高卒だということで出世が遅れていた山中を、権藤は「室長代理」に二階級飛びで昇格させた。

今は、新たに始める新聞事業を任せている。山中は調べた販売店の状況を、権藤に報告しにきたところだ。

「県単位で分析しますと、東洋新聞の購読者が多いのは、東日本は東京と千葉、埼玉の一都二県、西日本では大阪、兵庫、それと九州ですかね。九州といっても工場から最終版が届く福岡近郊だけです。大分、長崎、宮崎、鹿児島といった輸送に四時間以上かかる地域は壊滅状態です。もっともそれらの地域に専売店はありませんが」

専売店のない地域は、地元紙や東都、毎朝に配達を依頼するか、もしくはそれらの地域の新聞のすべてを扱う複合店に頼むしかない。頼む側の立場は弱く、到着が遅れれば配ってくれないし、購読のセールスもしてくれない。

「室長は今ある販売店の大半は潰す考えですよね」

「儲かっていない地域にまで送る必要はないだろ」

「そうなると工場はどうされますか」

東洋新聞は全国に十二の印刷工場を持っている。そのうち三年前に建設された埼玉県の熊谷工場と滋賀県の近江工場は最新の設備を持っている。

「山中はどう思う？」

「僕は東西に拠点となる工場が一つずつあればいいと思っています。今は他紙の工場でも委託印刷できます。紙媒体を維持するにしても合理化は不可避だと思っています」

山中は遠慮することなくはっきりと述べた。上司の顔色を窺わず、自分の意見を言うところを権藤は買っている。

新聞社が印刷工場を独自に保有し、他紙に印刷を任せようとしないのは、特ダネが他紙に漏れるのを嫌がるからだ。新生東洋新聞は記者がスクープを持ってくれば即ネット配信するのだから、その心配はない。

「どうして権藤室長が僕に任してくださったのか、午前中の会議で改めて実感しました」

笑みを広げて山中が頭を下げた。

一時間ほど前に終わった会議で、山中は轟木以下、役員全員の前でプレゼンをした。タブレットを開発し、そのタブレットに紙面と同じ内容をデジタル配信して読ませるというアイデアだった。

山中が説明している途中だというのに、轟木が口を挟んだ。

「今時新聞を読むのは高齢者が圧倒的なんだぞ。タブレットでなんか読むか」

「高齢者に期待していたら新聞の未来なんて尻すぼみです。いずれインターネットを知らないお年寄りは死んでいくんですから」山中は臆することなく答えた。

「でも山中くん、若い人がうちの記事を読むためだけのタブレットを買ってくれるの？」

珍しく会議に出席していた副会長の里緒菜が言った。

「もちろんＷｉ－Ｆｉは使えるようにします。しかもタブレットは無料で与えます」

「無料？」轟木と里緒菜が同時に声をあげた。

「携帯電話より少し大きめのサイズですし、中国製なら純製作費は数千円、日本製でも一万ほどで作れます。これまで新聞の拡張に洗剤や野球のチケットなど何千円も使っていたのと比べたら、タブレットをあげるくらい、たいしたことはありません」

「購読料はどうするんだ」

「もちろんゼロ円です。日本人の感覚ではネットで読む記事はただですから。利益はおもに広告収入で補います」

「タブレットを与えるのは結構な出費だぞ。携帯電話会社でもそこまでの太っ腹なプレゼントはしない」

轟木の声がさらに大きくなった。少々のことでは動じない山中も萎縮し、顔が暗くなった。部下だけが攻撃を受けていてはかわいそうだと権藤が助け舟を出した。

「会長、副会長。山中はきちんとその点も考えております。タブレットを渡すのはこれから一人暮らしを始める大学生、もしくは社会人といった若者に限定します」

「実家にいたからって、家で新聞を読んでたとは限らないぞ」

「このタブレットは、住宅情報サイトを介して契約者に渡すのです。そうすることで住宅サイトから協賛費と広告収入を得ることができます」

「マンションの契約者にタブレットをプレゼントできるなら、住宅情報会社は喜びそうね」里緒菜が感心した。

「もちろん山中はそれだけを目的としているわけではありません、一番求めているのは、そうした若い連中にムーブメントを起こさせることです。ですのでうちの雑誌サイトとも提携し、うちが契約する雑誌も無料で読めるようにします、なぁ、山中」

そこで山中に振ると、覇気が戻った顔でその後を引き継いだ。

「雑誌購読の収入が減るわけですから、痛手もありますが、新聞の購読者と一体化すると考えれば安いと思っています。我が社のタブレットから情報を得ることが、お洒落であり、憧れの都市型生活であるというイメージを、新聞を読まない若い層に与えます。彼らがタブレットを持つことに優越感を感じたら、この勝負は勝ちです。もちろんタブレットでは我が社の主幹事業であるゲームと動画も楽しめるよう、工夫を凝らします」

「いいアイデアだけど、それだと自宅から通ってる子や、すでに一人暮らしをしている若者から、反発を食らうんじゃないの」里緒菜が疑問を挿んできた。

「彼らはあえて焦らします。欲求というのはギリギリまで膨らませた方が爆発します」

「焦らしてから若者全員にプレゼントするってこと？」

「プレゼントしますが、それはモバイル接続できるものに限定します。モバイル接続にすれば利益も出ます」

「だけど、きみ、そんなことしても通信会社ではないうちは一銭の得にもならんぞ」

それまで一言も口を挿まなかった専務が質問してきた。彼は米津との関係を知らないのだからそう思うのは仕方がない。

「その手の会社でうちに協力してくれる会社はいくらでもあります。A社でもB社でもC社でも」

権藤が遠回しに言ったことに専務はいらついていたが、それ以上突っ込んでくることはなかった。

「山中はさらにいいアイデアを考えていますよ」

権藤がそう言った時には、轟木は「話してくれ、山中」と聞くことに夢中になっていた。

「どのサイトにも読者のコメント欄がありますよね。その中には大学の教授や研究員、専門分野で働くプロフェッショナル、あるいは素人だけど立派な考えを持っている人間もいます。デジタル版では彼らを起用します」

「コメンテーターのように使うってことだな」

轟木は言ったが、山中は「それだけではニュースのあとに、SNSでの発言を掲載している他のサイトと代わり映えしません」と言った。

「立派な意見を持っているユーザーには、デジタル版の新聞にもレイアウトして載せるようにします。見出しもつけ、必要なら写真も付けさせ、報酬も払います」

「ネットに投稿している人間は、新聞を見下してるんだぞ。そんなことして喜ぶか」

説明の最中で轟木が遮《さえぎ》ったが、山中は「僕はそう思っていません」と意見を取り下げなかった。

「たくさんのフォロワーや読者を持っていたとしても、彼らは自分の発言は素人の一意見扱いで、実行力のある政治家や会社経営者、著名人には届いていないと思っています」

「山中の言う通りです。ネットで自分の意見を強く主張する人間は、多かれ少なかれインフェリオリティー・コンプレックスを持っています。それを我々が応援し、彼らの中から新しい社会学者、オピニオンリーダーを作り出すのです」

権藤はここでも山中を擁護した。

ネットでブログどころかコラムでも小説でも書けるのに、いまだに本を出版したいと思う人間が多いのと同じ心理だ。ＳＮＳやコメント形式で掲載するのと新聞にレイアウトして載せるのとでは、人間が持つ自己顕示欲の満足感に雲泥の違いがある。既存のマスメディアは古いと言っている人間に限って、実際に頼まれればテレビに出演し、新聞や雑誌に偉そうなことを執筆する。

「でも素人の場合、匿名がほとんどよね。本名でも書くかしら」今度は里緒菜が疑問を質した。

「副会長、僕は匿名のままでいいと思っています。もちろんこのページは匿名読者のページだというのを示す必要がありますが」

「新聞の投稿欄は実名が原則ですが、偽名かどうか、完璧に調べているわけではありません」山中に続いて権藤が補足した。最初のうちは発信者の身元を認識できるようにしておくためにも、ＳＮＳと提携する必要があると考えていた。だがクレジットカードなど多くの個人情報を保有するニューマーケットインクが計画に参入すれば、その心配もなくなる。

「有名人が亡くなった後に、すぐ追悼原稿をアップするような人間の記事は載せませんが」

権藤が言うと、里緒菜が「そうそう、悲しくて涙が止まりませんとか書いてるけど、本当に泣くほど辛かったら書けないでしょって、いつも突っ込みを入れたくなっちゃう」と言った。轟木も「副会長は我が家で、こういう時につぶやくのはいつも同じアピールだって怒ってるよ」と笑い、緊張していた場が和んだ。

「ですが、今の山中くんの説明ですとタブレットの方が、宅配の紙面より充実してしまいますよね」

笑いの中に入ることもできず、蚊帳《かや》の外に置かれている専務がつまらなそうに言った。

「充実してなにが悪いんだ」轟木が目を剝いた。

「い、いいえ、せっかく買収した新聞を、お金を払って買ってくれる人は減る一方ではないかと思いまして」たじろぎながらも専務は言葉を選んで説明した。

轟木の怒りにまた火がつきそうだった。轟木が大声を発するより先に権藤が言った。

「専務、いくらタブレットを充実させても、今の紙のままがいいと思ってる読者はタブレットは受け取りませんよ」

「それは自分たち中高年には使いこなせないと思ってるってことですかね？　今は我々より上の年代でも使える人は増えてますよ」彼は権藤に対しても言葉を和らげて言った。

「専務、僕が『受け取りません』と言ったのは、彼らが使えないと言ってるのではありません。彼らはネット内に乱立する自己中心的な解釈や意見を見たくないという思いがあるんです」

「見たくなくても、今の時代、一般ユーザーのコメントは避けては通れないでしょう。だいたいテレビでもツイッターが出てくるんですから」

「そういうのは午前中や夜遅く、あるいはBSの番組が中心で、NHKでいうなら朝七時、正午、午後七時、九時のニュース、民放なら十時、十一時台など主幹としている報道番組ではやりません」

「ツイートって、見てるだけでイライラするのよね。どうしてテレビがいちいち素人に迎合しなきゃいけないのよって」里緒菜が眉を顰めて言った。

「僕も同意見です」権藤が続ける。「僕は事件が起きるたびに、テレビが『町の人の反応は？』と聞くシーンに意味があるのかと思います」

「私もチャンネルを替えるわ」

「人のつぶやきを見て自分の意見と同じだったと安心したり、載せてもらうのが楽しみで送っている視聴者がいるからテレビ局はやるのでしょうけどね。若者だけでなく、高齢の方のツイートもありますから、我々の身近にもそういう人がいるのかもしれませんね」流し目で専務を見た。

「私はしませんよ」顔を紅潮させて専務が、手を左右に振った。

「いずれにせよ、我が社のタブレット版に載せる記事は、テレビでは目を背けたくなる人も読みたくなる、なるほどと感心する意見、新たな知識が含まれたものに限定せねばなりません」

そう答えたところで、轟木が「よし、分かった。あとはゴードンと山中に任せる。業者にどんなタブレットがいくらで作れるのか、早速見積もりを出させろ」と言い、その会議は終了となった。

山中にしてみたら意見がその場で採用されたのだ。そういう時は浮かれてしまって、他の仕事が二の次になるものだが、彼は権藤が命じた既存店の調査も確実にこなしていた。

「調べた地域の中には毎朝も東都も弱いのに、東洋新聞の販売店はなく、地方紙にシェアを奪われている場所もあります」

「そこに新たな販売店を作れということか」

「それは無駄です。新規店を作るとなると最低二億は必要でしょうし」

賃貸物件でも敷金や保証金のほかに、新聞販売店に適したスペースを作るリフォーム費が必要だ。さらに店主の住居、従業員が住むアパートも必要となる。新聞配達をしている者には立派な人材もいるが、複雑な過去を持つ流れ者もいる。住み込みだからこそ夜中から働くハードな仕事でも希望者がいる。

「俺の頭にも新規店を作る考えはないよ」

「室長ならそう言うと思ってました」

もっとも最近は迷いが生じている。米津訓臣の存在が大きい。口にこそ出さなかったが、米津からは株を保有する米国の三紙と東洋新聞を合算し、米国のトップレベルに匹敵させたい、そのような野望が窺えた。着手した事業はすべて海外の同業トップに肩を並べる——それが米津の経営理念であり、そう公言して部下を鼓舞してきたからこそ、今の規模まで会社を発展させた。

となれば部数の減少を容認しないだろう。海外のメディアが、タブレット版も部数と換算してくれればいいが、無料では部数の条件にそぐわない。いやニューヨークタイムズやワシントンポストが認めようが認めまいが関係ない。米津がそれでは不満だと言えば、宅配制度を今一度練り直す必要がある。

山中は出した資料をさらに細かく説明していた。権藤は聞きながら資料をめくっていく。各販売店の成績が出ていた。ページをめくると都内東部の一覧表になった。その一つに目が止まった。

「山中、この西葛飾《にしかつしか》販売店って、こんなにひどい数字なのか」

かつては本社からの補助金なしでも経営できる優良店だった。それがこのデータによると、五年以上、通期での赤字が続いている。

「そこはずっと良くなかったんですが、今後はさらに落ちるでしょうね。実質仕切っていた社員がやめましたんで」

「やめたって、臼杵《うすき》さんか？」

「室長、その人を知ってるんですか」

「ちょっとな」

「東洋新聞時代の知り合いなんですね」

山中はとくに疑うこともなく臼杵について説明を続けた。「今度千葉に新規の販売店を出すことになった東都新聞に引き抜かれたみたいです。その地域は毎朝新聞が強かったんですが、最近毎朝も部数落ちがひどいんで」

「東洋の店主は認めたのか？」

西葛飾の店主である門馬《かどま》は、部下の独立を邪魔する人間ではないが、四十代後半から肝炎を患い、無理がきかない体にある。臼杵の存在なくしては販売店は成り立たないはずだ。

「認めたもなにも、止められないでしょ。西葛飾の赤字は増える一方でしたし。きっと臼杵って人も、東洋新聞がうちに買収される会見を見て、自分の選択で正解だったと喜んでるはずですよ」

山中との打ち合わせを終えると、資料をもって会長室に向かった。ノックしてドアを開けると談笑が聞こえてきた。轟木と里緒菜の夫婦が、パソコンの画面を見ながら楽しそうに話している。

「会長、山中の調査を持ってきました」

「ごくろうさん、そこに置いといてくれ」

顔を向けた轟木は相好《そうごう》を崩していた。受け取るとまた画面を見る。顔から十センチも離れていないところで、里緒菜も同じ画面を見ている。その姿は仲睦まじい夫婦そのものだった。

「面白いサイトでも見つけたのですか」

「この前の親睦会の件だ。どいつもこいつもフェイスブックで俺とのツーショット写真を掲載してんだよ」

かつては自分もそうしていた轟木が、彼らの行為を愚弄した。

「こいつらのところにゴードンが行って説教してやればいいんだよ。そうしたら彼らの会社の業績も上がるだろう」

「あら、そんなことをしたらあなたは大事な参謀を引き抜かれてしまうわよ」

「おっ、それは大変だな」

自分のことを褒めてくれているのにまったく心に響かなかった。それより二人に対し、少し意地の悪い気持ちが湧いた。

「会長、言い忘れていましたが、昨朝、日経ヘラルドの記者に直撃取材を受けました。僕の宿泊ホテルを探られたようです」

どうしてホテルがばれたのか自分でも分からない。尾行には気をつけていた。それでも優秀な新聞記者が本気で探そうとすれば、ヤサ探しなどなんてことはない。

「記者は米津会長が関わっていることも知ってました。僕は否定しておきましたが」

脇が甘いと叱られるかと思ったが、轟木は「日経ヘラルドの記者ならそれくらい摑むだろう」と冷静だった。

「度会って記者、知ってますか」

「ひょろっとした男だろ。以前インタビューを受けたことがある。摑みどころのない記者だったな」

摑みどころがないとの表現は極めて的確だった。最後まで彼がどこまで知っているのか把握できなかった。度会が感情を見せたのは一度だけ、「やりっ放しは勘弁してくださいね」と言ってきた時だけだ。

「そのうちインタビューに答えてもいいけどな。日経ヘラルドだってうちの事業に米津会長が入るというニュースなら、大スクープだと喜んで報じるんじゃないか」

「問題は日経ヘラルドが現状でどこまで取材してるかですよね」

「米津会長のことも知ってるなら、全部知ってんだろ」轟木はまた画面に顔を向ける。

「会長のことを、という意味です」

含みを持たせたことで、轟木の顔が引きつった。上目でゆっくりと見てくる。隣の里緒菜は、その変化には気づいていない。

しばらく沈黙した。「どうしたの、二人とも」里緒菜が違和感を覚えて聞いてきた。「山中からの報告書をこちらに置いておきますので、お時間がある時にでも見ておいてください」とテーブルに資料を置いた。

「ああ、ゴードン、ごくろう」

妻に余計な詮索をされたくないのか、轟木は咄嗟《とっさ》に表情を戻していた。

# 第五章　寝返り

## 1

当番デスク席に座る安芸は各記者からの報告をコンテ表に書き込んでいた。三時半からの編集会議まで一時間ほどある。隣の席では社会部長の長井が各紙の夕刊をめくっていた。

「長井部長、ちょっといいですか」

霧嶋ひかりが社会部長席に歩み寄って声をかけた。

「おお、どうした霧嶋」

「ちょっと例の件で相談したいことがありまして」眉を八の字に下げて言った。

「それなら、ちょっと奥の部屋に行くか」

堅物の宮内庁記者だった長井は、女性に弱い。とくに霧嶋はお気に入りで、ワシントン特派員を決める際も「彼女なら任せられます」と推した。長井も以前、ワシントンに出ている。後輩の女性記者が不安になって相談にきたと思ったのだろう。二人が編集局奥の会議室に入っていった。ドアを閉めるところで、霧嶋が安芸に微笑みかけてきた。

——霧嶋、悪いけど、三十分ほど部長をどこかに連れ出してくれないか。

十分ほど前、社会部席から離れたテーブルで、インタビューのテープ起こしをしていた霧嶋に頼んだ。「部長に聞かれたくない電話をかけたいんだ」そう説明しただけで、彼女は理解してくれた。「それなら私が色仕掛けしてきます」と言われた時は安芸の方がどう返していいのか困った。

会議室が閉まると、安芸は立ち上がって反対側の席に座るこの日のサブデスク児島《こじま》に告げた。

「児島、記者からの電話があったら、これに書き込んどいてくれ」

ほぼ埋まったコンテ表を渡す。

「それから俺はこれから方々に電話をするけど、おまえは聞こえなかったことにしてくれ」

「はぁ」曖昧に返事をした児島だが、他言するなという意味は分かったはずだ。

警視庁サブキャップの宮本《みやもと》の携帯電話に電話をかけた。

〈はい、宮本です〉

出たが、掛け直していいですか、と言われた。時間を置かずに折り返しがかかってきた。

「悪いな、もしかして近くにキャップがいたか」

今の警視庁キャップは長井部長に可愛がられており、長井の後を受けてアーバンテレビの報道番組に出たこともある。

〈そうなんです。でも川上から聞いてます。轟木太一のことですよね〉

昨夜のうちに去年まで警視庁担当をやっていた川上という記者に「轟木太一の銀座の女を調べてくれないか」と命じた。川上は警視庁時代の先輩である宮本に相談したようだ。

「つまんないネタを川上に探ってもらっている。悪いが警視庁でも、過去にインアクティヴ社になにか容疑がかかったことがないか洗ってくれないか。捜査途中で終了したことでも、俎上《そじょう》に上がっただけの事案でもいい」

期待したのは法律違反だが、宮本は〈やっぱり女のことですかね〉と言った。〈さっきトイレで知り合いのサツ官に会った時にその話をしたんですけど、サツ官の方から、《愛人のことだろ?》と言ってきたんですよ〉

「向こうから言ってきたのか?」

〈そうです。他の職員が入ってきたんで詳しくは聞けなくて……。今晩は他に夜回りしなくてはいけないので、明日の休みに当たってみます〉

「悪いな、休日を潰してしまって」

〈当然ですよ。インアクティヴが経営権を握った後に、自分が記者として会社に残れるとは思っていませんので〉

宮本は謙虚だった。押しが強く、今の警視庁キャップより数多くのスクープを取ってきたが、実績通りに上が評価しているわけではない。若い頃は最前線でネタを取る記者が買われるが、デスクになる年齢が近づくに連れ、自分を押し通す記者より、上司の意見に忠実な記者が出世していく。

宮本の電話を切ると、次は国税担当に電話をした。過去に法人税法違反の嫌疑がかかっていないか調査してほしいと頼んだ。

〈新聞社だって過去に申告漏れを指摘されて、解釈の違いと言い訳して修正申告に応じてきたんですよ。見つかってもそのことが新聞経営に不適切とは言えないです〉

彼からはそう反論されたが、「それでも悪質だったら逮捕だってありうるんだ。念のため、調べてくれ」と頼んだ。

東京地検担当の増井《ますい》にも電話をかけた。途中、会議室の扉が開き、長井と霧嶋が戻ってきたため「検察内の噂でも構わないから」と早口で言った。増井は〈やってみます〉と快諾してくれた。

その後はデスク業務で忙しくて、彼らに電話もできなかった。午後六時に空車の路線バスが歩道に突っ込んで、歩いていた高齢の女性一人が死亡、さらに通行人三人が重軽傷を負う事故が発生した。運転手が意識を失ったという見方が強かった。安芸はバス本社や運転手の自宅に記者を出し、運転手の持病や健康チェックに不備がなかったか調べさせた。

その事故で社会面はほぼ埋まりかけていたのに、日付が変わって午前零時五十五分に千葉県市川市の首都高速湾岸線で車同士が接触し、一台がガードレールを大破させ、衝突されたタクシー運転手が死亡するという事故が起きた。

後ろから無理にタクシーを追い抜いたのが原因で、その車はフェラーリだった。

警察は発表していないが、男には同じスポーツカーに乗る友人がいて、高速道路で競走をしていたという情報が入ってきた。

幸いにも、降版《こうはん》協定時間より前だったから問題はなかったが、これが午前一時十五分を超えていたら、夕刊回しになっていた。

新聞には各紙で相談して取り決めた降版協定というものがある。東京管轄では朝刊は午前一時十五分、夕刊は午後一時十五分で、それ以降に発生した事故や警察が着手した事件は新聞には載せないと話し合いで決められている。もちろんサミットや首脳会談、五輪やW杯、あるいは飛行機事故などがあった時は例外で、突発的な事件でも、加盟各社に協定破棄を申し入れて同意を得られれば、その後に発生した事件も掲載することができる。ただしそれ以降に追い版を取るのは印刷費やトラックの輸送費などで一千万単位の支出がかかるため、破棄を申し出ても他紙から拒否されることもある。

高速の事故を突っ込んだ最終版の降版を無事に終えると、そこで数時間ぶりにトイレに行った。戻ってから泊まりの記者に買ってきてもらったコンビニのおにぎりを二つ食べる。こんな時間に炭水化物を摂りたくはないが、社食が開いている時間は、席を離れられなかったのだから仕方がない。

午前三時になると、各紙の朝刊がバイク便で編集局に届いた。

「東都も中央も一面のトップでバス事故、高速での事故は社会面の肩でやってます」

泊まり番の一人が報告した。各社による紙面交換だ。これも古くからある新聞社の慣習で、自分たちの紙面が他紙と比べて優っているか劣っているかを知るだけでなく、大きなスクープをされた場合は、すぐさま記者に連絡を入れ、取材態勢を整えることもできる。

「毎朝はスポーツカーの仲間が他に二人いることまで特定していますね」若手記者が言った。

「貸してくれ」

毎朝新聞にはポルシェとランボルギーニと車種まで特定されていた。三台が猛スピードでかっ飛ばせば目につく。「警視庁と千葉支局の双方に連絡して、確認させてくれ」記者に指示をした。

抜かれているのはこれだけだった。各新聞社はこの交換を拒否することもできる。拒否された時は大抵、その社が大スクープを摑んでいる可能性が高く、社内に緊張が走る。

各社とも差異のない紙面にホッとする一方で、似たような紙面を作っているから読者に飽きられるのだろうという反省も浮かんだ。

その後、安芸が金を出して、一番若い泊まり記者に食堂の自動販売機でビールを買ってくるよう頼んだ。昔は必ず本社前に屋台が出ていて、肴《さかな》に困ることはなかった。今はコンビニの乾き物だ。一時間ほど飲みながら雑談したのち、それぞれ仮眠室に行き、朝の七時に再び集合した。八時になると夕刊班が出勤してくる。安芸は夕刊の当番デスクである佐々木に引き継ぎ連絡をして会社を出た。

自宅に戻り、シャワーを浴びている間に部屋の空気を入れ替えようと、窓を開けた。浴室から戻って窓を閉じる。カーテンを引いて横になろうとしたところで、携帯電話に留守番電話が入っていることに気づいた。

最近になってようやく機種変更したスマートフォンを操作する。安芸はこの小さな機械のほとんどの機能を使いこなせない。以前の折りたたみ式の携帯電話とは異なり、押したつもりはないのに、電話をかけてしまうこともある。深夜に掛け直してきた後輩に「申し訳ない、誤爆だ」と謝ったのは一度や二度ではない。

留守電の発信音が鳴ったのは聞こえてきたが、電話の主の声はなかなか聞こえてこなかった。切ろうとしたところ、ようやく声がした。

〈……由里子です。お元気ですか。東洋新聞、大変みたいですね。でも応援しています〉

別れた妻だった。声を聞いたのは離婚の話し合いを終えた五年前以来になる。

掛け直すべきか少し考えたがせっかく電話をくれたのだ。礼を言おうと右手の人差し指で携帯のアドレス帳を動かし、〈由里子〉と書いた画面を押した。

〈はい、木村《きむら》ですが〉

低い男の声にしまったと目を瞑《つぶ》った。画面を見直すと〈0178〉と八戸《はちのへ》の市外局番が出ていた。彼女の実家にかけてしまったようだ。由里子の携帯と実家の番号を同じアドレスに入れていたからだが、今さら悔やんでも遅い。

「朝早く、申し訳ございません、安芸です、稔彦です。大変ご無沙汰しております」

お義父さんもお元気ですか、と浮かんだ。とても口には出来なかった。顔を真っ赤にして怒鳴られたのを思い出す。

元義父は、しばらく沈黙していた。怖《お》ず怖《お》ずと「由里子さんいらっしゃいますでしょうか」と尋ねる。おらん、と叩き切られるのも覚悟した。

〈おい、由里子、電話だぞ〉不機嫌な声で呼んだ。

〈もしもし、代わりました〉

おっとりした声、以前と全然変わらない。

「電話をくれたみたいだね。心配してくれているのが嬉しくて、お礼を言いたくなった」

安芸はそう言ってから「ごめん、間違って家の電話にかけてしまった」と謝った。別れたのだから携帯にかける方が厚かましかったかとも思った。

〈ちょっと待ってね〉

しばらく間が生じた。おそらく二階に移動したのだろう。階段を歩くような音がした。

〈もしもし〉由里子が会話を再開させた。今度は違う心配が生じた。

「ご主人は大丈夫かな」

彼女は今は再婚し、橋本姓に変わっている。夫の橋本英之《ひでゆき》も安芸の大学時代の後輩で、三人でドキュメンタリー映画を作った。

橋本は真面目で控えめな男だった。安芸の思いつきに文句も言わず、由里子と取材の準備を整えてくれた。カメラを回し、編集の指示を出すのは安芸だが、実際に機械を弄《いじ》ってコマを繋いだのは橋本だった。編集が終わると、毎日のように三人で酒を飲んだ。そのうち安芸は由里子と一緒に住むようになったが、三人の関係は変わらなかった。

六年前、由里子が体調を壊して帰郷した時、都市銀行の秋田支店に勤務していた橋本は八戸に見舞いに行ったらしい。そこで由里子が安芸の元に戻る気がないと聞き、大学生の頃から抱いていた思いを告白した。恥ずかしながら安芸は、橋本が由里子に好意を抱いていることに気づいていなかった。

その直後に由里子から切り出されて離婚が成立した。橋本は銀行を退職し、今は由里子の実家であるリンゴ農家を継いでいる。

〈ご主人だなんて、彼も照れくさがるわよ〉由里子は笑っていた。〈昨日から農協の人たちと青森の品評会に行ってるの〉

「そっか、品評会に行くなんて橋本はもう立派な生産者だな」

〈性格がマメだからこの仕事が合ってるみたいね。今じゃ、父より先に木の変化にも気づくのよ〉

ガサツで機械音痴の安芸がドキュメンタリー映画を作れたのも、橋本と由里子のサポートがあったからだ。

〈東洋新聞は買収されてしまうの〉

彼女が心配そうな声で言ったので「大丈夫さ。買収させないようみんなで知恵を絞って頑張っているところだ」と答えた。

〈あなたなら会社が残れるよう奮闘していると思った〉

「俺の力なんて大したことないよ。でも社員全員の気持ちが一つになれば、轟木太一だって強引には進められないと思ってる」

〈私も絶対に残してほしい〉

「本当か」知らず知らずのうちにそう言葉が出た。

〈当たり前じゃない。東洋新聞のおかげで私たちは結婚できたんだから〉

縁を結んでくれたような言い方をしたが、実際は切れかけていたところをかろうじて取り持ってくれたという方が近い。

ドキュメンタリー映画で失敗した安芸は映画製作の夢を諦め、学校に通うのもやめてしまった。唯一の楽しみが麻雀で、プロ雀士《ジャンし》の資格も取った。かといってそれで食べていける甘い世界ではなく、短期バイトをして、由里子との生活費を稼いでいた。

留年四年目の二十五歳の時、前年から電機メーカーでOLとして働いていた由里子が妊娠した。安芸は心を入れ替え、来年こそは就職すると残っていた単位を取った。リクルートスーツも買った。だが就職情報誌をめくるだけで「やりたい仕事が見つからない」と子供じみたことを言い、応募もしなかった。温和な由里子も「会社訪問をするとか自分で動かないことには、したい仕事なんて何も見つからないわよ」と堪忍袋の緒が切れた。

なのに叱られてむしゃくしゃした安芸は、翌日、久々に雀荘に行ってしまった。そこで徹マンしてすべての持ち金を失った。無断で朝帰りした安芸に愛想を尽かした由里子は、別れることを決心して、朝、仕事に出かける準備をしていたそうだ。

ところが雀荘のマスターに電車賃を借りて帰った満員の通勤電車で意外な発見があった。

隣に立つ客が、網棚に残してあった新聞を取り、狭いスペースで読み始めた。ページを替えるたびに、紙面が顔に当たった。気が立っていた安芸は文句を言おうとしたが、目の前にあった記事が当時話題になっていた不倫殺人事件だったこともあり、覗き読みした。その時、記事の下にあった新入社員募集の広告が目に飛び込んできたのだ。

当時は多くの企業が、新卒採用は浪人、留年を併せてダブりが「二」もしくは「三」までで、安芸のように「四」になると応募もできなかった。東洋新聞の新卒採用欄は採用時の年齢が二十六歳までと書いてあった。当時はまだ二十五歳だった。

会社員は新聞を再び網棚に置いて降車した。その東洋新聞を拾い、アパートに持ち帰った。そして怒り心頭でアパートの扉を開けた由里子に、「俺は新聞記者になるぞ」と叫んだのだった。

とはいえ、それでよく受かったと思う。面接では「ドキュメンタリー映画では伝えられなかったことを、新聞の読者に訴えたい」と言った。その程度の応募理由を述べる学生はいくらでもいるようで、面接官の反応は悪かった。逆に「四年も留年してなにをやっていたんだ」と聞かれた。「麻雀に没頭し、プロ雀士になりました」と正直に話した。さらに「同棲している彼女に子供ができ、別れるか仕事するか二者択一を迫られたので就職することにしました」と話した。「麻雀のプロなんて学生がなれるのか？」と一人の役員に驚かれ、違う役員からは「子供が生まれるんじゃ、きみは辛くてもやめないな」と言われた。次の面接でも「おお、きみか」と顔を覚えられていて、トントン拍子で採用された。

「あなたに記者の仕事はぴったり」と一番喜んでくれたのが由里子で、安芸の入社とともに仕事をやめた。最初の赴任地である仙台にも、次の横浜にもついてきた。

ただ、子供は新入社員の研修中に流産してしまった。当時は携帯電話がなかったため、由里子が自分で救急車を呼び、八戸の両親からの連絡で安芸は、母体も危なかったことを聞かされた。

六年前にはシリアに取材に出た。ようやく志願していた内戦取材が叶ったことに喜び、戦地から会社には電話したが、自宅にはかけなかった。

由里子はその頃体調が悪かった。以前から生理痛がひどく、一週間ほど前から下腹部に鈍痛があったようだ。生理が終わっても痛みは収まらず、実家に帰ろうかと悩んでいた。それでも帰らなかったのは戦地に飛んだ安芸の身を案じ、連絡を待っていたからだ。

激痛に襲われた彼女は台所で倒れ、救急車を呼び、病院が実家の両親に知らせた。看護師は意識が朦朧《もうろう》としている由里子から安芸の会社を聞き、電話をくれた。安芸はちょうど次のキャンプに移動中だったため、そのことを知ったのは手術を終えて十時間以上経過してからだった。

──あんたはうちの娘を殺す気なのか。

日本に帰国して駆けつけた病院で、義父から怒鳴られた。

──あんたがうちの娘を放っておいたのはこれで二回目だ。もうあんたには娘を預けられない。

義父はそう言って、由里子を八戸に連れて帰った。

安芸は猛省し、休みのたびに八戸に行った。由里子の体調は回復したが、彼女の口から東京に戻りたいという言葉は出てこなかった。そしてある時、「私、もうあなたと暮らしていけない」と告げられた。

由里子はずっと寂しかったそうだ。生活のことは心配しなくていいから、きみは好きなことをしろ──安芸がそう言ったことで、由里子は好きな美術や映画配給会社でパートの仕事をした。自分の時間を楽しんでいるように見えたが、心の中は違ったのだ。

──私はもっとあなたと一緒にいたかった。でもいてほしいと思う時、あなたはいつもいなかった。

子供がいれば、と由里子は話した。「私にはもう赤ちゃんはできないと思うと、余計に一人きりだと感じてしまったみたい」最初の流産の後も一度子供は流れていた。「そのうちできるよ」そう言って励ましたが、その言葉からして彼女を傷つけていたと、その時になって初めて気づいた。

ひどいことばかりしたというのに、由里子は付き合ったばかりの頃のように明るい声で話しかけてくれる。

〈本当は轟木会長の会見を見て、あなたに電話したいと思ったの。私にはあの会見で轟木会長が話したこと全部が、新聞を軽んじているように聞こえたわ〉

「由里子にそう言ってもらえると余計に会社を守ろうという気持ちになるよ」

〈私はあなたがハンディカメラを回しながら、漁業や農業の人に《私はどちらの味方でもありません。皆さんが戦っておられるのを伝えたいだけです》って熱弁を振るってたのが忘れられないの〉

「そんなこともしたな」

干拓事業で二分された農家と漁師の双方を撮影した時だ。由里子と橋本が取材を申し込んだところ、双方ともが自分たちが批判的に報じられると難色を示した。そこで安芸は双方の代表者を呼び、撮影しながら口説いた。

映画祭の短編ドキュメンタリー賞を狙うと意気込んで作ったが、学祭で上映しても仲間内しか観に来てくれなかった。持ち込んだ映画会社からは「つまらない」と酷評《こくひょう》された。そんな映画でも一緒に作った由里子と橋本だけは「いつか必ず認めてくれる日が来る」と励ましてくれた。

〈最初は取材を嫌がっていた人たちが、私たちのカメラの前で意見をぶつけ合ってくれた。あれだけであの映画を作る意義はあったと思ったわ。私たちが取材しなければ、漁師と農家が命がけで戦っているなんてほとんどの人は知らなかったんだもの。新聞未来図の連載を読んでも、あなたたちがなにを伝えたいかよく分かる〉

「うちの新聞を読んでくれてるのか」

驚きが声に出てしまった。八戸にも東洋新聞は届く。ただし締め切りが一番早い版だ。

「お義父さんは嫌がってないか」

〈こんな新聞読むかと言ってるけど〉隠さずに言ってくれたおかげで気が楽になった。

〈でも主人は読んでるわよ〉

「橋本もか」

〈昨日の連載で、支局の記者には地方の伝統や文化を伝える役目があると書いてあったでしょ？　俺も同じことをしなきゃいけないなと話してたのよ〉

下之園の書いた回だ。橋本は大学まで東京で育ったが、銀行員になって名古屋、大分、静岡、秋田に転勤した。そして今は八戸だ。義父から伝統的な農法を引き継ぎ、試行錯誤しながら新種作りにも取り組み全国に出荷している。

橋本のことだから由里子に気を配りながらも一生懸命仕事に励んでいるのだろう。二人には幸せになってほしいと心から思う。

「由里子にも橋本にもたくさん迷惑をかけてしまったのに、そう言ってもらえると本当に嬉しい」

〈迷惑かけたのは私の方よ。私がちゃんとしていればあなたを困らせなかったわけだから〉

離婚が決まった時にもそう言われた。安芸は家を買おうと貯蓄していた財産を渡そうとしたが、由里子は自分にも責任があるとなかなか受け取ろうとしなかった。最後は無理やり渡した。

〈朝ごはんくらいはちゃんと家で食べてね。コンビニのおにぎりで済まさずに〉

身の回りのことが一切できなかった安芸のために、実家に戻ってからも家のどこに書類があるか、季節物の衣料はどこにしまってあるか手紙で知らせてくれた。一分プラス四分四十五秒の朝食レシピも彼女が伝えてくれた。

大丈夫だ、教えてくれたレシピで朝食は自分で作っている、そう答えようとしたが、彼女の中には今もどうしようもなく不器用な自分が残っているような気がした。

「ああ、たまには自分で作るようにする」

〈じゃあ、頑張ってね〉

話したいことはいくらでもあった。だが甘えてはいけないと、「ありがとう。橋本にもよろしくな」と言って電話を終えた。

## 2

目の前に並ぶ三人の男はインアクティヴ本社の来賓室に入ってきた時から落ち着きを欠いていた。

とくに右側の男の貧乏揺すりがひどいが、真ん中に座った男も、十一年前、権藤に唾を飛ばして罵倒してきた時とは別人のようで、目さえまともに合わせようとしない。

真ん中に座るのが、東洋新聞の田川専務兼編集局長だ。左側が事業担当の取締役で、右側で貧乏揺すりしている取締役は、組合との交渉役である労務関係を任されている。

インアクティヴ側で出席したのは権藤と山中の二人だけである。東洋新聞の三人は、この場に会長の轟木がいないことを気にしていて、権藤が「それでは始めましょうか」と言った時は戸惑っていた。権藤は「轟木も参加する予定でしたが、急用が入りまして」と言った。

「お三方に声をかけさせていただいたのは、東洋新聞が今後存続するには誰が必要なのか綿密に調査した結果です。我々はこれまでの東洋新聞を全否定しようとしているわけではありません。より未来型のメディアに変化するためにはどういうブランディングが必要か、きょうはブレストで意見を言っていただければと思っています」

当初は、寝返らせるのは取締役なら誰でもいいと考えていた。しかし宅配の新聞を必要だと考えているかもしれない米津が加わったことで、編集に精通した田川にした。

「それではご質問等あれば、おっしゃってください」

手を差し出すと、労務担当が質問してきた。

「一番大事なことをお聞きしたいのですが、そちらの考えでは、もし買収されたら我がグループの二千五百人の従業員はどうされるおつもりですか」

労務担当の質問に、権藤は二つ引っかかった。彼が従業員の雇用を「一番大事」と言ったこと。もう一つは買収されることを「もし」と仮定法で聞いてきたことだ。ここで否定しても話が長くなるだけだと「全員の雇用維持は無理です。これまでと同じ形でいられるとは考えないでください」と結論だけを述べた。

「どの部分をどれだけ切るのですか」

「すべてです。編集部門も営業部門もそして制作、輸送部門も」

「依願退職を募っても、工場の人間はなかなか転職できないのが現状です。新聞製作というのは特殊技術で、他の仕事に活かしにくいですから」

「あなたが労務担当として、従業員の雇用を心配されるのは解ります。それでも今までと同じやり方は赤字を垂れ流すだけで、いずれ全員が職を失うことになりかねません。そうならないためにも、無駄な宅配制度は改善、廃止していくべきでしょう」

そう言うと労務担当だけでなく事業担当も「そんな」と絶句した。

「彼ら全員が、職を失うわけではないと思いますよ。東洋が宅配地域を縮小すればそこには東都、毎朝、中央といった新聞社が読者の引き抜きを始めるでしょう。それならこちらから先に、工場や販売店を売却してしまうという手もあります。とくに東北や九州、信越の早版地域は輸送コストだけでも相当かかってるようですし」

「そうなるとうちの部数は大幅に下がるんじゃないですか」

田川が初めて発言した。ですます調ではあったが、買収される側の口の利き方ではなかった。この男は、まだ権藤が自分の上司になることを理解できていないのだろう。

「いいんじゃないですか、十分の一まで減ったとしても」その不遜な目を見返して言った。

「十分の一？　そんな数字では新聞を出す意義すらなくなる」

「田川専務は部数が減れば東洋新聞の記者が取材できなくなるとおっしゃるのですか。新聞は、当選人数によって国会質問の時間が配分される議員とは違います。部数が減ったからといって総理大臣に質問できなくなるわけではないでしょう」

「だが影響力は減る」

断定した田川に権藤は「新聞に影響力があると言った時点で、これがネットなら大炎上ですよ」と苦笑した。田川の顔が怒りで茹《ゆ》で蛸《だこ》のように赤く染まっていった。

「ですが、不要になるのは工場の社員より記者です。今のように一日一行も書かない記者を置いておくほど無駄なことはありません」

「無駄とはまったくもって失礼ですな。うちは他紙より効率よく配置しているつもりです。記事を書かなくてもネタを出すデータマンもいる」

「執筆する記者が自分で調べればいいだけでしょう。今より少し働けばできます」

「記者の仕事は無駄になることの方が多いんです、あなただって分かるでしょう」

田川の方から過去を持ち出してきた。だがそれを聞き流し、「みなさんはインアクティヴという言葉の意味をご存知ですか」と逆に質問した。

二人の取締役は答えられなかったが、田川は「怠慢な、という意味でしょう」と言った。

「その通りです。同時にスポーツ選手が怪我で試合に出られなくなった時のインアクティヴ・ロースター、つまり試合に出なくても給料が保証される『故障者リスト』という言葉でも使われます。この社名は僕が入社する前に副会長が命名したそうですが、会長の轟木は『日本の会社には働かずして金をもらう者が多い。人は怠け者なのだから、常に監視しなくてはいけない』と社名変更に賛成しました。怠け者を監視するなんて、スターリンみたいですけどね」

ジョーク交じりに話した。両側の二人は黙って聞いていたが、田川は「うちの会社は故障者だらけだと言いたいのですか」とさらに不機嫌になる。

「東洋新聞だけではありません。新聞社すべてがぬるま湯体質です。なによりも金を稼ぐ意識が足りなすぎる。これほど新聞を読まなくなった人がいるのに、社会全体から見れば高すぎる給与をもらっているわけですから」

待遇を出されると反論しづらくなるのだろう。田川も黙ってしまった。東洋新聞は新聞業界ではけっして高い方ではない。それでも非正規雇用や大幅に賃金をカットされたメーカーなど、世の中には厳しい待遇で働かされている労働者がたくさんいる。

権藤は、新しい東洋新聞の社員は一年契約の年俸制にするつもりだ。成績がこちらの期待に達しない社員は契約更新をしない。

「よそに行く記者は増えるでしょうが、どのみち、現状では新聞記者はいつかはリストラにあうんです。それが今であっても同じです」

「記者をクビにしろということですか」

「今はどこもやってるじゃないですか」

「優秀な記者がいなくなるのは困る」殺気だった顔で言ってくる。

「記者を優秀と言うことじたい、驕り高ぶった考え方なのです。何度言えば分かっていただけるんでしょうか」

「あなたは記者を一人前に育てるのにどれだけ時間と金がかかるか分かっているんです

か。海外出張を経験させたり、経費だって相当な額をかけなくてはならない」

「同じ内容の記事になることが分かっている現場に、記者を出す必要からしてないんじゃないですか。今の時代、どこかがサイトに掲載した段階で、その記事はネット上に溢れるんです。いまだに取材のコモディティー化から脱却できないから、どの新聞も似たような内容になるんですよ」

「同じものになるかどうかは取材してみないと分からない。その場でピンと来た記者が、その後、独自取材でスクープを掴むことだってある」

厳しい顔で必死に説明する田川が滑稽に見えた。取材してみないと分からないということじたい他のビジネスでは通用しない。

「まったく、新聞屋さんらしい考え方ですね。田川さんは」権藤が鼻で笑うと、田川は額に青筋を立て、口をひん曲げた。

「あなたは本気で新聞社を経営する気があるんですか。あなたの話はとてもその気があるように聞こえません」

「あるからこそ言ってるんです。新聞社を所有すれば政治や思想を支配できるんですから」

「私はそんなことを考えて仕事をしたことはない」

「でしたら影響力と言い換えましょうか。田川さんもさきほど、部数を減らせば影響力が減ると言いましたよね。それと同じことではないですか」

笑みを浮かべて言うと、田川は歯軋《はぎし》りをした。

「まぁ、いいでしょう。いずれにせよ田川専務とうちの轟木とでは考え方がずいぶん違うようですね。僕には田川さんが経営陣の一人なのか、まだ現場記者のままなのか、分からなくなりました。轟木が会見で申したはずです。優秀な記者が優秀な経営者になるわけではないと」

田川が唇を震わせたまま黙った。あなたも優秀でない経営者の一人だ――そう言われたのだと感じたはずだ。

田川が黙ったことで会話が止まった。権藤が目を動かすと、事業担当は視線を逸らした。労務担当がなにか言いたそうだった。「どうしても聞いておきたい質問がありましたら言ってください」表情を緩めて言うと、労務担当が聞いてきた。

「希望退職の資金は出してくれるんですか」

どうしても聞きたい質問がそれかと、がっくり来る。

「それは御社でお願いします。東洋新聞にだってそれぐらいの社内留保はあるでしょう」

「ないですよ。社債の返還もあるのに」

「どうしても困ったら弊社が融資します。ただしそのためには皆さんが他の役員に働きかけて、弊社にスムーズに株式を譲渡できるようご尽力いただかないと困ります。そのために数いる役員の中から、お三方にお声をかけさせていただいたのですから」

「轟木会長は、いえ権藤さんは、取締役をまとめろと我々に言いたいのですね」田川には伝わったようだ。

「次期社長の田川専務なら可能でしょう」と少し持ち上げた。

「取締役が他に何人残れるかにもよりますが」

「賛同者は受け入れますよ。新しい新聞社になるか、それとも弊社の関連企業になるかは分かりませんが」

事業担当は安心したようだが、労務担当はまだ不安な顔をしていた。

「しつこいですが、権藤さんは社員を何人まで減らせばいいとお考えですか」

「半分まで減らしたいと言いたいところですが、まず二割程度ですかね」

「たった二割でいいんですか」労務担当が目を丸くして聞き直してきた。「残るのが二割じゃないですよね。八割は残れるってことですよね」

「それくらい身軽になってもらえないと合併とはいかないでしょう」

三人はそこで顔を見合わせた。

「僕がなにか、おかしなことを言いましたか」

「今、あなたは合併と言いましたよね。うちとインアクティヴは合併なのですか」

田川が聞いてきた。「理想はそうですよね」と答えた。

「ですけどおたくはうちの株式を握って子会社化するつもりなんでしょう」

「それは市場が決めればいいんじゃないですか。市場価値が高い方が親会社になればいいんです。市場が認めないのであれば、御社を保有する意味もありませんので」

「あなたは東洋新聞を上場しようと言うんですか」

「そうなれば資金調達も楽になるでしょう」

「そんなこと」田川が言いかけた途中でやめた。

「上場すると株主の顔色を窺うことになり、公正な記事を書けなくなるとおっしゃりたいのですか」権藤が田川の言いたいことを答える。「海外では普通に上場されてますが」

「その結果、買収が繰り返されてる」

「買収、結構じゃないですか。米国ではニューヨークタイムズにしてもウォールストリートジャーナルにしてもワシントンポストにしても、メディアコングロマリットを形成しています。その結果、雨後の筍《たけのこ》ほどあった新聞社が整理され、今の時代にふさわしい形に生まれ変わっている」

「海外と日本を一緒にするのはどうかと思いますが」むっとした顔で田川が言い返した。

「上場すれば株主には利益が出ます。皆さんの持つ株も、購入時の十倍、いやもっと高くなるかもしれませんよ」

そう言って事業担当を見ると、彼は反射的に頷いた。続いて目を向けると労務担当も

「そうですね」と声に出した。二人とも十倍以上と聞き、自分の株がいくらになるか咄嗟に計算したのだろう。

「あなたはその言葉を餌にして、我が社の社員株主を納得させろと言いたいんですか」

「社員が積極的に我々を受け入れてくれた方が、いい会社になりますからね」

そう言ったが、田川は口を結んだだけで返答はなかった。

「田川専務、他になにかご質問、ご意見があれば承りますが」

「権藤さんは今も、十一年前に我々に言った意見は変わりありませんか」

田川が過去の遺恨を持ち出した。おまえは東洋新聞の歴史と伝統を潰す気か——あのセリフはこの会談中も終始、権藤の耳の奥に残っている。

「言った意見？」惚けたが、さすがにわざとらしいかと「僕が田川専務と内山社長に叱られたことですね」と認めた。

「あれは少し言い過ぎたと反省してますが」部下の前でほじくり返されたくないのか、田川は殊勝になった。

「最近、東洋新聞は新聞未来図という連載を始められましたね。火曜日の『論張にシフトした新聞作り』は秀逸でした」

書き手が自分の意見を述べ、読者に執筆者の顔を見せるように努めていくべきだ、各記者の個性が反映された紙面ならページ数が減っても読みたい読者は残ってくれる、そういった内容だった。

「あれはどなたが書いたのですか」

「霧嶋ひかりという社会部の記者です」田川が答えた。

「女性だったのですか。なかなか立派な記者じゃないですか」

「書かせたのは安芸というデスクですが」田川は補足する。

「へえ、安芸さんですか」

「権藤さんは社会部にいたんですものね」労務担当が口を挿んできたが「担当が違ったのでよく知りません」とつれなく答えた。口を利いた記憶は数回しかない。ただ権藤に「途中入社は現場記者でいられる時間が他より短いんだから、やりたい仕事をしろよ」とアドバイスをくれた。

「あの時の権藤さんも、連載と同じことを言ってましたね」

田川が言いにくそうに口を出したので「はい」と返事をする。

「そして横書きの紙面を提案された？」

「僕が言ったのが十一年前、それから何社かがトライしましたが、うまくいかなかったようですね。やはり横書きは読みにくいんですかね」

「私も整理部出身なのでそう思います。横書きだとスペースが生じて、スカスカな印象が否めません」

すっかりインアクティヴの軍門に下る気になったのか、労務担当が同調した。

「僕は今も横書きがダメとは思ってませんよ」と言うと、彼はまずいことを口走ってしまったと黙った。「若い読者へのアプローチの仕方次第では横書きが読みやすいと感じる時代がいずれ来ます」

「横書きを読み慣れた人が増えれば、そういう紙面もいいでしょうが」

田川も話を合わせたようでいて、実際は無理だと否定しているようだった。

「僕は霧嶋さんの記事に概ね賛成ですが、どうせなら記事の下にQRコードを貼ってそれをスマートフォンで読み取り過去記事に飛ばすとか……それくらいのアイデアの飛躍があれば満点でした」

あえて上から目線で言った。

最後に「それでは次回は、この場に轟木を交えてお話しできるのを期待しております」と言い、会談は三十分ほどで終了した。

強引に買収を推し進めるより、東洋新聞が自発的にインアクティヴ傘下に入って、再建を図ると宣言してくれる方が、この後のビジネスはうまくいく。そのためには何人かの役員は新会社に残さざるをえない。

田川の力で過半数を占められるのなら他はどうでもいい。そして反対に回った取締役は即刻切る。権藤が記者時代に将来の東洋新聞を担うと思った石川、柳、安芸も、残すつもりはなかった。優秀な記者であっても優秀な経営者になるかは分からないからだ。

「室長、十分すぎるほど効果がありましたね。横柄だったあの専務までが、最後は屈服していました。見ていて気持ち良かったです」

隣に座っていた山中が爽快な顔で言った。

「山中が事前調査してくれたからだよ」そう讃えると山中も喜んで引き上げていった。

従業員の労務問題を東洋新聞側で片付けてくれるとしたら、それだけで半分以上の問題が解決したことになる。だが残り半分の解決の目処《めど》がたったわけではなかった。部数はどこまで維持すべきなのか、近いうちに米津に確認を取らねばならないだろう。

「大変です、室長」

一度部屋から出ていった山中が血相をかえて戻ってきた。

「東洋新聞の販売店の店主が亡くなりました」

「またか」店主の死亡は轟木がアーバンテレビの株式を買った直後にもあった。本社への支払いが滞《とどこお》り、ヤミ金に借金していたのを理由にビルから投身自殺した。

「また自殺じゃないだろうな」書類を見ながら言うと「違います」と言われた。だが「室長が話していた西葛飾の店主ですよ」と聞き、驚いて顔を上げた。

「門馬氏です」山中は名前も言った。

「死因は？」

「肝不全のようです。一昨日の夜に倒れて救急車で運ばれ、昨日亡くなったそうです」

返事もできなかった。あの門馬が死んだ、まだ六十五歳だ、若い頃の無理がたたってもとから体は悪かったが、酒とタバコを断ち、人一倍体に気を使っていた。

──きょうも気いつけていってきてくれな。

雨が降ろうが、雪が降ろうが、いつも外まで出て、配達員たちを見送っていた。

──正隆、毎日自転車じゃ大変だろう。明日からこれ使え。

そう言ってカバーを引っ張ると、青い新品のパッソルがあった。「配達以外でも使っていいからな」他の配達員が使うカブとは異なる洒落たスクーターにしてくれた。権藤の十九歳の誕生日だった。

従業員の中でもとりわけ権藤に目をかけてくれた門馬の顔が脳裏に浮かんだ。

3

社食で晩飯を済ませた安芸が編集局へ戻ろうと廊下を歩いていると、遊軍記者が使う小部屋から男女が言い争う声がした。

「おまえ、内定取り消しになっても知らねえぞ」

「別に構わないわよ。私は東洋新聞の特派員として行きたいんであって、他の会社で取材したいとは思ってないんだから」

「だったら勝手にしろ」

男は尾崎毅、女は霧嶋ひかりだ。二人の諍《いさか》いはしばらく続いた。

突然扉が開き、中から尾崎が顔を真っ赤にして出てきた。

尾崎もドアの外に安芸がいるとは思いもしなかったようだ。言葉を失っている。たまたま通りかかっただけだ、別に立ち聞きするつもりはなかった、そう弁解しようとしたが、その時には尾崎はぷいと横を向き、廊下を進んで編集局に入ってしまった。連載署名のことで言い合って以降、尾崎とは一切、会話をしていない。

少し悩んでから、目の前の扉をノックした。中から「はい」と霧嶋の声が聞こえた。ドアを開けて入る。泣いているのかと思ったが、違った。平気な顔で「どうしたんですか」と聞かれた。

「すまん、たまたま通ったら二人の声が聞こえてきたんだ。ジャンボは霧嶋が俺の下で連載を担当するのを快く思っていないんだろ」

「あの人、この前までは自分が安芸さんの一番弟子だと自慢してたんですけどね」

尾崎を一番買っていたのも安芸だ。彼に署名の件で抗議された時は不満に思ったが、あれは一回目の連載だった。あの段階では、尾崎一人をインアクティヴへの抵抗役にしてしまったのだ。なにも一回目から署名を載せようとしなくてもよかったと、時間の経過とともに反省している。

「ジャンボが悩むのは仕方がないよ。男は将来のことまで考えて行動しないといけないんだから」

その将来にきみも入っているんだから分かってやれ、と尾崎の気持ちを代弁したつもりだったが、彼女は「この程度のことで師匠を裏切るなんて信じられません」と一刀両断だった。「それにあの人、私が先に特派員に出ることに嫉妬してるんですよ」

「ジャンボはそんな小さな男じゃないだろ」

「男なんてみんなちっちゃいですよ」彼女はそう言いながらも「安芸さんは違いますけど」と言い直す。

「俺だって小さいよ。今だって会社が買収されたら自分の仕事がなくなってしまうとビビってる」

「私だって不安です」

「だけど、ビビりであることは記者として大切だと思う。取材に慎重になるわけだし、自分が聞いたことを疑わずに、正解だと思い込むような記者はいつかどこかで失敗する」

ジャンボは慎重になっているだけだ、そう言いかけたが、口にせずに止めた。今いくら話しても無駄だろう。二人の心が離れてしまったとは思いたくはないが、元通りになるには時間を要する。自分と尾崎の関係も同じだ。

「ジャンボが心配してたように、内定取り消しになれば霧嶋が一番がっかりするんじゃないのか」

彼女にとっては願ってもないチャンスだ。入社した頃から外信部希望で、その希望を遂げるために警視庁の生活安全課担当や厚労省担当、宮内庁などスクープ事件の起きる省庁を担当してきた。「きみ、特派員なんかになって結婚とか出産とか大丈夫なの」と新人の頃に当時の人事部長からセクハラまがいのことを言われたこともあるらしいが、彼女はその人事部長にも「どこに行こうが結婚は出来ますし、子供も育てられます」と言い返したらしい。

「がっかりするもなにも、インアクティヴになったら日本人特派員なんて不要になりますよ」

「そんなことはないだろ。彼らは外信記事には力を入れる。それが本業の利益誘導に結びつくんだから」とくに経済面はしゃかりきになるはずだ。

「ホワイトハウスや財務省に、日本人は簡単に入れないと思います」

「コミュニケーション能力があれば問題ないんじゃないか。霧嶋ならやれるよ」

霧嶋は五歳から中二まで父親の転勤でロンドンで育った帰国子女なので英語は堪能だ。

「私は日本人だから無理ですって。新聞は公正中立だと言いますけど、実際は国家の代弁者です。国内問題では政権に真っ向から対立もしますが、外交問題になれば国策にマイナスになるようなことは書かないですし」

しばらく言葉が出なかった。「霧嶋、おまえ、すごいことを言い出すな」

記者を志すタイプは、国のために働くという考えは持たない。むしろその逆で、権力に立ち向かう記者を理想とする。しかし現実は違い、新聞には国籍がある。他国との外交の内容を摑んでも、日本人の不利になるようだと大批判を展開するが、自国に有利になる場合、それが相手国に不利になるという書き方はしない。飛行機事故や海外でのテロがあれば、まず日本人犠牲者を調べて発表する、それだって日本の新聞だからだ。

「霧嶋はそういう考えを持ってこの仕事をしてきたのか」

だとしたら新聞記者の持つジレンマをよく見抜いている。

「最初はそんなこと考えなかったです。でも具《ぐ》さんの話を聞いてそう考えるようになったんです」

かつて社会部にいた記者の名前が出てきた。具真和《まさかず》、中国人の両親の元に生まれ、小学校までは中華学校に通っていたが、中学から帰化して日本の学校に転校した。東京外大から東洋新聞に入社し、水戸、宇都宮支局を経て社会部に十年近くいた。できる記者だったが、去年やめてしまった。

「具さんって北京支局を目指してうちの会社に入ったんですよ。小学校は中華学校でしたから北京語だけでなく、上海語も理解できました。特派員に出してもらうために支局でも社会部でも頑張って、結構ニュース抜いたんです」

「優秀な記者だったよな。都議会でスクープして社会部長賞をもらったこともあったし」

「私たちもいずれ、具さんが行くんだろうなって思ってました。人民日報に大きな記事が出ると、デスクは具さんに訳してもらっていましたし。それなのに北京支局に行ってる人って、中国語があまり喋れない人ばっかりですよ」

「中国語は達者ではないが、判断力のある記者を送ってるんじゃないか」

「具さんだって判断力はありました」

「それは分かってるけど……」霧嶋の言う通りだ。具には語学という他の記者より抜きん出た武器があった。具が他の記者より劣っていたものは記憶にない。

「志望書に何度も書いたのに特派員にはなれなくて、具さんは部長との面談でどうして自分が行かせてもらえないのか直訴したそうです」

「部長はなんて答えたんだ」

「あやふやな言い回しで逃げられたそうです」

「そうか」としか答えられなかった。長井社会部長も返答に苦慮したはずだ。特派員となると部長クラスの判断ではどうすることもできない。

「具さんはそこで、どうやら自分は会社から中国寄りの考え方をする記者だと思われていて、そういう疑念を持たれている以上、北京に行くことはできないと諦めたようです」

「それで退社したのか」

「今は出版社で働いています」

具が外信部の特派員を希望していることすら知らなかった。おとなしくて、尾崎のようなリーダーシップを発揮する熱血漢ではなかった。それでも取材は熱心だったし、原稿は上手だった。

「他紙にも韓国、中国、台湾など在日の人で、特派員をやりたくてもやらせてもらえない記者がいるそうです。それに警視庁担当をやったとしても、公安は絶対やらせませんし」

「まっ、やらせないわな」新聞社がさせたくても警察が嫌がる。

「具さんって明るい人だから、そりゃ俺はオリンピックで日本と中国が戦ったら中国を応援したくなることもあるけどさ、と笑ってました。私は笑うことはできなかったなぁ」

安芸は相槌も打てなかった。会社が不安を抱くことは理解できなくもない。記者が外国からの情報を一方的に鵜呑《うの》みにすることはないが、外交情報には様々な策略が含まれている。それを相手側に立って報じれば、読者に限らず、政府や役人にまで、誤った情報を伝えることになる。

だからといって具の希望を叶えられなかった自社には器の小ささを感じる。支局で五、六年、本社に戻って社会部で十年近く、上司は彼を身近で見てきたのだ。彼がどういう仕事をするか、偏った物の見方をすることのない記者であることは分かっていたはずだ。な

により も保守的で、見方によっては差別的とも取られかねない新聞社の隠れた側面を、二十一年間も勤務した自分が感じられていなかった。記者歴十年の霧嶋に指摘されて初めて気付いたことがショックだった。

「なぁ、霧嶋、今の記事、連載で書けないか」

「日本人でないと特派員になれないってことをですか。それじゃ日本の新聞は差別していると批判することになりませんか」

「そうだな」と諦めかけたが、「やっぱり書くべきだ」と言った。

「日本人でなくては特派員になれないということはあってはならない。大切なのは人種ではなく、その国の心をもっているかどうかだ。アメリカだってヨーロッパからやアフリカ系、中南米系と様々な移民がいるが、みんな国を愛する気持ちは持ってるだろ」

「そうですね」

「裏を返せばアメリカ人の心を持ってる記者が書いても、それは日本の新聞とは言えない。日本の新聞は、記者の国籍は問わないが、日本のことを考えられる記者が書くべきだ。デジタル化が進み、海外記事も簡単に読めるようになった今だからこそ、余計に日本人の立ち位置から世界を見られる記者が必要なんじゃないかな」

「私もワシントンに行けばそういう取材をしたいと思ってました。だけどそれを書けば書くほど、インアクティヴのグローバルペーパー化を容認することになりませんか。轟木太一は日本人でも大統領に質問できると言ったわけですから」

「それを霧嶋は無理だと思ってんだろ」

「そんなことを許せば世界各国からうちも仲間に入れろと言われ、ホワイトハウスは混乱します」

「そうだよな。日本のことを第一に考える記者はアメリカに入れない。だけどアメリカの利益を最優先で考える記者がいくら鋭い質問をしようとも、うちの読者には意味はない。うちが金を出して記者を派遣する必要すらなくなってしまう」

話しながら、轟木の主張の矛盾点が次々に浮かんできた。

「轟木太一が言ったことが本当にできるのか、もし買収された時に、改めて言質《げんち》を取る連載にもなる。いや買収されたらなんて考えで書いてはダメだな。そうなった時に外国人記者に任すと言われても遅いわけだから」

自戒を込めて言った。それでも霧嶋に書かせるのは酷な気がした。特派員に内定している記者に特派員制度に物議を醸す記事を書かせようとしているのだ。やっぱりやめようと言いかけたところで、「書きます」と言われた。

「霧嶋の立場が悪くなるかもしれないぞ」

「それで内定を取り消されたら仕方がありません。でも一本目に安芸さんが尾崎さんに書かせた国内の記者クラブ制度の良さも私はいい記事だと思いました。すべて現状が正しいとは思いませんが、例えば宮内庁のおめでた報道とかで、日本の報道機関が協定を守っているのに、外国のメディアが破るのは、私は日本人の心を踏みにじってると思います。記事を読んだ読者に一緒になって考えてもらうには、読む人の立場に立って書くことが大切です。時には日本だけでなく、世界という大局で物事を見なければいけない時もあります。けど、初めから自分たちはグローバルペーパーになるなんて主張、国民を騙しているに過ぎません」

強い口調で話す霧嶋に感心し、安芸は「よし、テーマは新聞とナショナリズムで行くか」と声を張り上げた。「明後日、日曜組で行くぞ」

「はい、早速書いてみます」

軽快に返事をした。この金曜日で連載は五本目になる。明日の六本目までテーマは決済だが、七本目は執筆者も決めていなかった。西谷や川上といった遊軍記者に轟木やインアクティヴ周辺を当たらせているので手が空かないのだ。

すぐ取り掛かりますと部屋を出ていった霧嶋が頼もしくも見えた。特派員は外信部の記事の受け取り役などを数年やらせてから出すのが慣例だが、彼女は外信部の経験なしで選ばれた。具のことに関してはうちの会社の器の小ささを不満に思うが、東洋新聞にも記者を見る目があり、いい記者はたくさんいる、この記者たちを失ってなるものかと改めて強く思った。

## 4

喪服を着た若い男性の前で、権藤はお辞儀《じぎ》をした。男に「こちらにお願いします」と筆ペンを渡された。

株式会社インアクティヴ　権藤正隆

書き終えて顔を上げると、男の顔が引きつった。しばらくお待ち下さいと、葬儀場の中へと入っていく。お経を唱える住職の袈裟《けさ》が見えた。三人ずつ並んで焼香し、終わると遺族に頭を下げる。受付の男は遺族席の左端に座る西葛飾販売店長の妻、恵子《けいこ》に耳打ちした。

話を聞きながら恵子は権藤の顔を見た。口をあんぐり開けていた。インアクティヴの人間が来た、それが大学一年から二年の一月までの二年間、ほぼ毎日顔を見ていた権藤だったことが信じられないようだった。

しばらく目が合っていたが、彼女から頭を下げた。権藤もお辞儀をする。彼女も門馬とともに、いつも声をかけて配達員を送り出し、そして迎えてくれた。ベテラン従業員は

「ごくろうさん」だったが、門馬と彼女はいつも「お疲れさん」と「お疲れさま」だった。

受付の男がやってきて「どうぞ」と言った。香典袋を渡す。十万円入れてきた。だからといって彼らにはなんの足しになるわけでもなく、むしろ嫌味と受け取られるだけだろう。

焼香の列に並んだ。花が贈られていた。東洋新聞、そして系列の子会社、折り込みチラシ製作の広告会社、権藤がいた頃から「門馬のおっちゃんの頼みだから」と東洋新聞にチラシを入れてくれた近所のスーパーや不動産会社などの名前があった。

列が動くに連れ、門馬の遺影が間近に迫ってきた。普段から羽織っていた水色のウインドブレーカーを着た写真が使われていた。「正隆、お疲れさんな、この後ちゃんと学校行けよ」声が聞こえてきそうだった。

購読チラシの配布もした。学生の配達員でも新聞拡張をすれば報酬が貰えた。だが門馬は本社からノルマを命じられても「できる限りのことをしてくれればいい」と言うだけで、従業員に押し付けることはなかった。

――新聞なんて洗剤や野球のチケット渡して取ってもらえるもんじゃない。押し売りして取ってもらっても、三ヵ月過ぎたらやめられちまうさ。

近所の盆踊りに率先して参加したり、少年野球大会に差し入れをしたり、購読者が亡くなった時は葬儀にも出ていた。新聞販売店は地元に根付かないといけない――それが他紙の販売店の従業員からスカウトされ、東京の下町で新しい店を任せられた門馬のポリシーだった。その結果優良店になったが、時代の流れには逆らえなかった。購読していた住人は亡くなったり、遠くに転居したり……この辺りもマンションが増え、山中の調査では十年も前から赤字店へと転落していた。

三年前、胃癌の摘出手術を受けた門馬は、最近、リンパ節への転移が判明した。医者は放射線治療を勧めたが、門馬は悩んだ末に拒否したという。それがインアクティヴによる東洋新聞買収が判明した翌日の土曜日だった。自ら死期を決めたかのようにその後持病の肝臓が悪化したようだ。

「門馬氏は、未収金の補塡などで一〇〇〇万円以上の借金があったらしいです。そのこともあってこれ以上家族に迷惑はかけられないと治療を拒否したって話です。未収金といっても集金できていないのはほんの一部で、ほとんどは押し紙なんでしょうから、そんなの払わなければいいのに」

山中は、門馬の人の好さに呆れていた。

優良店ではあったが、金のやりくりは楽ではなかった。門馬の体調が悪く、配達できない日があったため、他店より多く人を雇っていたからだ。権藤たち新聞奨学生のほかにも少年鑑別所を出た元不良少年や、近くにあった特別支援学校から軽度の卒業生も雇い、近距離の配達を任せていた。

幼少期に両親が離婚して母子家庭になった権藤だが、大学二年の終わり、母親が会社を経営している男性と再婚したことで学費の心配も要らなくなった。

——新聞配達をするならもっと身になるバイトをしなさい。

父親になった男にそう言われた時、権藤は反発した。

それでも門馬にやめたいと言い出したのは、仕事があまりにきつ過ぎたからだ。午前二時から五時間、午後も三時から三時間、それが年間たった十日間の新聞休刊日を除いて一年間続くのだ。

前の参列者が遺族に一礼し、横に移動した。棺が目の前に迫った。門馬が静かに目を閉じて眠っていた。

遺影をしばらく眺めてから、右手で抹香をつまみ、手を返して額の高さまで掲げる。親父さん、お世話になりました——心の中で呟いてから指を擦り合わせて抹香を落とした。

遺族に一礼してから、遺族席の恵子を見た。恵子はハンカチで目頭を拭っていた。隣に座る権藤とほぼ同年代の長男と次男は恨みが籠った目で睨んできた。二人の息子は配達のアルバイトもしたことがない。長男は浪人生だったが予備校には行かずに遊び呆け、次男は中学時代から問題児で親父さんはしょっちゅう学校から呼び出されていた。

葬儀場を出ようとすると、男性が会葬御礼を配っていたが、権藤は「結構です」と手を振って断った。葬儀場から外に出てタクシーを探す。離れた電柱の陰に男性が隠れたのが見えた。

来たタクシーがハザードを出して止まろうとしたが、首を左右に振るとタクシーはアクセルを踏んで通り過ぎていった。車が過ぎ去ってから権藤は電柱に近づいていった。

男は逃げようとしたが、「臼杵さん」と呼び止めた。

西葛飾販売店で長く門馬の片腕として切り盛りしていた男、東都新聞にスカウトされて出ていった臼杵博之《ひろゆき》が足を止めた。

5

霧嶋との話を終えると、安芸は当番デスクとサブデスクが向かい合って座る席に近づいた。

手が必要なら手伝うぞと声をかけたが、まだそこまで忙しそうではなく、二人とも部下からの報告をメモしていた。

安芸は、彼らから死角になる窓際の柱の裏に移動し、電話をかけた。

「西谷か、どうだ、進展はあったか？」口に手を添えて言った。

〈ここ数年で国税が入ったことはなさそうです。国税担当が言うには、インアクティヴの金の問題で摘発が入るとしたら、税務署ではなく検察庁だと言われたそうですが〉

「検察庁は増井に調べさせている」

増井からも電話がないということは、収穫はないのだろう。まだ取材を始めて二日だ。そう簡単に摑めるものではない。

「他の記者からはなにか聞いてないか」

尾崎が抜けてしまったため、遊軍ではその次に年上の西谷にまとめ役を頼んでいる。

〈厚労省担当が言っていたんですが、インアクティヴは正社員数に対して、一般的な企業よりはるかに多い非正規社員を使っているようです。三年を経過しても非正規のまま契約形態を変える形で雇っているとかで厚労省から一度注意を受けてます〉

「うちにも派遣社員はいるからな」

東洋新聞グループにも派遣会社があり、事務関係や編集補助は、派遣会社と契約した非正規の若者たちだ。仕事ぶりが認められて正社員になることもあるが、実際はなかなか試験に受からない。かといって彼らが今の仕事を望めば、フリー記者や契約記者など契約形態を変えて雇い続ける。

〈確かに厚労省の注意じたいは珍しいわけではないですからね〉

西谷も落胆して言った。粗探《あら》しはいくらでもできるが、新聞社として攻めるとなると難しい問題ばかりだ。

〈そういえば今朝、虎《とら》ノ門《もん》の駅近くで榎下《えのした》弁護士に会いました。僕を見つけて、向こうか

ら《安芸記者は元気ですか》と言ってきましたよ〉

嫌な名前だった。七年前に町田譲の国際詐欺事件に遭った時、被害者弁護団のリーダーを務めていた弁護士だ。詐欺事件には東洋新聞が加担していたと幾度も抗議の電話をかけてきた。安芸は町田を告発する記事の文中に、東洋新聞が書いた連載記事が資金集めに利用されたと書き、「取材が甘かったことは認めざるをえない」とお詫び文を載せた。それでも榎下は「宣伝に利用された連載と比べたら小さい」と納得せず、安芸と石川が処分されなかったことに「新聞は身内に甘い体質だ」と週刊誌を使って批判してきた。

「榎下は喜んでたんじゃないか」

細長く角ばった眼鏡の奥で、人を小馬鹿にしたような目が浮かぶ。

〈そうでもなかったですよ。嫌味を言われると思いましたが、轟木はないな、と言ってましたし〉

「轟木のことを嫌ってるのか」

〈僕はそう感じましたけどね。困ったらいつでも相談に乗ると安芸記者に言っておいてくれ、と言われました〉

「新聞社の弁護でも引き受けてくれるのか」

〈それはやらないでしょう。今の新聞は権力を手助けしているというのが、あの人の口癖ですから〉

榎下が自分たちの味方になることなど想像もつかなかった。轟木は好きではないとしても、新聞のことはもっと嫌っているだろう。

〈ところで日曜の連載は大丈夫ですか〉

昨夜西谷には「なにか書けるネタはないか」と電話を入れていた。

「霧嶋がやってくれることになった。きょうは下之園が出したが、まだ見てない」

下之園はきょうと明日、休暇を取っていた。自転車部の元チームメイトの結婚式だそうだ。昨夜「こんな時期なので」と休暇の返上を申し出てきたが、「前の日に連載を出してくれただけで十分だ」と送り出した。今朝一番の便で石川県七尾市に行った。

〈下之園に行かせてみたらどうですか〉西谷に突然言われて、「どこにだよ」と聞き返す。

〈轟木の実家のある富山にです。徹底的にやるなら東京だけでなく富山時代も調べるべきですよ〉

新郎は自転車部の同僚で、明日は昔の仲間に新婦も交えて、能登半島をサイクリングするのだと、楽しそうに話していた。

そのことを伝えると、西谷に〈あいつだって今はその気分ではないはずですよ〉と言われた。〈東洋新聞をなくしてなるものかと戦ってるのは、安芸さんだけじゃないんです〉

咎められて少し目が覚めた。

「そうだな。せっかく北陸にいるんだ。回ってもらおう」そう言って電話を切った。

下之園に電話をする。〈今、披露宴が終わったところです〉と言った下之園に「悪いけど富山に回ってくれないか」と頼んだ。さすがにいきなりそう言われれば困惑する。〈回ってくれって、渋谷から新宿に行くみたいに言わないでください〉と言われた。富山に行くには特急と新幹線を使っても二時間くらいかかるらしい。

二時間なら東京から飛行機で行っても同じだが、行かせる記者がいない。

「せっかくの休みを取り上げるのは申し訳ないし、おまえからは明日、仲間とツーリングすることも聞いた。それを知った上で、頼んでるんだ」

今回の旅費、出張扱いにしてやるからと持ちかけた。もちろん会社に請求できないから安芸が自腹を切ることになる。〈分かりました。喜んで行かせてもらいます。お金は別に要りません〉と聞こえた。

〈会社のピンチですもんね。友達と自転車で走るのはまたできますし〉

「そう言ってもらえると助かるが」頼んだ安芸の方が恐縮する。

〈富山時代の轟木が、過去になにか事件を起こしていないか調べろってことですね〉

声が甲高く、弾んで聞こえた。

「昔のことだから無駄になる可能性も高いだろうけど」

〈それよりダメ出しされるのかとビクビクしながら電話に出ました〉

「連載か？　悪い、まだ読んでないんだ」

〈えっ、じゃあこれから差し替えの可能性もあるってことですね〉

「内容によるな」

〈富山に行くなら、差し替えは勘弁してやると言わないところが安芸さんですね〉

電話を終えると、目の前に人が立っていて肝を冷やした。政治部長の石川だったことに「なんだ、驚かすなよ」と安堵する。休みの記者を富山に行かせたことを社会部長の長井に聞かれていたらえらいことだ。

富山に記者を派遣したのを説明しようとしたが、腕を組んで立っていた石川はそんな話をする雰囲気ではなかった。

「安芸、ちょっと来てくれ」

頭から湯気を立てているような険しい表情でそう言った。

6

権藤が臼杵と会うのは三年ぶりだった。

偶然街中で声をかけられ、その時、インアクティヴという会社に勤めていると話した。逃げようとしていた臼杵に、話をしませんかと喫茶店に誘った。席に着くなり、臼杵は絞り出すような声で権藤に言った。

「正隆はたいしたもんだな。おかみさんや息子たちから恨まれているのが分かってて中に入ったんだから。俺は感心したよ」

臼杵も葬儀に来たが、中に入る勇気はなかったようだ。

「ビジネスと世話になったこととは別ですよ」

コーヒーを啜りながら答えた。「受付の男は僕がインアクティヴの人間だと知って拒絶したかったみたいですが、奥さんはきちんと中に通してくれました」

「おまえは、親父さんの死を早めたのは俺だと言いたいんだろ」

「そうは思いませんよ。東都新聞から好条件で誘われたんでしょう。それがいいと思ったのなら構わないんじゃないですか」

「俺が東都の販売店にいくと決めたのは正隆の会社がアーバン買収に乗り出す一ヵ月も前のことだ。その時はおまえたちが東洋新聞を乗っ取ろうとしているなど思ってもなかった」

「そんなこと分かってますよ」

権藤はコーヒーカップを置いた。「臼杵さんも飲んだらどうですか」と言ったが、彼はカップに触れようともしない。

「インアクティヴはどうする気なんだ。西葛飾販売店を残してくれるのか」臼杵は権藤の顔を見て質してきた。

「販売店を残すといったら、臼杵さんは戻ってこられるんですか」

「それは……」臼杵は言い淀む。

「戻れるわけがないですよね。今度行かれるのは毎朝新聞と千葉タイムズがシェアの大半を握る地域だそうじゃないですか。そんな時に千葉タイの販売店が無くなるんでしょ。東都は毎朝に取られるより前に千葉タイの読者をごっそり引き抜きたいと考えているはずだから、相当な支度金を用意したはずです。二億、いや拡張団も送り込んでいるとしたら三億ですかね」

図星なのだろう。臼杵の目が泳ぐ。気まずいのか話を変えてきた。

「だけど今のおまえがいるのは東洋新聞のおかげだろ。俺もおまえも東洋新聞がなければ大学にも行けなかったわけだし」

臼杵は言ったが、権藤は「さあ、それはどうでしょうか」と首を傾げた。

「俺らの学費を出してくれたのは東洋新聞だ」臼杵もまた母子家庭で新聞奨学生だった。

「よしてくださいよ。金は働いた人間への当然の対価です。そもそも新聞奨学生という制度じたい、貧乏な学生に金をちらつかせ、嫌なら学費を返せ、返せないのなら働けと命じる奴隷制度のようなものです」

「それは言い過ぎじゃないのか」

新聞奨学生になれば年間百万ほどの学費が出る上、毎月十万の給料も出た。だが代償も大きかった。午前二時に販売店に出向いてチラシを新聞に一部ずつ挟み、配達に入る。一人に与えられた部数は二百部で、チラシが多いと重さは七〇キロにも達した。

一年目はそれを自転車に載せて走った。とくに夏は暑さで体はバテた。そんな折、門馬がバイクを購入してくれた。

バイクで楽になったのは束の間だった。門馬が体調不良で休んだ日、ベテランの配達員から「バイクになったんだから、もう少し運んでくれよ」と配達部数を三百部に増やされた。労働時間も疲労感も自転車を漕いでいた頃と変わらなくなった。

「正隆はどんなに悪天候の日でも坦々《たんたん》と仕事をこなしていたよな。誰か休んで配達件数が増えると、みんなすぐ泣き言を言ったが、正隆が不満を言っているのは聞いたことがなかった。カンカン照りの真夏だろうが、大雪の中だろうが、いつも同じ顔で仕事してた」

「僕なんかより、臼杵さんの方がよく働いて、親父さんから信頼されてたじゃないですか」

「本当に嫌な男だな、おまえは」言い返された。「正隆が来月でやめると伝えた一週間後に、俺が親父さんからなんて言われていたか、おまえ、奥の休憩室から覗いてたよな」

覗いていたわけではない。トイレに行こうと休憩室を出かけた時、二人が神妙な顔で会話しているのが見えただけだ。

「おまえは親父さんから、正隆みたいな人間がせっかくの大学生活を新聞配達なんかで過ごしたらダメだ。もっと有意義に過ごして、いい会社に入って、俺たちの生活も豊かにしてくれ、と言われた。なのに俺は、博之はここで従業員になれと言われた。その言葉を、俺がどんな思いで聞いてたか、おまえには分からんだろ」

「臼杵さんは快諾してたじゃないですか」

臼杵は門馬の知り合いの会社に入社を頼んでいたが、その会社から断られ、販売店に残るしか就職の口がなかった。販売店では勤勉だった臼杵だが、大学にも真面目に通っていなかったし、就職活動も積極的でなかった。権藤にはそれが住み慣れた小さなコミュニティーから大きな社会へと出て行くことに臆病になっているように見えた。

「親父さんが、正隆ならどの仕事をしても成功すると思ったのは分かる。おまえは気が利く男だった。よく二人で弁当を買って、店で食べたよな。そういう時、奥さんがお茶を淹《い》れてくれた。俺はペットボトルを買ってきてたから、『大丈夫です』と断った。だけど奥さんが、『正隆くんはお茶は買ってこなかったね』と言っておまえの前に置いた。俺はびっくりしたよ。おまえも自動販売機で買ってたんだからな。よく見たらおまえは買ったお茶を咄嗟《とっさ》に脱いだジャンパーで隠してた」

「なんだか如才ないと言われてるみたいですね」権藤は苦笑いで言い返す。「気転という点では臼杵さんの方が圧倒的にありましたけどね。配達ミスがあった時、真っ先にバイク転がして届けにいくのは臼杵さんでしたし」

「それなのに親父さんを見捨てて出てったと言いたいんだろ。だけど俺は親父さんに仁義は切った」

いつしか臼杵の目に涙が浮かんでいる。

「見捨てたなんて思ってませんよ。二十年以上仕えたんだから年季あけです」

「おまえが言うと、すべて皮肉に聞こえるな」

「長年仕えた人の当然の権利です。臼杵さんの今回の選択を、僕は当然と受け取ってますよ」

「親父さんが亡くなったのにか」

「残念ですが、親父さんは今の時代に生きるには人が好すぎたんでしょう。押し紙されて利益が出る時代はとっくの昔に終わってます」

当時から、キャンペーンという名目で東洋新聞の販売部員が実際の契約以上の部数を押しつけてくることがあった。押し紙分は、販売店が身銭を切って本社に支払わなくてはならないが、「自分の城を築かせてもらってるんだから」と門馬は毎回、受けていた。

昔は押し紙を受けても販売店は損しない仕組みになっていた。東洋新聞は一ヵ月の朝夕刊セットの購読料が三千円ほどだったが、本社に入金するのは六割なので千八百円、一日にしたら六十円になる。そこに一枚十円の折り込みチラシが十種類あれば百円なので、六十円の押し紙分を支払っても実際は一部四十円の増益になる。

だが今はそうはいかない。チラシの代理店も実売数をチェックし、以前ほど新聞チラシも集まらない。押し紙は減ったが、経営が厳しい販売店は本社からの補助金でなんとか凌《しの》いでいる。そういう店はいずれ潰れる。

「臼杵さんがいなくなってもなにも問題ありませんよ。臼杵さんは気にせず、新しいところで頑張ればいいんです」

「そうか。正隆がそう言ってくれると俺もホッとするし、親父さんも天国で喜んでくれそうだ。ITで働く人間は情が薄いっていうから心配してたけど、おまえはこうして葬儀にも来たんだものな。確かにずっと数字は良くないが、過剰気味の従業員を他店にも頼んで人件費を削れば、まだ店はやっていけるさ」

一人で喋って納得しながら、ようやくコーヒーを啜った。すでに湯気が消えていた。

「臼杵さん、なにか勘違いされているようですね。僕は販売店を残すとは一言も言ってませんよ」

ソーサーに置こうとした臼杵のコーヒーカップが横にずれた。表情が翳《かげ》る。

「潰すつもりなのに葬儀に来たのか。親父さんは借金を抱えて死んだんだぞ。奥さんを路頭に迷わせる気か」

「生命保険でなんとかなるんじゃないですか」

「奥さんはどうやって生活するんだ」

「息子が二人もいるんです。彼らが面倒を見ればいいでしょう」

「従業員は見放すのか。正隆だって世話になったじゃないか。みんな仕事がなく、けっして割りがいいわけでもないのにしんどい仕事をしてきたんだぞ」

「そんなに心配するなら、臼杵さんが雇えばいいじゃないですか」

「それは」また黙ってしまった。新たな場所で既存店に挑戦するのだ。部数を伸ばせなかった西葛飾の配達員より、東都から送られてきた実績のある新聞拡張団を優先するのが当然だ。

「仕事があるので帰ります」と伝票を取って立ち上がった。二人で一〇〇〇円だった。臼杵が「自分の分は払う」と財布を出そうとしたが、「小銭をもらうのは面倒なので」と断った。

「臼杵さん。さっきITは情が薄いと言ってましたけど、新聞は情が厚いと言いたいのですか」出した財布を喪服のポケットにしまいながら言った。「新聞だって所詮は紙ですよ。その紙切れに印刷したものを配達員がポストに投函してるだけです。紙に体温がこもっているなんて思う方が大きな勘違いです」

「実際に経験したのに、よくそんなことを言えるな」

「手がしもやけになりそうな日も軍手して、北風に吹かれながらバイクで配りました。だけどそんな苦労を読者は知りません。届くのが遅いと怒られるし、雨で濡れたら新しいのを持ってこいと電話がかかってくる。新聞なんてそんなものです」

「それならネット新聞になっても同じだろ。急に感謝されるわけではない」

「ネットにはありがたみがありますよ。無料《ただ》なんですから」権藤は言い返した。「東都新聞だって同じです。千葉タイムズの読者を奪え、毎朝に取られるなと東都の販売局から発破をかけられているかもしれませんけど、東都新聞の中にも宅配制度はもたない、デジタル化へ加速していくべきだと提言している人は山ほどいるでしょう。臼杵さんが、どこまで人生設計を立てられているかは知りませんが、リタイアされるまで宅配制度が残っていることを心よりお祈りしております、それでは」

頭を下げて店を出た。

外に出ると葬儀場のある方向からクラクションが聞こえた。

あの親父さんが茶毘《だび》に付される。もう一度過去に記憶が巻き戻されたが、自分が想像していたほど感傷的にはならなかった。

7

別室で石川との話を終えた安芸は、席に戻って、下之園が前日に出した原稿を読んだ。

連載五回目は「天災時における自国記者の配慮」だった。

東日本大震災の時、被災者が津波に飲み込まれる写真や映像は、日本のメディアは公開を控えた。だがニューヨークの世界貿易センタービルが崩壊した9・11の同時多発テロの時は残酷な写真も載せている。一方、9・11の際は自重した米国のメディアは、東日本大震災ではいたましい写真を掲載した。

目を覆いたくなるような事件が自国で起きれば、メディアは国民の気持ちを慮《おもんぱか》って報道を控えるが、遠くで起きれば、新聞は事実を克明に残す役割があるとして写真まで載せる。新聞に事実の記録と、読者への配慮という二つの目的が存在する以上、その役目をどこかでライン引きし、使い分けなくてはならない。下之園はグローバルペーパーの実現は現実的には難しいと紙面で訴えてきた。彼が必死に頭を絞り、今回の意見を捻り出している様子が想像できた。十分合格点だ。連載を書かせたことで下之園は大きく成長した。

助詞だけ少し手直しし、出稿ボタンを押した。これできょうの仕事は完了した。

デスク席に近づき、「なんか手伝うことがあるか」と聞いた。当番デスクからは「大丈夫ですけど、自己評価シートのチェックをお願いできませんか」と言われた。

「俺がやるのか」一番苦手な仕事だ。

「部長から今日中に出してくれと言われたんですが、こっちも手が空かなくて」

渋々引き受けた。東洋新聞では十年ほど前から自己査定制度を導入している。半年に一度、記者が目標を立て、それが実現できたかどうか自己採点して提出する。

自己採点が実績に見合っているかどうか、最終的に評価するのは部長だが、百人を超える大所帯の社会部はデスクも手伝う。

渡されたシートをめくっていく。霧嶋、西谷、増井、宮本、川上らのシートが出てきた。経済部出身の西谷なら「経済的な事案を連載で取り上げる」、警視庁サブの宮本なら「他紙に負けないようスクープする」といった達成度が分かりやすい目標を掲げていた。みな遠慮して「4」をつけていたが、安芸は満点の「5」をつけた。

下之園は「3」だった。「4」と書いて、きょうの原稿で1点アップだと呟いてから「5」に書き直した。

中には目標を達成できていないと「2」をつけ、「次回頑張ります」と書き添えている者もいる。原稿が下手でもニュースを抜かれても、ひたむきに仕事をしている記者には安芸は高い点をつけてしまう。何人かは「3」にした。

自分でも甘いと思う。これが賞与の一部に反映するのだ。そして人件費の増加に繋がり経営を圧迫する。柳からも「もっと部下に冷たくならないと、今より上には立てないぞ」と注意される。

だが安芸は記者時代から、この制度が好きではなかった。本人に採点させた上で、上司が評価をつけるなんて、自己採点能力に加え、謙虚さまで試されているようで意地が悪い。

社員に目標を立てさせることは悪くないが、取材は当たりより外れの方が圧倒的に多いのだ。それでもめげることなく続けることで、大スクープや大型連載へと実を結ぶ。期間内に達成できたかなど、なんの意味もない。

尾崎のシートには「遊軍の最年長として、一日でも長い連載を達成する」とあった。自己評価欄は消しゴムで消した「5」の上に「1」がついていた。尾崎はいつも堂々と「5」をつける。おそらく今回の連載を断ったことで書き直したのだろう。新聞未来図については不満だったが、その他は納得するものを出しており、二ヵ月半に及ぶ長期連載も一つこなした。「5」をつけた。

そこで社会部長席に戻ってきた長井から「安芸、専務が探してたぞ」と言われた。少し緊張しながら編集局長席に向かうと、田川は離席していた。

嫌な予感がした。さきほど石川から田川専務のことを聞かされたばかりだった。

「田川の野郎、権藤と会ってやがった」

連れていかれた会議室で石川はそう切り出した。

石川の話ではきょうの午前中、田川は腹心の事業担当と労務担当取締役を連れて、インアクティヴ本社に出かけたという。

石川がどうしてそのことを知っているのか。

尋ねると「警戒して方々に手を尽くしてる」と言った。田川もこっちに賛成するだろうと話していた石川だが、内心は裏切りを警戒し田川の周囲にスパイを置いていたようだ。石川の話で、田川ら三人がインアクティヴになびいたことで、取締役十七人中五名、もしくは六名が合併賛成に傾いたことになった。

石川からはさらに興味深い話が出た。

「権藤はうちの販売店で働いてたらしいぞ」

石川によると、三日前に西葛飾の販売店主が亡くなった。その葬儀が今朝行われ、販売局次長と担当社員が出向いた。葬儀後店主の息子から、インアクティヴの権藤が来たと聞かされたそうだ。あのスマート過ぎる男に、新聞配達のイメージがなかなか重ならない。

「権藤は二十年前その店で働いていたと言うんだ。過去の奨学生名簿を確認したら、確かに名前があった」

「葬式に現れたってことはうちの販売店に恩義を感じてるってことか」

「どうかな。一応十万を包んできたようだが、涙一つ流さなかったらしい」

「あの男が泣いてた方が驚きだわな」

礼儀として顔は出した。金も包んだ。それだけの関係だと伝えにきたのだろうか。

「安芸、専務が戻ってきたぞ」

長井に言われて顔を上げると、ちょうどベスト姿の田川が局長席に歩いていくところだった。「専務、お呼びですか」と後ろから声をかけた。

席に着いた田川は、机に置いてあった社会面の早版のゲラを取り上げて読み出した。そして、「連載、きょうで終わりにしろ」と安芸の顔も見ることなく言った。

「ちょっと待ってください。一週間という話だったじゃないですか？　まだ五日目ですよ」

想像もしていなかった話に、声がひっくり返る。

「一週間くらいと俺は言ったはずだ」

田川は広げていた紙面を机に降ろし、こちらに顔を向けてきた。この男は、インアクテイヴに媚《こび》を売るために連載中止を決めたのではないか。

「それにこのことは会長も了解済みだ」田川は安芸に視線をぶつけたまま言った。

「それなら会長に聞いてきます」

立ち去ろうとした安芸を「待て」と止めてきた。「編集権があるのは俺だ。会長ではない」

役割としてはそうだが、部下を見捨てて相手側につこうとしている人間にそんなことを言う権利はないはずだ。

怒りの言葉が込み上げてきた。権藤とこっそり会ったことをこの場で追及できたらどれだけ心が晴れるか。が、石川から「口外するな」と言われているため、やむをえず飲み込む。

「きょうが最終回なら前もってそう言ってください」

「だからこうして呼んだんだ。ここに〈おわり〉と書けば済むことだ」

田川はゲラに赤ペンで雑に書き込み、安芸に渡そうとする。

「そういうことじゃないでしょう。このままでは、東洋新聞が連載でなにを訴えたかったのかもあやふやになってしまいます。最終回にふさわしいまとめ的な内容が必要です」

「こんな連載、まとめなど必要ない」

「こんなって、それはどういう意味ですか」

思わず声が大きくなった。

「安芸、やめろ」

少し離れた編集長席から、田川の子飼いの局次長が飛んできたが、聞かなかった。

「そもそも専務は、うちが無抵抗で恥ずかしくないんですか」

「安芸、いい加減にしろ」また局次長に注意される。「黙れ」

「なにもしないうちの紙面で、唯一インアクティヴと轟木太一に抗戦しているのがこの連載ですよ。うちには買収されることに納得していない人間がこれだけいると、社員の意思を示すだけでも意義ある連載です」

「ふざけるな。こんなの今の新聞社を否定しているだけじゃないか」

田川は、下之園が書いた「目を覆いたくなるような事件が自国で起きれば、メディアは国民の気持ちを慮って報道を自粛する」の部分に赤ペンで線を引いた。「轟木太一が言っていることが正しいと、読者が勘違いするだけだ」

読み方が浅い。それに、その轟木太一に田川は従属しようとしているのだ。こんな男に言われてたまるか。

田川の細い目を睨み続けた。あなたみたいな腰抜けではない、そう思いを込めたが、田川はまったく感じ取っていなかった。「これは専務兼編集局長である俺の決定だ」と命じてくる。

「分かりました」

田川のゲラは受け取らずに、自分の席に戻った。

自分の席にあったゲラに〈おわり〉と赤ペンを入れる。さらに〈この連載は尾崎毅、霧嶋ひかり、西谷健吾《けんご》、下之園剛が連載しました〉と連名を入れた。

そこで、田川の卑劣な顔が浮かんだ。

部下だけを敵に晒《さら》すわけにはいかない――書き足した署名にペン先を強く押し付け、赤く塗り潰した。

# 第六章　身辺調査

## 1

安芸は土曜の朝から柳に呼び出され、日比谷のホテルのラウンジに来ている。

今回は個室ではなかった。柳は案内係に窓際の一番奥のテーブル席にしてくれるよう頼んだ。

「安芸、今から来てくれ」電話でそう言われただけで柳は用件を教えてくれない。買収騒動以来、密室での話し合いが多いが、仕切りのないラウンジということは畏《かしこ》まった相手ではなさそうだ。

柳は元妻とペアだというオメガの腕時計で時間を確認した。安芸も見る。こっちはすぐに失《な》くすので安時計だ。まもなく正午になる。

「いったい誰が来るんだ。ここで話すってことは、見られてまずい相手ではないんだろ」

「問題は、ない」柳は少し間を空けて言った。

「意味深だな。いいから言えよ」せっつくと、柳はようやく明かした。

「日経ヘラルドの度会さんって覚えてるか。俺たちより少し年上で、俺は一時経済部にいった時に担当が被った」

「俺も国税担当で一緒だったよ。といっても入れ違いで、短い期間だったけど」

「その度会さんが今朝、大事な情報を教えると電話をくれたんだ」

「それって米津訓臣のことじゃないのか」

　昨夜、社会部の西谷が「インアクティヴの背後にニューマーケットインクの米津訓臣がいる」と連絡してきた。

「だとしても、うちより日経ヘラルドの方が詳しい情報を持ってる可能性はある」

　度会は安芸が国税担当になって一ヵ月で経済部に戻ったが、その間に大学病院の脱税事件を抜かれた。毎朝も東都も優秀な記者が揃っていたが、日経ヘラルドの一紙抜きだった。経済記事でのヘラルドの独壇場はよくあることだが、事件で抜かれたことで、安芸は以降、目の色を変えて取材をした。

　ホールスタッフに連れられてくる、耳に被るほど髪を伸ばした度会が見えた。長身で歩く姿勢がよく、経済新聞の記者らしくスーツをきちんと着こなしていた。その後ろからシワの目立つスーツを着た大柄の男が、猫背で歩いてきた。

「おお、安芸、久しぶり」

毎朝新聞社会部の丸岡《まるおか》が他の客に聞こえるほどの大声で手を挙げた。

丸岡は安芸と同期で、最初の赴任地が同じ仙台だった。

一年目は、安芸は仙台西部の警察署を担当し、丸岡は仙台東部の警察署担当だった。他紙に大きな特ダネを抜かれることなく生き残ったことで、二年目は二人とも宮城県警クラブに上がった。

県警クラブに二年いた後、安芸は横浜、丸岡は京都に異動、本社に上がってから丸岡は長く警視庁担当を務めた。強引な取材と、顔がでかくて、一目見たら忘れない暑苦しい外見から、毎朝社会部を代表する名物記者である。

「安芸の顔はいろんな現場で見てきたけど、こうしてゆっくりコーヒーを飲むのは、宮城の県警クラブにいた時以来だな」

周りの迷惑も顧《かえり》みずに太くて大きな声で話すのも昔のままだ。当時は四歳も年下のくせに「おまえ」と馴れ馴れしく呼んでくるこの男が苦手だった。今はお互いが四十代となったせいかそれほど気にはならない。

柳がそれぞれの注文を聞いてから四人分の飲み物を頼んだ。丸岡が「お姉さん、一つはアメリカンにして」と言い直した。

「丸岡と会ったのは新潟中越地震の被災地とか三宅島の噴火とか、慌ただしい現場ばかりだったな」

「俺は今でも東洋新聞に抜かれた夢を見るよ。他紙の記者が全員いる場で抜け駆けするなんて、おまえは本当にえげつない」

丸岡が言い出したのは仙台支局時代、県警二課が着手した市会議員の収賄事件のことだ。当時の広報課長は捜査一課出身の偏屈者で、確認せずに書くと記者を出入り禁止にするくせに、普段はいつも部下を従え、記者と一対一になることは滅多になかった。それでもなんとか広報課と記者との懇親会の間に安芸は逮捕事実の裏取りをし、トイレに行くといって中抜けした。その行動を怪しんだ丸岡に最終版で追いつかれた。

「あの時の丸岡の執念には恐れ入ったよ。完抜きだと思ったが、すべてのトイレを回って、俺がネタを書きに行ったと気づいたんだものな」

そう言うと、丸岡は「うちも市会議員が聴取されたことまでは摑んでたが、逮捕までは裏が取れなかった。おそらくこいつは、懇親会中に広報課長にメモを見せて反応を窺ったんだ。違うか、安芸」ニヤついた顔で聞いてくる。

「箸袋に書いておいたんだ。課長の隣に座ってそれを見せた。否定しなかったから明日逮捕状が出ると確証を得た」もう二十年も前のことだ。白状してもいいだろう。

「丸岡もそれだけでよく追いつけたな、課長は堅物だったんだろ」柳が不思議そうな顔で質した。

「一か八かだよ。広報課長がトイレに行った時についていき、『東洋が書いたことをうちも書きます』と当てずっぽうで言った。そしたらフダが出るのは明日だからお手つきするなと言われた。それで『きょう逮捕へ』と急いで原稿を送った」

「ね、この男の方がよっぽどえげつないでしょ」

安芸は年長の度会に聞いたが、度会からは「どっちもどっちだ、俺はそこにいなくて良かったと心底ホッとしてる」と言われた。

「だいたい安芸には麻雀という武器があった。俺たちはおまえがいなくなると、また当たり牌《パイ》と一緒にネタを引いてくるんじゃないかとヒヤヒヤしてた」

安芸もそれを目当てで警察幹部や検事を誘った。なにせ大学留年中は麻雀で食っていこうと考えた時期もあったのだ。腕に自信はあったし、時にはわざと安い手を振り込んで機嫌を取ったこともある。だが警察官の中には安芸を上回る猛者《もさ》もいて、役満を振り込んだこともある。その時はあまりに落ち込んだ顔に同情されたようで、「きみ、例の連続空き巣犯、捕まったからそんなに気を落とすな」とネタをくれた。

麻雀は安芸の独壇場だったが、丸岡や他の記者も囲碁や将棋を覚えて年配の取材相手の懐に入り込んでいた。そういった遊びができない記者はいつしか脱落していった。

「昔の警察官は記者とよく遊んでくれたけど、今はコンプライアンスやら何やらでほとんどなくなったみたいだから、今は仲良くなるのが大変なようだな」

安芸が言うと、度会も「記者とは酒も飲まないって宣言するサツ官もいるみたいだな」と会話を続けた。度会は見た目はエリートのようだが、酒を飲むとぐだぐだに潰れてしまう。そのギャップが取材相手の心を開かせる。

「まぁ、俺たちが競ってたことなんて、世間から見たら、どこが先に書こうがどうでもいい小さな事件が大半だったけどな」丸岡が大きな鼻を搔いた。

つまらないことでも、他紙より早く書こうと警察官の動きに目を光らせ、記者クラブの他紙のボックスから聞こえてくる声に耳を立てた。だからこそ、一人前の記者に成長できた。そこでふと思った。丸岡の言動が鼻につかなくなったのも、若い頃に本気で戦ったライバルだったからだ。

「度会さんが丸岡と知り合いだったとは思いもしませんでした」

「お互い組合の委員長をやっていて、前から顔見知りだったんだ。その時よく安芸くんのことが話題になってね。それで今朝、柳くんに電話した後、呼んだんだよ」

「今回の買収は東洋新聞だけの問題ではない。今後、新聞社の多くで同じことが起きるかもしれん」相変わらず声は大きいが、丸岡の顔が真剣になった。

「毎朝新聞が潰れたら日本の新聞も終わりだけどな」

「度会さん、うちだって他人事ではないですよ。ある意味、これまで新聞社が買収されなかったことの方が不思議です」

「俺もそう思う」安芸は同調した。

「だからといって俺は彼らを認めたくないけどな」今度は度会が険しい顔をした。「新聞協会からの脱退にしても軽減税率の拒否にしても、轟木が会見で話したことは立派だよ。若者だけど彼らのやり方はいつも同じだ。昔から存在するものを既得権益だと否定し、若者の支持を得る。そして途中で儲からないと思うとやめてしまう。俺は轟木の腹心の権藤に、今回の計画はどこまで腹を括ってやるつもりなのか確かめたよ」

「度会さんは権藤に会ったんですか」

他紙の記者から突然、名前が出てきたことに驚いた。

「権藤は自分が東洋新聞に在籍していたのも認めた。買収に米津訓臣が関わっているか聞いた時も反応を見せたよ。そのあとは轟木と話してくれとうまく逃げられたが」

予想していた通り、日経ヘラルドは米津のことを知っていた。丸岡も「米津は金の匂いがするところには必ず絡んできますね」と言ったから、摑んでいるようだ。

「度会さんがどこまでの腹づもりだと聞いたことに対し、権藤はどう答えたのですか」

「彼はこう手を胸に手を当てて、『心に刻み込んでおきます』と言ったよ」

「まったく舐めた男ですな」丸岡が顔を顰める。

権藤の居場所を突き止めて直当てした度会もたいしたものだが、不意打ちの取材に平然と対応した権藤も、この十一年間で記者時代にも増して慧敏《けいびん》な男に成長したようだ。

「度会さんが僕たちに知らせたいことって権藤の話だったんですか」柳が尋ねた。

「それだけじゃない。ただこれから話すことは、俺が持ってきたネタではないので扱いに注意してほしいのだが」度会が暗に書かないでほしいと断りを入れた。

「もちろんです。ヘラルドの仕事の邪魔はしません」柳が、なぁと同意を求めてきたので首肯した。

「アーバンテレビとインアクティヴの最終調印式の日程が決まった。三日後の火曜日だ」

「本当ですか」

仰天した安芸はそのまま柳を見て確認したが、「俺は聞いてない」と言われた。「これから会社に戻って伝えられるのかもしれないが」取締役会の書類はすべて総務部長が作る。事実なら間違いなく連絡があるだろう。

「東洋新聞は知らなくて当然だよ。うちの記者はアーバンの幹部から聞いたんだが、合意をぶち壊されたらたまったものではないから、できるだけ東洋に知らせるのを遅くすると言ってたらしい」

またアーバンテレビへの怒りが湧き上がるが、今はめくじらを立てている場合ではない。

「そろそろだとは思っていましたが、三日後と言われるとさすがに焦りますね」

柳が言うと「轟木の女の件は調べてんだろ」と丸岡が顎を上げて聞いてきた。

「それはやってる」

「富山はどうだ？」

「記者を行かせた」

「だったら安心だ。銀座の女も結構なスキャンダルだが、富山はインアクティヴの根幹に関わることだからな……」富山に何かあるのか。もう少し聞きたい気持ちもあったが、丸岡の話している途中で、「それ以上話さないでくれ」と遮った。

「なんだよ、安芸、話の腰を折って」

「心配してくれるのは嬉しいが、これ以上他紙からネタを貰ってたら、それこそインアクティヴの思い通りになるように思うんだよ」

「安芸くん、今はそんなこと言ってられない状況だぞ」度会から注意される。

「分かってます。でも轟木太一は会見で、新聞業界のもたれ合い体質を批判してきたんです。ここで僕たちがタッグを組んだら、新聞業界は新規参入を認めない守旧派だと批判されるだけです」

彼らの思いを踏みにじってしまって申し訳なく思ったが、二人には伝わっていた。

「その通りだな。俺たちは新聞社だ。ネタを掴んだら自分らで書けと昔から教わってきた」

丸岡が言うと、度会からは「うちも扱いに注意してなんて言ってないで、先に自分とこで書かなきゃいけないな、申し訳ない」と謝られた。

「いえ謝るのはこっちです。うちのために来てくれたのに、生意気なことを言って」

「聞いたところでなかなか書けない話だけどな」丸岡が急に難しい顔になった。書けないということは事件として成立しなかったのか。聞きたいが、我慢する。

「俺たちも経済紙らしく、インアクティヴの帳簿に不正がないか今一度チェックする。あとで会計報告に誤りが出れば経済紙の恥だ」

「僕たちも同じことを記者に当たらせています」安芸は言った。

「それをとことん調べるとなると、あの新聞キラーの弁護士が出てきそうで憂鬱になるが」度会が渋い顔をした。おそらく榎下のことだろう。インアクティヴに榎下が関わっているのか？　榎下は西谷に「轟木はないな」と話したと言っていた。あの神経質な顔を思い出すだけで気が重くなるが、一度当たってみる必要はありそうだ。

それから数分話し、安芸と柳は二人に礼を言った。

「最後まで戦ってくださいね。僕らも仲間として応援してますから」

立ち上がった度会から握手される。ひょろっとした見た目に反し、厚い手のひらをしていた。

そこにもう一回り大きい手が出てきた。

「頑張れよ、東洋新聞」

丸岡は周りの客に聞こえるほどの大声でそう言い、安芸の手を力いっぱい握ってきた。

## 2

打ったボールが、雲ひとつない青空に舞い上がった。

「ナイスショット」

ラウンドする三人が一斉に声をあげた。

権藤はボールの行方を確かめた。フェアウェイ左、二百五十ヤードの杭がある辺りで落ちたが、思うように転がらずに止まってしまった。小さく舌打ちが出た。

「さすがですね、権藤さん。最終ホールまでほとんどフェアウェイをキープされたんじゃないですか」

同組でラウンドする米津の部下、宇治原《うじはら》というニューマーケットインク事業開発部長が、ドライバーをキャリーバッグにしまいながら声をかけてきた。

「どうにかです。宇治原さんの足元にも及びませんよ」

権藤も使ったドライバーをキャディーに渡して返答した。権藤が狙っていたのはもっと右だった。このホールは左から攻めるとなるとグリーンの前の大きなバンカーが邪魔になる。

宇治原の一打目は権藤が狙っていた右サイドに、二百八十ヤードは飛んでいた。

権藤はこの土曜日、轟木夫妻とともに米津訓臣主催のコンペに呼ばれた。大事な時期なのだ。轟木夫婦は前の組で、米津とベテランのプロゴルファーと一緒に回っている。

米津が会員であるこのゴルフ場は、相模湾《さがみ》を見渡す眺めのいいコースだった。好天にも恵まれた。だが気持ちよくプレーしていたのは途中までで、今はまったく楽しめていない。

14番ホールを終えた段階で、権藤は70、およそ一年ぶりにコースに出たというのに絶好調だった。残り4ホール、パー4が二つ、16番がショートホールで、ロングでホールアウトになる。このままなら確実に90は切れると思っていた。

「権藤さん、残り4ホール握りませんか？」

15番ホールに向かう途中、宇治原から持ちかけられた。

「18番ホールのスコア、ハンデなしでどうですか」

それまでの宇治原のスコアは73だった。三打リードなのにハンデなしとは、美味しすぎる条件を怪しんだ。権藤はそれまで宇治原のプレーを観察していた。ドライバーはよく飛ぶがコントロールが利かず頻繁にラフに捕まっていた。寄せも距離感が今ひとつでツーパットもしばしばあった。「一打一本で」と人差し指を立てた宇治原に、少し手抜きして、一打くらい上回ればいいだろうと、快諾した。

ところが15番以降、それまで下手な演技をしていたかのように宇治原のスイングが変わった。15番は右が崖で、大きく右に曲がるコースだった。権藤は安全に左側に落としたが、宇治原は崖を越すスーパーショットで飛距離を稼いだ。

宇治原の変化に動じた権藤は、二打目をバンカーに入れ、ダブルボギーにした。宇治原がバーディーパットを難なく決めたことで、三打のリードがなくなった。

続くショートホール、権藤はグリーンの端からの二打目を慎重に寄せてパーに収めたが、宇治原は難しい五メートルのロングパットを沈めて連続バーディーとする。

17番ミドル、宇治原はパーだったが、権藤は五十センチのショートパットを外してダブルボギー、これで負けが三万円に増えた。

そしてこの最終18番のロングホールも苦戦している。権藤は二打目はアイアンでバンカーより手前のフェアウェイに正確に落とした。だがグリーンを狙った三打目がダフってしまい、グリーンの手前、カラーの部分で止まった。宇治原はピン奥五メートルにツーオンしている。

「芝が荒れているのでピッチングがいいですね」

とキャディーがピッチングウェッジを渡してきたが、「パターでいきます」と交換を頼んだ。

「おっ、勝負ですね」

宇治原の声がグリーンから聞こえた。この食わせ者が――腹の中で毒づく。

片膝をついて芝の目を見る。十メートル以上ある下りのフックライン、これまで入れたことがない距離だった。それでもパターを構え、自分のボールが辿るコースをイメージして打った。

強すぎた――打った感覚でそう思った。思っていた以上の勢いでボールが転がっていく。右に出したボールがピンに近づくにつれて左に曲がる。ピンを外せば大きくオーバーしそうだ。入れ！　心の中で叫んだ。ボールがカップに引っかかった。カップの縁を高速回転し、そして沈んだ。

「ナイスバーディー」

最初に声を上げたのが宇治原だった。

89――なんとか90は切った。一方の宇治原は無理せずツーパットで刻み、このホールはタイとなる。86ということは、彼は残り4ホールを3アンダーで回ったことになる。これほどの相手によく三万の負けで済んだ。

「ありがとうございます。緊張感がある勝負をさせていただいたせいで久々にいいスコアが出ました」

握手してきた宇治原に惚けられた。権藤も「こちらこそありがとうございます。今度レッスンお願いします」と握り返した。

シャワーを浴びて着替え終えると、先にホールアウトしていた轟木が一人で座り、ビールを飲んでいた。

「ゴードン、お疲れさん」

それほどゴルフが巧くない轟木だが、米津と一緒に過ごしたことで満喫できたようだ。

「いかがでしたか、会長」

「俺はいつもと同じだ。101だったが、米津会長は110も叩いていたよ。あの人、あまり運動神経は良くないんだな」それがご機嫌の一因かと納得する。

「一緒に回ったプロゴルファーは手抜きしたのかツーオーバーだったな。里緒菜は絶好調で90を切って89だ」

里緒菜はスタンフォードのゴルフ部にいたこともあるのでなかなかの腕前だ。権藤が初めてゴルフをしたのもサンフランシスコ時代、里緒菜に誘われたからだ。パブリックのコースで道具もレンタルした。そこには里緒菜の前のボーイフレンドも来ていた。ガタイのいいその男はドライバーで気持ちいいほどよく飛ばしていた。そして権藤がシャンクするたびに腹を抱えて大袈裟に笑った。

帰り道、中古のゴルフセットを買った。ゴルフ部にいる同級生にバイト代を払って基本から徹底的に教わった。次に対戦した時は、飛距離こそ敵わなかったが、スコアは上回った。

「ゴードンはどうだった？」

里緒菜と同じスコアだったとは言わずに「いつもと同じです」と答えた。「それより一緒に回った宇治原さんという事業開発部長、なかなかのツワモノでした」と言った。

「米津会長が連れてくるぐらいだから、頭の切れる優秀な部下なんだろう」轟木は権藤が言った言葉の意味を履き違えていた。

「米津会長はまだ着替え中ですか」

「この後パーティーがあると言ってたから出たんじゃないか。里緒菜はまだロッカーから出てきてない」

「そうですか」

「では里緒菜のことはゴードンに任せて、俺は先に帰らせてもらうかな」

どうやら女のところにいくようだ。

「大変失礼ですが、会長、しばらくはお控えになられた方がよろしいかと思います」

そう言うと、轟木が眉根を寄せて権藤を見る。

「俺のプライベートは詮索しないのがゴードンの主義ではなかったか」

「プライベートに興味があるわけではないですよ、でもあの女性は」

「前科があると言いたいんだろ？」

先に言われた。

「ご存知だったんですか」

「五年前に覚醒剤で捕まってるんだってな。賢い女なのにやってることがレトロでびっくりだ」

軽く言うが、知られたら只では済まない。

おそらくホステスは、今も米国への入国が禁止か、ビザの発給が制限されている。新聞社を買収し、グローバルペーパーになると宣言した経営者の愛人が、米国政府のブラックリストに入っているとは洒落にならない。

「会長の調査力には感服いたします」

「ほかにも隠していることはあったよ。店では二十八だと言ってたが、実際は三十だった」

面白い冗談でも言った後のように笑ったが、権藤が無表情なのに気付き、「心配するな、俺だって遊ぶ女のことは注意してる」と真顔になった。

「では、きょうを最後にしていただけるのですか」

しばらく考えていた轟木だが、「あれだけの女なんだ。もう数回遊ばせてくれよ」と言った。ホステスの写真は見たことがある。スタイル抜群の美女で、轟木が言ったように頭も良さそうに見えた。名門の女子大を卒業している。しかし、里緒菜と比べたら子供同然で、魅力は感じなかった。

「里緒菜には仕事の付き合いで先に帰ったと言ってくれ。俺はタクシーで行くから、二人でうちの車を使え。あいつはミッドタウンで買い物したいらしいから、途中で落としてやってくれ」

そう言うと、軽く手を挙げて出ていった。

しばらく待っていると「主人は帰ったみたいね」と里緒菜が出てきた。

長い髪をバレッタで束ねた里緒菜は、白のポロシャツにネイビーのショートパンツから、ベージュのVネックのセーターとラベンダー色のスカートに着替えていた。セーターの深いVゾーンからは縁がレースになったカットソーが微かに覗く。

椅子に腰を下ろすと香水の匂いがした。今日は普段からつけているセルジュ・ルタンスだった。

「会長からお送りするように言われました。ミッドタウンに用事があるそうですね」

「そんなの適当な言い訳よ。そう言えばあの人がどういう行動に出るか、興味があっただけ」

改めて周りを確認し、聞こえる距離に人がいないのを確認してから、声を絞った。

「会長は女と手を切るつもりでいます。会長も今が大事な時期だとわきまえておられます」

「あっ、そう。私は別に気にしてないけどね」

彼女はテーブルに片肘を突き、その上に小さな顎を乗せた。鼻が微かに動く。「乗り込むつもりはないし、好き同士ならどうぞご自由にという気持ちよ」

「会長に油断させたのですか」

「私だって自由になる時間がほしいもの」

テーブルの下で足をぶつけてくる。「副会長もここ数日はびっしりスケジュールが入っておられましたものね」権藤は足を外して惚けた。

「あなたの欠点を指摘するとしたら、面白みにかけるところよね」と拗《す》ねた顔をした。

「じゃあ、帰ろうかな。ゴルフはしばらくいいわ」

立ち上がった里緒菜に「送りますよ」と言う。

そこで彼女が急に近づいてきた。ホテルで肩を甘噛みされたことを思い出した権藤は、咄嗟に身をよじった。里緒菜は権藤の反応を楽しむかのように微笑みを浮かべていた。

「私だってわきまえてるって話したでしょ」

権藤は首を回して確認した。自分たちを見ているものはいなかった。

「送ります」平静さを取り戻してもう一度同じことを言う。

「私もたまには自由にさせてよ」

「それなら車を使ってください。僕はタクシーで帰りますから」視線を正面ドアに向けた。外では運転手が社用車を横付けしていた。

「そうさせてもらうわ」

里緒菜は轟木がしたのと同じように手を上げて出ていく。

しばらく赤く跡が残っていた右肩がほんのりと疼《うず》いた。

3

虎ノ門にあるビルに到着すると、安芸の足は急に重たくなった。

二階に上がり、フロアで唯一灯りがついていた法律事務所の扉を開ける。広い部屋の奥の机で榎下が一人で書類に目を通していた。

「おや、安芸さん、お早いですね」

腕時計を見てから榎下が薄笑みを浮かべた。アポイントの連絡を入れ、八時に事務所に来てくれと言われたので十分前に来た。七年前に呼び出された時は約束した時間より一分遅れただけなのに「新聞記者さんには時間を守るという常識はないんですか」とのっけから説教された。

町田譲の事件が発覚した当時、被害者弁護団のリーダーとして、彼は何度も会社に抗議の電話をかけてきた。上司から安芸と石川は一切応じるなと指令が出ていたため誰も繋がなかった。榎下は毎回、電話に出た若手記者に東洋新聞のせいでどれだけの被害者が出ているのかを延々と話し続けた。当時は榎下からの電話だというだけで部内が暗くなった。これでは記者たちがノイローゼになってしまうと、安芸は榎下の事務所に出向いたのだった。

その後、紙面で町田譲の逮捕を報じ、東洋新聞の記事が犯罪に利用されたこと、容疑者の身辺調査が足りずに誤った記事を掲載したことを謝罪した。榎下はそれでも納得せず、また抗議の電話をかけてきた。

「それにしても東洋新聞は大変なことになってるようですね。まさか、新聞が買収されることにこれほどの国民が賛同するとは私も思いませんでした。これまで読者の信頼を失う仕事をされてきたんですから、報いを受けるのは当然でしょうが」

ソファーに腰を下ろした途端、嫌な気分にさせられる。メタルフレームがやたらと金光りして映るのは、この男の歪んだ性格が顔に表れているからだろう。

「それでも安芸さんはこうして来られたのだからたいした御方ですけどね。最近はどの新聞社も、どうでもいい若手を寄越します。よくこんな人間が新聞社に入れたなと思うほどなにを言っても感じない木偶《でく》の坊ばかりで、私もつまらなくてね」

記者を呼んでねちねちといびるのがこの男は楽しいのだろう。

「榎下先生がうちの記者に、僕の名前を出されたと聞きましたので。僕も先生とまたお話ができると喜んで来ました」

心で思っていることと正反対のことを言うが、持ち上げたところでこの男には意味がない。

「そう言うけど、七年前の安芸さんはほとんどだんまりだったじゃないですか。あれは容疑者の黙秘よりひどかったですよ」

「自社の紙面で回答したいと先に申し上げたじゃないですか」

表情に出さないようにできるだけ目元を緩めて話す。

「町田譲のことは連載で三回も持ち上げておいて、謝罪はたった数行でしたけどね」

こうした皮肉がずっと続くのだ。早くも気が滅入ってきた。いい加減にしろと怒鳴って帰れたらどれだけ気持ちがいいか。

「榎下先生はインアクティヴが契約する監査法人の法律顧問をされているそうですね」

ここで怒ったらせっかく来た意味がないと、安芸は強引に本題に移した。

「安芸さん、私が法律顧問をしているのは彼らが四年前まで契約していた前の監査法人です。知っていてそういう聞き方をするのはやめましょう」眼鏡の奥の目が光る。

「大変失礼しました。でも不可解なのはインアクティヴですよね。榎下先生が顧問契約されているのは大手の監査法人ですが、今、インアクティヴが契約しているのは中堅規模です。業績は年々上がっているのに、どうして監査法人のクラスを下げたのですかね」

「単に報酬を安くしたかったんじゃないですか。最近は監査との馴れ合いを防ぐためローテーション的に替える会社もありますし」

「私はてっきり様々な事情があって替えたのかと思いました」

「様々な事情とは？」

「それはまぁ、大手だと言うことを聞かなかったのかもしれませんが、中堅どころなら言う通りにするかもしれませんし……」はっきり言えばマシンガンのように反論されるのが分かっているので、語尾を濁した。だがこの男にはそれも逆効果だった。

「何に対して言うことを聞かなかったんですか」分かってるくせに質問を被せてくる。

「ですから経理上の問題とかです」

「経理上？　おっしゃってることがよく分かりませんが」

これが新聞記者が榎下を苦手とする最大の要因だ。記者は相手の口から大切なことを言わせようと、大事な言葉を避けて質問する。普通は相手も質問の意図を察して、認めるなり否定するなりして取材は成立する。

しかしこの弁護士は、記者が少しでも言いにくそうにしていると感じると、しつこいくらい質問を繰り返させて、最後までちゃんと言わせる。言わせたところで応答する気などない。ノーコメントか、もしくはさっきのように「おっしゃってることが分かりません」とむかつく返答をするだけだ。

「僕が聞きたいのは粉飾隠しですよ」はっきりと言った。「前の法人の時に、そういった疑いがあって、それで手を引かれたのかなと思ったのです」

「安芸さんはうちの法人が粉飾隠しを知ってて、目を瞑ったと疑ってらっしゃるのですか」

予想した通り急に口調がきつくなった。ここでムキになって押し通すと今度は言質を取られて週刊誌などで暴露される。

「そういう可能性があったかとお聞きしたのですが、先生がないと言うならそうなのでしょう」

自分から引いた。推測で物を言わないでほしいと攻撃されることも覚悟したが、榎下は「今は粉飾が発覚すれば、監査業務停止処分を受けるんですよ。大手だろうが中堅だろうが、そんな危ない橋は渡りません」とまともな回答で否定した。

「では、もし四年前になにか申告に不備がありましたら、まだ法人税法違反、もしくは有価証券報告書虚偽記載罪で摘発される可能性はありますか？　断っておきますが榎下さんの監査法人ではないですよ。インアクティヴにです」

丁寧に質問する。

「時効は五年、脱税の意志ありと見られれば七年ですからそうなるでしょう」そうは言ったがすぐに「知ってて見逃すなんて、うちの事務所はそのような危ない橋は渡りませんよ」と強気に言ってくる。

「そのようなとはどういうことを指すのでしょうか」今度は安芸が榎下の戦法で返した。

「監査の職務をまっとうしないということです」

「どうしてそう言い切れるのですか。榎下先生が担当されたのは三年前からですよね。インアクティヴとの契約が切れた後でしょ」

少し自分のペースになってきた。だからといって榎下が慌てているわけではなかった。

「私が調べもせずに引き受けるわけないじゃないですか。私のことを嫌ってるマスコミはいくらでもいるんです。私が顧問契約する会社に疑惑が生じたら、これまでの恨みを晴らさんとばかりにマスコミから一斉に叩かれるのは目に見えています」

確かにそうなるだろうなと榎下の用心深さに感心した。調べたというのならその監査法人に問題はないのだろう。少し考え込んでいたら、再び会話の主導権を奪われた。

「安芸さん、須《す》永悦郎《ながえつろう》って、次の総裁選挙に出るみたいですね」

「彼が総裁選に勝てるとは思いませんが」町田から政治献金を貰っていながら、自分も被害者だと言い張った民自党の議員だ。

「それでも総裁選のたびに名前を売れば、いつか勝つかもしれません。そうしたらあなた方東洋新聞が彼を総理大臣にしたようなものですね」

「うちの会社がそんなことをさせませんよ」

「またまた、あんな緩い追及をしておいて、今更総理にさせないはないでしょう。結局東洋新聞が書いたのは町田譲だけで、須永はノータッチでしたものね」

それは自分たちではなく地検の捜査が甘かったのだと言いたかった。そう言えば新聞は責任を転嫁すると言ってくるだろう。この男と話すと先の会話が見えてなにも言えなくなる。そこからしてこの男の術中に嵌っている証拠だ。

それでも「金で不正をした人間は必ずまた金で過ちを犯します。探ればいくらでも出てきます」と言い切ってみた。「ほぉー」と榎下はわざとらしい詠嘆を入れてから続けた。

「それは頼もしいお言葉ですね。それでは東洋新聞が須永を追い詰めるのを期待します」

榎下はそう言いながらも「その時まであなた方が東洋新聞に残っていればですがね」と皮肉を込めることも忘れなかった。

どうやらこのサディストの弁護士は東洋新聞が買収されそうになったのを面白がっているだけのようだ。大嫌いな新聞記者が困っている顔が見たくて、安芸を事務所に呼び出したのだろう。

「では先生、また取材させてください」二度と来るまいと思いながら席を立った。すると榎下が「あとで知られると嫌なので先に説明しておきますが」と話し出した。

「最近、地検が事情を聞きにきたそうです。私の元にその日のうちに連絡がありました」

「聞きにきたって、監査法人にですか?」

やはり四年前になにかあったのかと思った。だがその期待もすぐに潰《つい》える。

「当時の状況について一般的な説明を求められただけだと聞いています。話もその一回きりで終わってますから」

「当時の状況とはどういうことですか。詳しくお願いします」

「ですからインアクティヴの経理はどのような組織で、誰からどのように報告が行っているかなど、そういった基本知識です。あれだけの規模の会社になると、たまに前の事務所に事情を聞いたりすることがあるんですよ。国民から注目されている企業はとくに国税も見張っておかなくてはなりませんから」

「国税局なら分かりますが、地検が出てきたということは、なにか疑問があるから調べたんじゃないですか」

その質問にもつれなかった。

「うちの監査法人にはありませんよ。もしおかしなことを書けばすぐに法的手続きを取らせていただきます」

榎下はインアクティヴの不正を探っている東洋新聞が、前の監査法人が聴取を受けたことを掴むと案じ、安芸を呼び寄せたのだ。自分から言いだすくらいだから、潔白だと自信を持っているのか。

「承知しました。記事にする時はきちんと裏付けを取ってからいたします」

「取材される場合は、必ず私に連絡をくださいね」

口角の外側に嫌らしい皺が広がっていく。安芸は「お約束はできませんが、心に留めておきます」と言った。

4

里緒菜を乗せた社用車が走り去ったのを確認してから、権藤はゴルフバッグの宅配を頼み、クラブハウスの外に出た。タクシーが待機場にいなかったためフロントに頼むと、十分ほどかかると言われた。

駐車場からクラブハウスの中まで、ゆっくりと目を配っていく。ラウンド中も新聞記者に見張られているのではないかと気になっていたが、ここに記者らしき者はいなかった。

アーバンテレビとの最終交渉日が三日後の来週火曜日に決まった。轟木に言われて昨日、権藤がアーバンに連絡した。早くけりをつけたいアーバンは二つ返事で了解した。

轟木はそのことを知らせるために米津に電話を入れたのだろう。その電話で轟木夫妻をゴルフに招待したということは、米津は自分が買収に関わっていることを発表する気なのか。

タクシーが来る気配がないため、トイレに寄った。小用を終え、手を洗おうと水を出すと、突然扉が開いた。

記者かと警戒したが、入ってきたのは米津だった。上下白のゴルフウエアからロイヤルブルーのスーツに着替えていた。

「会長、インアクティヴの権藤です。きょうは楽しませていただきありがとうございます」

水道栓を閉め、直立して頭を下げる。轟木から先に帰ったと聞いたが、まだ着替えていたようだ。

「こちらこそ楽しませてもらいましたよ。私が足を引っ張ってしまって……それにしても轟木会長の奥様はお上手ですねえ」

晴れ晴れしい顔で米津が言った。普段は渋い色を着ている印象の米津が明るめのブルーを選んだということは、これからパーティーに出席するのではないか。スーツは高番手のウールにシルクが混じっているようで、ダウンライトを浴びた生地はラメが入っているかのように光っていた。

米津も用を足すのかと思った。権藤が立つ洗面台の隣に来て、突然ネクタイを外し、ワイシャツの襟の下から抜いた。外したネクタイはピンクに近いマゼンタだった。

「あなたはどっちがいいと思いますか」

ポケットからスーツの色より薄いライトブルーのネクタイを出しシャツの上から当てて鏡越しに権藤に目を向けた。マゼンタはジャカード織りの小花柄、ライトブルーのタイはエルメスらしきプリント柄だった。

どちらもお似合いです、そう言うべきかと思った。ライトブルーもいい。色白で細身の米津がよりスマートに見える。プリント柄にはオレンジが入っていることから、ロイヤルブルーのスーツをより映えさせている。

一方のマゼンタのネクタイは鮮やかだが、五十代の経営者には少し派手過ぎる。

だが「僕は会長が外されたマゼンタの方がいいと思います」と派手な色を選んだ。

「ピンクですか、それはまたどうして？」

「僕の意見は参考になさらない方がいいです。あまりお洒落に自信がある方ではないので」

そう断りを入れたが、米津が黙っているため理由を説明した。

「お洒落に精通している人ならライトブルーを選ぶと思います。とくにそのネクタイに使われているシルクは光沢があり、ロイヤルブルーのスーツ地に程よくグラデーションして見えます。明るいブルーを組み合わせながらも目立ち過ぎないシックなコンビネーションで、見ている者に落ち着きを与えます。何よりも会長にはとてもお似合いです」

「だけどあなたはこっちを選ぶんでしょ」

「ちょっと外しが利いてるなと思ったんです。日本人っぽくないというか、そもそもロイヤルブルーはフランスやイタリアといったラテン系が好む色です。せっかくそのスーツを着られるのでしたら、ラテンぽい外しを取り入れた方が、スーツが喜びそうな気がしました」

米津はもう一度、マゼンタのタイを胸に当てた。

「カッコイイです」権藤はセレクトショップの店員のように鏡に向かって微笑んだ。

「実はこれを選んだのは風水だったんですよ」米津が苦笑いをしながらまた結び始めた。

「今年の私の色はブルー、ピンク、黄色の三色だとその方面に詳しい人から言われましてね。ほら、このネクタイはその三色すべてを網羅してるでしょ」

米津が風水など信じるとは意外に思ったが、なにも言わずに凝視した。小花柄は淡いブルーとイエローで刺繍が入っている。

「家で女房からそんなチンドン屋みたいなネクタイって馬鹿にされましたが、そうですよね、あなたの言う通り、これ悪くないですね」

今度は胸に当てたまま権藤に直接体を向けてきた。

「黄色が入ると派手になりますが、小さな模様ですので全体のバランスは崩していませんよ」と米津の妻の顔を立てるつもりで言った。

米津は「チンドン屋はこんなオシャレじゃないですよね。それを言うならピエロですね」と笑った。

鏡に向き直った米津は、右手で器用にネクタイを回し、小剣を押さえながら大剣を引っ張り、結び目に深いえくぼを作った。

「どうですか、曲がってませんか」と聞かれたので「完璧です」と答えた。

一礼してから、権藤は水を出して手を洗った。

「あなた、明日の日曜日はお忙しいですか」

洗っている最中に言われて顔を上げる。

「いえ、とくに用事はありませんが」

「うちの会社に来てくれませんか」

「御社にですか？」

「今後、東洋新聞をどう運営していくか、考えないといけませんでしょう」

「そうですね。では轟木の予定を確認して一緒に伺わせていただきます」

「彼はいいですよ、せっかくこうして仲良くなれたんだし、あなた一人で来てくださいよ」

友達を家に呼ぶような親しみのある言い方だった。

どういう意味なのか、直接顔を見て確かめようとしたが、米津の表情はずっと緩んだままで判別はつかなかった。ただ小さくてつぶらな瞳が、好意的に自分を見ていることだけは分かった。

「一人で来たのがあとでバレたら、轟木さんが気を悪くするでしょうから、うちの宇治原から相談を持ちかけられたとでも言っておけばいいんじゃないですか」

「分かりました。そうさせていただきます」

トップ同士の手間を省くために、それまでに雑用を片付けておけという意味なのかと理解した。

「ではまた明日」

そう言い残して、米津はそそくさとトイレから出ていった。

5

榎下の事務所を出て、安芸は会社に戻った。土曜日の夜九時。早版の締め切りで社員たちが激しくフロアを行き交っていたが、次の版の打ち合わせが始まっているようで、田川も社会部長の長井も離席していた。

携帯電話で、川上にかけた。

「轟木の女の件、なにか分かったか」

〈はい、本名が分かりました。住所も判明したのでこれから張り込みましょうか。土曜は店が休みなので一緒にいる可能性もありますし、写真部にカメラを借りてきたので写真も押さえておきます〉

「そうだな、とりあえず頼む」

〈それより宮本さんから電話があって、この名前で間違いないかと女の名前を言ってきたんです。どうして宮本さんが知ってるのか驚きましたけど〉

　警視庁サブキャップの宮本には警察関係を調べさせている。そういえば宮本は警察官から「愛人のことだろ?」と言われたと話していた。すぐに切って宮本にかけ直した。

〈ちょうど今、安芸さんにかけようと思ってたんです〉

「なにが分かったんだ」早く聞きたくてうずうずした。

〈女に覚醒剤の前科がありました〉

「いつの話だ」

〈二十五歳の時だから五年前ですかね。懲役一年六ヵ月の実刑を食らってます〉

「初犯だろ?　どうして実刑なんだ」

〈自宅から大量に出てきたようです。本人は買い置きしたと弁解したようですが、女が入手ルートを最後まで吐かなかったことで、出所後も組織犯罪対策課《そたい》がマークしてるみたいですね〉

「宮本に教えたということは、今は見張っていないってことじゃないか」

組対が継続中の案件を漏らすことはほとんどない。宮本は〈普通はそうなんですが、今は警察もうちに同情的なんで〉と言った。

〈轟木本人のことではないし、安芸さんは乗ってこないとは思ったんですが〉

黙って考え事をしていると宮本から言われた。愛人、それも女性はすでに罪を償《つぐな》っている。それでも「いや、そんなことはない。よく調べてくれた」とねぎらった。「引き続き頼む。サツ官に当たらせるなら川上も呼んだ方がいいよな」

〈それでは僕から川上に連絡をして手伝ってもらいます〉

浮気現場の写真を撮るくらいなら、覚醒剤を追う方がよほど新聞記者の仕事らしい。もっとも愛人が今も使用していない限り、記事にするのは難しいが。

続いてインアクティヴの財務関係を調べている西谷にも電話をして、榎下が話していた前の監査法人がインアクティヴ関連で地検から事情を聞かれたことを言った。

〈それでしたら前の監査法人を当たった方がいいですかね〉

「榎下からは、おかしなことを書けばすぐに訴える、取材する場合は必ず連絡をくれと警告されたよ。もちろんこっちは約束できないと言っといたけどな」

〈それなら監査法人も取材に応じてくれないでしょうね〉

西谷も榎下が抗議してくると思うと尻込みするようだ。声から張りが消えた。

「直接当てなくてもいいけど、監査法人を替えた理由だけでも調べてほしい」

〈それなら弁護士も抗議のしようがないですね。すぐに取り掛かります〉

時間がない、そう付け加えようとしたが、止めた。急げと言ったところで記者を焦らせるだけだ。

〈そうだ、安芸さん。さっき経済部の記者から電話があって、証券取引委員会がインアクティヴ関連で調査しているみたいだけど、なにか知ってるかと聞かれました〉

地検の後は証券取引委員会だ。〈アーバンテレビに自社株を売った件ですかね〉アーバンがインアクティヴ株を買う時期を間違えたため大損したことは西谷に伝えてある。

「あれはアーバンに選ばせたわけだから問題はないだろう」

決めたのはアーバンテレビの社長と財務担当だ。轟木ではない。

〈僕は最初、アーバンテレビが告発したのかなとも思ったんですけど、アーバンはそんな恥晒しなことはしないでしょうね〉

「世間に自分たちの甘さを公表するようなものだからな」

〈一応、榎下弁護士が言ってた監査法人の件、地検担当の増井にも連絡しておきます〉

「頼んだ」

その後下之園に電話をかけたが、不在だった。「安芸さん」と会社にいた霧嶋ひかりに声をかけられた。

「霧嶋、お疲れさん。あっ、ごめん。伝え忘れてたが、明日組の連載は無くなった。きのうが最終回になったんだ。もう書いちゃったよな」

霧嶋に「新聞とナショナリズム」をテーマに書けと命じておいて、連載が終了した連絡は失念していた。

「途中まで書きかけてましたけど、今朝の紙面に〈おわり〉とあったので、分かりました」

「申し訳ない。昨日のうちに連絡しておくべきだったよな」

「どうせこれが言ってきたんでしょうね」彼女が親指を立てた。男の記者ならまだしも、霧嶋がやると不似合いだ。

「そうなんだ。いきなり昨夜、編集局長から言われてな。俺も頭に来たよ」

それでも途中まで書いていたのなら伝えておくべきだったと謝った。新聞記者は時間に追われる中で勢いで書くのは慣れているが、じっくり時間をかけ、考えを練って書くのは不得手だ。明日続きを書かなくてはいけないと考えさせたことで霧嶋の安眠を妨害してしまったのではないか。

「安芸さん、私、明日から休みをもらっていいですか」

急に言われて驚いたが、霧嶋は何度か休日返上したので代休が溜まっている。「そうだな。連載が終わったんだし、霧嶋も体を休めてくれ」と言った。

自社の買収が三日後に決まるのだ。人手はいくらでも欲しいが、日経ヘラルドの度会との約束で最終交渉の日時を明かすわけにはいかない。

「私、明日から富山に行きます」

霧嶋は休みたくて休暇を申し出たわけではなかった。「下之園くんを行かせてるんですよね。私も回ります」

「休みを使ってくれるのか」

「このまま向こうの思うままになったら悔しいじゃないですか」

真剣な眼差しで言われた。周りを見渡した。社会部は遠くに記者がいるだけで、デスクも離席していた。近くで整理部のアルバイトが作業をしているだけだ。

「霧嶋が休みを使って行ってくれるのならありがたい。下之園と相談して、轟木が新聞社のトップにふさわしい人間かどうか、冷静に取材してきてくれ」

けっして私情を挟むことなく、客観的に取材をしてきてほしいとの意味を込めて言った。

「もちろんです。行く以上は東洋新聞の記者として取材してきます」

言わなくても霧嶋は自分の立場をわきまえていた。

# 第七章　東洋モーニン

## 1

米津訓臣が所有するニューマーケットインクの自社ビルはガラス張りで、初夏の太陽がフロア一帯に差し込んでいた。

中枢部署があるフロアは、日曜にかかわらず社員が出勤していて、六割ほどのデスクが埋まっていた。

米津も出ていた。会長室はなく、フロアの一番日当たりのいい東南の奥に米津の机があった。

米津のような遊び知らずの働き屋がトップにいる会社は、社員も休みが取りにくく、仕事効率も悪くなる。しかし、ここではそのような心配は無用のようだった。米津自らが若い社員に気軽に話しかけ、社員たちも嬉しそうに返している。

前日に言われた通り、権藤は米津の会社にやってきた。轟木には、ラウンド中に宇治原事業開発部長から今後の方針を話し合いたいと言われたと伝えた。轟木は自分を通さなかったことにも気を悪くせず、「有意義な話し合いをしてこい」と送り出された。

もっとも権藤も当てが外れた思いはあった。一人で来てくれと言われたからにはなにか密談されるのではと予想したが、出てきたのは宇治原と若手部員だけで、米津の席とは反対側にある会議室に通された。米津は権藤がこのフロアの入り口に立っていたことにも気付いた様子はなかった。

「失礼します」

そう言って会議室に入る。ホテルを出るときは服装をどうすべきか迷ったが、いつも通りスーツにして正解だったようだ。米津をはじめ、社員の多くはカジュアルな服装、同席する若手もTシャツにデニムだったが、宇治原だけは権藤と同じグレーのスーツを着用していた。

「昨日は揉んでいただきありがとうございました」

着席する前にゴルフ場では払えなかった三万円を封筒に入れて渡した。

「あれ、冗談だったんですよ、そうでもしないと、僕はなかなか集中できないんで」

宇治原は手を左右に振ったが、若手は「部長、またやったんですか。本当に意地悪だなぁ」と、経緯に気づいていた。

「何事も悔しさを味わわないことには上達しませんので」

そう答えると、宇治原は「では、今度これで食事にいきましょう」と両手で受け取り、額の前まで持ち上げて会釈した。

「権藤さんが言われた通り、悔しさってなにかに残さないとすぐに忘れてしまいますものね。いかに身に染み込ませるかの方法を持っている人がビジネスでも勝者になると思います」宇治原は涼しい顔で言う。「権藤さんはお仕事でもそうしてこられたのですか」

「そうですね」と答えると、若手が「例えばどんなことですか」と聞いてきた。

「記者時代はニュースを抜かれた日にタクシーを使いませんでした。会社から歩けば一時間以上かかる場所に住んでいましたが、深夜帰宅でも一歩一歩、悔しさを噛みしめながら帰りました」

「またまたご冗談を。権藤さんはそこまで真剣に記者をやられてないでしょう」

どうやらこの若手は、権藤が腰掛けのつもりで新聞社にいたと思っているようだ。

権藤は若手の言葉を無視して、持参したデモ版を出して、二人に説明した。この日は宅配用の縦書き版とデジタル用の横書き版の二つを用意した。

権藤は三ヵ月前、新聞社の整理部出身記者と美大出のデザイナーをスカウトし、彼らに毎日紙面を作らせた。経験のないデザイナーは、最初は雑感記事の置き場さえ困っていたが、整理部経験者が口うるさく教えたおかげで上達した。途中からデザイナーは整理部経験者の意見を聞かなくなった。すると紙面が斬新なものに一変した。権藤はそこで整理部経験者をクビにした。

「権藤さんの考えでは紙面を二つ作るということですね、それはコスト的に可能なんですか」デジタル用のデモ版を見ながら若手が質問してきた。

「二つを印刷して宅配するとなるとコストはかかりますが、一つはデジタル専用です。整理部員がもう一人必要になるだけです」

「記事は同じなんですものね」

「縦書きにするのと横書きにするのとでは、同じ面積でも入る行数が変わってきますから、多少、いじらなくてはなりませんが」

「横書きにするともっと隙間が生じると思いましたが、きれいに埋まるもんですね、ねえ、部長」

「私には横書きの方が読みやすい気がしてきたな」

「人間の視線は左の上段から右の上段へ、そして下段の左に戻って、また右へ動いていくといいますからね」

「権藤さん、Zの法則ですね」説明しなくても宇治原は知っていた。とくに初めて見たものに対し、人の視線はアルファベットのZを描くような動きをすると言われている。

「あくまでもこれは商品を陳列するための法則ですが、私は文字も縦書きより横書きのほうが人の目につきやすいのではと思っています」権藤は主張しすぎないようにそう話した。

「なるほど。ですが横書き版は、なによりもタイトルがいいですね」

宇治原がデジタル版紙面の上側を指差した。縦書きの紙面は〈東洋新聞〉のままだが、横書き版は〈TOYO MORNIN'〉に替えた。

「米津会長が今後の総合新聞社の中核に考えているのがワシントンモーニングなのではないかと思いまして」

「モーニングとGはつけずに、アポストロフィーを使って簡略化したんですね」

「日本人も今はほとんどが、グッモーニンと言いますから」

「モーニンという曲が、ジャズにもありますね。会長の家で聴かされたことがあります」

宇治原がアートブレーキー&ジャズメッセンジャーズの名曲を出した。それは自分がいかに米津に信頼されているのかを誇示しているような口振りだった。

「あれはスペルがMOANIN'で不平、愚痴という意味ですが、若い読者に毎日うちのデジタル版を読む習慣を植え付けていくには、これくらいのスタイリッシュさは必要だと思います」

「それにこのクラシックな飾り文字がいい」

「フォントはいろいろ悩みましたが、やはり新聞はこの文字がいいかなと。ニューヨークタイムズと同じジャーマンブラックレターです」

「私がイリノイ大に留学していた時に読んでいたシカゴトリビューンもそうだったかな」

「この東洋新聞のロゴも今のよりいいですね」若手が宅配用のデモ版を手に取った。

「こちらはあえてゴシック体を選びました。現代的なデザインにしたつもりです」と説明する。

「それでも漢字の下のローマ字、しんぶんの『ん』は『M』のままですね」

今と同じで「TOYO　SHIMBUN」とした。新聞はすべてそのような綴りにする。Bの前の『ん』はNではなくMで表示するヘボン式ローマ字の流れがあるからだ。

「日本の伝統を重んじたわけですか？」宇治原に笑顔で聞かれたので「新聞記者に聞かれたらそう答えます」と笑みで返した。

「どちらも素晴らしいですが、やはりデジタル版がいいなぁ」宇治原はデジタルのデモ版を持ち上げて賛嘆した。

「僕もそう思います」部下も紙面を高く掲げた。遠くからの見栄えも横書きの方がいい。

「こういう新聞を読みたかったんだよなぁ」

「宇治原部長にそう言っていただけると、うちのデザイナーも喜びます」

宇治原はこれが米津の好みだと分かって褒めてくれているのだろう。権藤は安堵した。

「宅配で部数を維持するのが難しい以上、どれだけネットに読者を引っ張ってこられるか、それがこれからの新聞社が生き残るファクターになりますものね」

「おっしゃる通りです、宇治原部長、今いる記者は整理し、ネットで注目されているコラムニストや学者、アーティスト、ミュージシャン、なにかを書きたい人間を集め、これまでにない新聞に作り変えていくつもりです」

「きっと、うまくいきますよ。我々のオペレーションは確実に成功に近づいています」

米津から営業の中核を任されているだけあり、宇治原との会話はスムーズに進んだ。

その後、デジタル版をどのように広めていくかのプランも明かした。「なるほど無料タブレットを渡してしまうなんて、いかにもうちの会長が喜びそうだ」宇治原は賛成してくれた。ゴルフ場で感じた老獪《ろうかい》さはこの日は一切見られなかった。

「景品法とかの問題はないですか」

若手に聞かれたので「その場合はレンタルということにします」と答える。

「Ｗｉ－ＦｉやＣＳチューナーと同じってことですね」

「無料のデジタル版に移行することで、宅配が減るのは覚悟しなくてはなりません」

「権藤さんはどれほど減ると考えておられるのですか」

「おそらく、一年後には半減するでしょう」甘い数字を言っても仕方がないと本音を吐いた。「さらに部数減が続きますから、こちらも販売戦略を立て直す必要があります。これまでの新聞社のように赤字でも部数を維持する経営方針は、米津会長は好まれないと思いますので」

言いながら宇治原の様子を窺った。米津の考えが利益追求かそれとも部数維持なのか、それだけでも知って帰りたい。

「うちの会社に赤字でも構わないなんて考えはありませんよ」宇治原はさも当然といった顔で即答した。

「米津会長は部数維持より赤字削減を重視されるでしょうね」

「私はそう思ってますけどね。銀行に借金して勝負する時は別ですけど、赤字なのに宅配を続けても、将来回収の目処が立たないわけですし」

「かつては、記事がコンテンツであるなら、紙面がコンテナ、販売店がコンベアでした。新聞社は販売店の拡大に大量の資金を投入してきましたが、今はコンベアなどなくても読者まで届きます」

「つまり不採算店は閉鎖というお考えですね」

「はい、こうした議論は郵政民営化の時にも起きましたが、我々は国家事業でも慈善事業でもないわけですから、無理して僻地まで配達する必要はありません」

「そんな不便なところ、最初から住まなければいいだけですものね」若手が口を挿んだ。

「どこを潰してどこに力を入れるか。現状の読者だけでなく、どういう年齢層でどれほどの収入の人間がその町に住んでいるのか、そのあたりのマーケティングも大事です。そういう意味では宅配は、首都圏、および京阪神の、一戸建てに住んでいるサラリーマン層が多く住む地域に重点を置くつもりでいます」

「むしろ都心部は減らしていいのかもしれませんね。若者が多く住むエリアや下町も」

下町という言葉に、自分を見てお辞儀した門馬恵子の喪服姿が浮かんだ。しかし「そうですね。東京の部数にこだわる必要はありません」と答えると、その姿は消えた。

「いずれデジタル版の普及率は百パーセントになるでしょう。そうなると、どこで紙をやめるかになってくるんでしょうが」

若手社員が言ったが、権藤は宇治原の顔を見て「そのあたりは米津会長のご意向次第だと思っています」と答える。「宇治原部長、米津会長はどれだけの部数を残してほしいと考えておられるんでしょうか」

「さぁ、私も、この件は任せると言われただけで詳しく聞いてないんです」

宇治原は首を斜めに傾けた。本当にそうなのか。宇治原は権藤に対して、まだ米津の本心を伝える間柄ではないと警戒しているのか。宇治原の意地の悪さをゴルフ場で見た後だけに、言葉通りには受け取れなかった。そういえば日経ヘラルドの度会は、ニューマーケットインクの社員の多くは轟木と手を組むのに反対だったと話していた。

「会長は損をする博打は大嫌いな方なので、それが私たちのプレッシャーでもあるんですけどね」

損する博打を嫌う——いっそう判断を迷わせる言葉だった。米津は「新聞事業がさまざまな事業の手助けになる」と轟木に言ったようだが、他事業の利益に間接的に結びついていると評価するか、かかった金が回収できていない赤字事業だと感じるかは、米津の胸算次第だ。

嫌な間が生じたが、それも宇治原の笑い声で埋まった。

「そうは言っても、うちの会長は目の前の小さなものを追いかけず、将来を見越して物事を考えろ、が口癖ですからね。新聞に将来性を感じたからこそ一枚加わろうと考えたわけでしょうし」

会議室の扉が開き、女子社員に「権藤さま、会長がお呼びです」と言われた。

「おーい、権藤さん」

開けっ放しになったドアの向こうから米津のよく通る声が響いた。会議室を出ていくと、会長席の椅子を立ち、米津が無邪気に手招きしていた。

「それでは今回はこれで。次回もう少し煮詰めていきましょう」

背後から宇治原に言われたので、権藤は「きょうはありがとうございました」と二人に頭を下げ、会長席に向かった。

「それでは一面は総裁選でいく。爆弾テロも、アンカラ、カイロ、ワシントン、ロンドンから記事が入り次第、各部署と相談し臨機応変にやってほしい」

この日の編集長を任される石川が夕方の紙面会議に参加している全員に指示を出した。トップは次期総裁選に新たに二人が立候補し、四人での争いになることだ。うち一人が須永悦郎だった。さらにトルコのショッピングモールで爆破事件が起き、少なくとも三十人が死亡した記事がトップとは逆サイドの「肩」に決まった。

会議が終わると、三十人ほどのデスクや整理部員が会議室を出ていった。ただ全員が上の空のようだった。この日、日経ヘラルドが「火曜日にアーバンテレビとインアクティヴの会談が行われ、東洋新聞の譲渡が決まる。午後には東洋新聞が緊急取締役会を開き、日刊新聞法に基づく拒否権を行使するかの議決を取る」と書いてきたのだ。

# 2

会議の前に、轟木関係の取材を任せている全員に電話をかけた。彼らには、将来自分の会社のトップになるかもしれない男の周辺を探らせ、粗探しとも取られかねない取材をさせているのだ。買収後に冷遇されたり、解雇されたりする可能性も無くはない。記者が少しでも不安に思っていたら撤退させようとそれぞれに意思を確認した。全員から「やります」「最後までやらせてください」と言われた。霧嶋などは「安芸さん、今更なにを言ってるんですか、弱気になっちゃダメですよ」と叱咤激励された。

「安芸さん、先に社食行きますか」この日の社会部の当番デスクである児島が聞いてきたが、「飯じゃないけど、ちょっと野暮用があるんだ、俺は後でいい」と言った。

「分かりました、じゃあ僕はデスク席に戻ってます」

人のいい児島は用件も聞かずに会議室を出ていった。

社会部のローテーションではきょうの朝刊当番デスクが児島、明日月曜日の夕刊が佐々木で、朝刊当番が安芸、そして火曜の夕刊番が再び児島になっている。

当番デスクは朝に夕刊デスクへと引き継ぐが、取締役会が開かれる火曜日の夕刊面も、安芸は「俺にやらせてくれ」と児島に頼んだ。田川と親しいデスクなら断られただろうが、児島はすんなりと譲ってくれた。

この日はいつもなら真っ先に部屋を出るせっかちな石川が、会議が終わってもなかなか立ち上がらなかった。安芸もメモを整理している振りをして他の社員たちが会議室を出るのを待った。

一番奥のテーブルに座っていた吉良会長が背筋を伸ばして腰を上げた。買収が発覚して以来、吉良は毎日、編集会議に参加している。口を挿むことなく、聞かれても「お任せします」と答えるオブザーバーのスタンスを貫いているが、会長がいることで緊張感を持って会議が進行する。

安芸と同じように机にメモを広げていた整理デスクが、それらを抱えて出ていった。会議室に安芸、石川、吉良会長の三人だけとなった。

「会長、お話があります」

吉良が部屋から出ようとした寸前で、石川が立ち上がって止めた。

3

会議室から広いフロアの反対側にある米津訓臣の席に着くまで、急いで歩いても一分近くかかった。米津はずっと立ったまま、権藤の到着を待ってくれていた。

米津を待たせる男が誰なのか、周りの社員たちは疑問に思っているように見えた。だが権藤と目が合うと、彼らは全員、笑顔で頭を下げた。

近づくといきなり手を出された。権藤は両手で遠慮がちに握り「お招きありがとうございます」と頭を下げた。米津はきょうも機嫌が良かった。

「権藤さん、いい話し合いはできましたか」

「はい、私が持参したデモ版を見てもらいました。会長もお読みになりますか」

カバンから新しいデモ版を出す。

「いいじゃないですか。トーヨーモーニンか、ほぉ、カッコいいなぁ」最初に手に取ったのがデジタル版の横書き紙面だった。

「あっ、そうだ。昨日のパーティー、権藤さんのコーディネイトのおかげで大変好評でしたよ」紙面を見ながら米津は言った。

「それはお役に立てて良かったです」

「きょうも権藤さんのアドバイスを思い出して、ちょっと外しを利かせたつもりなのですが、いかがですか」

米津は椅子にかけていた亜麻色のリネンジャケットを取って羽織った。ピンクのポロシャツの上なのでけっして地味ではない。

もっとも事前に聞かれていたら紺や黒の、同じポロシャツでも襟が大きいイタリアンカラーを着るようにアドバイスしていた。

そう思いながら「ピンクのポロシャツのおかげでジャケットが映えています。窓からの光の反射で亜麻色がレモンイエローにも見えます」と言った。黄色も米津のラッキーカラーだ。

「それは良かった。あなたにどう言われるかずっと不安だったんですよ」

本気なのか分からないが、そう言われて悪い気はしない。

「優秀なお二人をつけていただいて感謝しております」そこでまた頭を下げた。「買収が決定した折には、お二人にも重要な部署でお願いしたいと思っております」

きょうまでは考えていなかったが、米津が入ってくる以上、ポストの大半を差し出すことになるだろう。だがそう思ったところで、米津からは「気にしなくていいですよ。彼らはうちの他の仕事もありますし」と言われた。

「それでは、内部には入られないということですか」さすがにそれはないだろうともう一度確認する。

「餅は餅屋です。米津は目を緩めたまま大きく頷いた。なにも知らない部外者が余計な口を挿むから、物事は捗《はかど》らなくなるんです」

「そんなことを言えば、我々全員が門外漢ですよ」

「あなたがいるじゃないですか」そう言った米津は「寒い時は大変だったでしょうね」と続けた。新聞配達のことも調べられたのかと思ったが、「冬場に記者さんが外で待ってるといつも同情するんですよ。立ってるだけでもしんどいだろうなって」と言われたから、思い過ごしだったようだ。

「そういう時の方が同情して、取材相手は話をしてくれるんですけどね」話を合わせた。

二日続けて会話ができたおかげで、最初にホテルの一室で出会った時のような緊張感はなくなった。なのにけっして親密になれたようには感じられなかった。にこやかな顔を見せられるほど、米津の心はもっと遠くにあるように感じてしまう。

それでもせっかく来たのだ、聞きにくいことも質問することにした。

「ホテルでお話しさせていただいた時、会長は、自分は新しいグループには表立って入らなくていいと言われました。それはうちの轟木も同様でしょうか」

世間の悪評を気にすることなく強引に事業を拡大してきた轟木を、米津は新聞社の社主にふさわしくないと思っているのではないか。その不安はずっと持っている。

そうですと言われれば轟木への報告に困ったが、そこでも米津の回答は予想を裏切った。

「私にそんなことを言う権限はありませんよ。轟木会長の努力によってあと一歩のところまで漕ぎ着けたのです。当然、轟木会長が好きなようにすべきです」

「米国の三つの新聞社は米津会長が手にしたものです」

「その件についてはこの前、話した通りです」

すべての新聞社を統括するニュースコーポレーションに関しては、クリフォード・ブラウンというワシントンモーニングのCEOと権藤の二人でやれと言われた。

「轟木さんから最初に、東洋新聞を獲りたいと聞いた時は驚きましたが、まさか本当にやり遂げてしまうとは、たいしたものです」

「轟木がそのことを会長に伝えたのはいつでしたか」

「半年くらい前だったかな」米津が指をこめかみに当てた。半年前ならまだ計画段階で、正式決定する前だ。

立ったままの姿勢で会話を続けていた米津が、そこで椅子から離れ、窓際に向かって数歩動いた。右側の窓からは都庁が見えた。ここからだと米津の背丈とほぼ同じ高さに感じる。米津は都庁より遠くの景色を見つめながら呟いた。

「轟木会長の執念ですね。本当に東洋新聞を奪い取ってしまったわけですから」

米津はそこで黙った。しばらくの間が生じた。轟木の執念――この男は知ってるのではないか。脳裏に疑問が掠《かす》めた。

「会長は轟木のことをご存知なのですか」遠回しに尋ねてみる。

「轟木会長のなにをですか？」米津は半笑いのような表情で、まだ外を見ていた。惚けている――そう感じ、声量を落とした。

「過去のことです。若気の至り、いや、表沙汰になればその程度では済まされないことですが」

小さな声だったのに米津にはちゃんと届いていた。だが「さて、なんのことだろう」と細い首を曲げる。見え透いた演技だ。わざと下手に演じているようにも感じる。

今ここで、米津への忠誠心を問われているように感じた。話すことで、きちんと報告する部下であることを試されている。隠し通せば、米津に背いたことになる……。

米津の横顔を見ながら考えた。

――あなたの計画にはこれまでの誰もが思いつかなかったオリジナリティーが含まれていたことです。

ホテルで初めて会った時、そう言って自分を称えてくれた。米津は他の人間が考えもつかなかった事業に、無謀と揶揄《やゆ》されながらも挑み、そして達成し続けてきたeビジネスのパイオニアだ。そんな男が、他人のアイデアを盗んで私財を築いた人間を、パートナーとして認めてくれるのか。いくら頭を巡らせたところで判断がつかない。

いつしかフロアに響く社員たちの声が耳に途切れ途切れにしか入ってこなくなった。このフロアが別の国で、話している言語までが異なるように感じる。

深呼吸をして決心を固めた。前に足を踏み出し、ゆっくりと米津に近づいていく。微動だにせず外を見ていた米津の福耳と呼んでいい大きな耳に顔を寄せた。

手を添えて米津だけに聞こえるように耳の中に言葉を送り込んだ。「……という問題です」そう告げてから顔を離す。

「ああ、そのことですか。でも先に登録したのは轟木会長なんですよね」

「法律的にはそうですが、倫理的にはどうかと……明るみに出れば外野は煩《うるさ》くなると思います」

「倫理的だなんてあなたらしくないセリフですね」それまでと同じようによく通る声で言われた。「法律がクリアされてるなら、パクったところで問題になることはないんじゃないですか」

パクったと言ったフレーズに、近くに座っていた社員たちが反応した。

「では東洋新聞は轟木がトップでも構わないということですか」けっして声が大きくならないように注意してもう一度念を押す。

「なにも滞りなく進むようでしたら問題はないですよ」普段通りの声だった。だがどこか意味深だ。

「他にオペレーションにストップがかかると考えられる懸案事項はございますか」

「とくにありません」

言葉が短すぎて真意が測れない。問題ないのなら轟木でいいということか……。

「それなら理解いたしました」

米津の視線が、背中と座面がメッシュになっているアメリカ製のデスクチェアーに移った。着席するつもりなのかと、権藤は道を開けるつもりで後ずさりした。社員たちも話が終わったと感じたようだ。次々とやってきて書類を机に置いていく。

「きょうはお忙しいのに時間をいただき大変ありがとうございました」

深くお辞儀をした。だが座ると思った米津が、再び権藤の立つ方へと歩いてきた。握手でもされるのかと思ったが、手は出さない。笑顔のまま小さく手招きされた。口を細かく動かしていたので、体を屈めて耳を寄せた。息とともに潜め声が入ってきた。

「……くれぐれも司法の動きには注意してください」

慌てて顔を戻した。

だがその時には米津は澄ました顔で、自分の椅子に座ろうとしていた。

4

安芸は記者を富山まで飛ばしたことを吉良会長に明かした。

さらに石川が現時点で、インアクティヴと轟木太一にこれだけの疑惑があると、女性問題や、監査法人を替えたことなどを一つずつ説明し、それらが取締役会までに判明した場合、書く許可をもらえないかと吉良に願い出た。

現時点で知りうる情報のすべてを明かしたというのに、吉良はそれほど驚いている様子はなかった。

「ここは新聞社ですよ。あなたたちが記事にすべきだと思ったら書くべきではないですか」

予想した通りの回答だった。これでは吉良が買収を受け入れるのか、拒絶するつもりなのか見極められない。

「実際そうはいきません。すでに取締役会で承認される可能性があるのであれば、田川専務は明日と取締役会当日の夕刊編集長に、記事を載せるなと命じるでしょう」

石川がすでに、田川が二人の取締役を従えてインアクティヴと接触していることを話している。田川が買収賛成に回ったということは、田川の子分である三人の編集局次長も賛成だ。明後日火曜日の夕刊まで、編集長を務める幹部で反対なのはこの日の石川しかいない。

石川は「社内で影響力のある田川専務がインアクティヴ側についたことで、さらに数人が賛成側に回り、私は火曜日の取締役会は反対票が九、賛成票が八と票が拮抗《きっこう》すると見ています」と自分の予想を明かした。買収賛成の八票に吉良は入っていない。吉良が賛成なら八対九で買収が決まる。

「田川さんはいろいろ画策されているようですね」吉良も田川の動きは知っていた。「ただし私の票読みはすでに八対九ですが」

吉良はやはり賛成だったのか。だとしたらここで手持ちの札を明かしたことは失敗だったことになる。石川は恐々としながら「会長はどちらにつこうと考えておられるのですか」と尋ねた。

少しの間、時間が止まったように感じた。安芸は目を瞑って答えを待ったが、我慢できず目を開けた。ちょうど吉良と視線が合った。彼は微笑んでいた。

「私はこの前にも申したように、新聞社を任された代表として、容認するつもりはありません」

　静かな口調だったが、形のいい目元が引き締まり、強い決意が表れているように感じた。隣の石川が安堵の顔で安芸を見る。吉良会長は七年前にも俺たちを守ってくれたんだ。賭けるなら会長だ――そう二人で話して直言することにしたのは正解だった。

「内山社長とは話されましたか?」石川が尋ねる。

「内山さんも無論反対です。ただし体調を崩されているので、取締役会に出てこられるか心配ですが」

　石川が田川側につく取締役の名前を出して、自分の情報と照らし合わせていく。どうやら田川は子会社担当の重役も味方に取り込んだ模様だ。ただし二人の会話は耳には入ってこなかった。聞いたところで重役たちの説得は自分ができることではない。

「説得は会長と石川に任せます。でもそのためにはこの材料を使ってください」

　台割り表の下に隠していたコピーを広げた。それは轟木がどうして東洋新聞を狙ってきたのか、そのことを示すコピーだった。

　――安芸さん、大変です。

　富山に飛ばしている下之園が興奮して電話を寄越したのは昨夜、日付が変わった時間帯だった。

――轟木太一は二十五年前、高校の同級生だった友人にケガをさせる事件を起こしてます。そして轟木がうちの社を恨んでいた理由も分かりました。

――事件って、逮捕されたのか？

――警察には連行されたみたいですけど、逮捕はされなかったようです。

――どうしてだ。ケガをさせたんだろ？

――古い話なので話してくれる人の記憶も曖昧なのですが、僕が聞いた同級生は、ケガをさせた友人は二十歳になっていたけれど、轟木は誕生日前で未成年だったからじゃないかと言っていました。

そう聞いて、安芸は手元にあった資料で轟木の誕生日を確認した。「昭和四十七年二月二十九日生まれ」。誕生日前ということは、その事件は二月頃に起きたのか。

毎朝新聞の丸岡が「聞いたところでなかなか書けない話だけどな」と言ったのに合点がいった。彼が未成年で、逮捕もされていなかったという意味だ。

気持ちは萎《しぼ》みかけたが、電話で下之園が、興奮しながら言った言葉を思い出した。

――下之園、轟木がうちの社を恨んでいた理由は何だったんだ。

――あ、すみません。これは自社の恥を晒すことになるんですが、その事件をうちの新聞がお手つきで書いてしまってたようなんです。

――お手つきって、轟木は未成年だったのに記事にしたってことか？　どうしてだ。

――それがよく事情が分からないんです。当時の富山支局長も警察担当記者も亡くなっていて、関係者が見つからなくて……。ただ、轟木の暴行事件を教えてくれた同級生には、その年が閏年《うるうどし》だったんで、成人したと勘違いしたんじゃないかと言われましたが。

――そんな初歩的なミス、新聞社がするわけないだろ。

誕生日というのは前日が終了する二十四時に起算されるため、轟木が二十歳になるのは二月二十八日の深夜二十四時になってからだ。仮に事件が二十八日の夜に起きたとしても、日付が変わっていなければ記者が年齢を足すはずがない。

未成年なのに記事にしたとしたら、轟木が恨みを持つのも当然だ。ケガをさせたのは事実であっても、逮捕はされず罪にも問われなかった。少年法の物差しで判断するなら、東洋新聞は明らかな法律違反をしている。

富山にはすでに霧嶋も合流していた。下之園には引き続き二人でその件を探ってくれと指示した。

その後、安芸は資料室に向かった。新聞社の資料室は、人名や事件ごとに記事の切り抜きや写真が保管されている他、週刊誌や他社の新聞、そして百科事典のような分厚いカバーで装丁された各社の縮刷版も並べられている。平成四年二月の縮刷版を手にした。

誕生日前と言われたが、念のために二月一日から順々にめくっていく。

縮刷版の紙は薄く、断面が鋭いため、右手の人差し指を切ってしまった。指を噛んで止血し、左手でページをめくることにする。自分が入社するより四年も前の紙面は、今より文字が小さく、白黒なので読みにくい。途中から資料室の社員にリーディンググラスを借りたが、見つからない。もし東洋新聞のお手つきに閏年が関係しているなら、事件が起きたのは二十八日で、掲載は翌二十九日になるが、二十九日の紙面もそれらしき事柄は載っていなかった。

となると報じたのは翌々日だったのか？　三月の縮刷版を引っ張りだし、一日のページを開くがそこにも掲載されていなかった。

ページを摘まみ、二、三、四日と先まで進めていく。やはり載っていない。縮刷版は東京本社管轄で製作された最終版をまとめたものだから、下之園が言っていた記事は全国版では扱わず、富山の県版のみだったのかもしれない。だとしたら調べるのは困難だ。

さらに先も見る。だんだん見方も雑になり、摑んだページの束を指先で送るようにして、ぱらぱらと確認した。そこで「町長に暴行」という見出しが目に飛び込んできた。

慌ててめくったページを戻す。三月十日、第二社会面の下段にあった雑感記事だ。

町長に暴行

上市《かみいち》署は9日、轟木栄三郎《えいさぶろう》町長への傷害容疑で専門学校生（20）を現行犯逮捕した。

警察の調べによると、専門学校生は町長宅を訪れ、友人だった町長の息子に会わせろと訴えた。そこで止めに入った轟木町長と揉み合いになり、顔に全治2週間のけがを負わせた疑い。

専門学校生は町長の息子との間に「ゲームの著作権のことでトラブルがあり、抗議したかった」と供述している。

これだ――。リーディンググラスを額に持ち上げて唸った。

逮捕されたのは轟木ではなく、轟木の友人だった。だが記事には、ゲームの著作権のことでトラブルがあったと書かれていた。下之園が言っていた轟木が東洋新聞を恨んでいた理由はこのことではないか。

すぐに電話をして、下之園と霧嶋に伝えた。「轟木って、確か最初のゲームを十九歳の時に発案したんだよな。著作権でトラブルって、そのゲームのことじゃないのか」

彼らは一時間もしないうちに詳細を伝えてきた。

――安芸さんの勘で当たりです。逮捕された専門学校生、上坂健也《うえさかけんや》さんは、轟木が高校を退学になってからも付き合いがあって、二人でゲームを作ったりしていたそうです。といっても轟木はそこまでのプログラミング能力はなかったのですが。轟木は東京の大学で、同級生たちとそのゲームを売り出したようです。そのことを名古屋の専門学校にいた上坂さんは知り激怒した。その話し合いのために実家に戻ってきたということも分かりました。

——轟木は話し合いに応じなかったのか。

——一応、会ったそうです。だけど轟木は自分が開発したものだと言い張って物別れに終わった。それで頭に来た上坂さんが、家に乗り込んだそうです。新聞では上坂さんだけが町長に暴行したみたいに読み取れます。上坂さんが先に手を出したのは事実ですが、轟木と轟木の父親の二人掛かりで応戦して、上坂さんも軽傷を負ったようです。轟木の方が上坂さんより体格で勝っていたみたいですから。

結局、逮捕はされたが、町長は訴えを取り下げて上坂健也は釈放された。だがその事実を知った東洋新聞が記事にした。下之園は轟木町長が東洋新聞の富山支局に抗議の電話を入れてきたことまで摑んでいた。

「この記事を読む限り、轟木が最初に発案したゲームは友人の盗作だったと読み取れますね」

縮刷版のコピーを見ながら、吉良は呟いた。

「確かに暴力はいかんが、轟木はそのゲームの権利を大手玩具メーカーに売り、大金を儲けたんだよな。このアイデアを盗まれた子が乗り込みたくなった気持ちも分からなくない」

石川も加害者の上坂健也に同情していた。

もっとも吉良からは「盗んだものを勝手に商標登録していたらとんでもないですが、盗作が事実かどうかはこの記事だけでは判別できません」と言われる。

「その通りです、会長。ですがこの時の示談に轟木の父親の圧力があったとしたらどうでしょうか」

「圧力？　轟木の父親は被害者でしょう？」

「そうなんですが、専門学校生が逮捕された後、上坂家に轟木の父親の側近が出向いてます。そこで傷害罪の親告を取り下げる代わりに、交換条件が取り交わされた。それがゲームの著作権に関することだったようです」

「加害者がそう言ってるんですか」吉良が眉を上げて興味を示した。

「いいえ、残念ながら事件後、上坂家は引っ越したため、近所から集めた話を集約したものです。今、記者たちが転居先を探っていますが、居所は摑めていません」

「本人が交換条件があったことを認めるなら、新聞に載せる意義が出てくるかもしれませんね」

「はい。そのゲームがインアクティヴの原点です。ゲームがなければ我々が買収されることはなかったかもしれませんし」

安芸がそう言うと、吉良は「分かりました」と言った。「いささか週刊誌的ではありますが、地元で話題になっていることならいずれ週刊誌に出るでしょう。それなら自分たちで先に書いた方がまだすっきりします。今後の内容にもよりますが、私が掲載を許可します」

「ありがとうございます」安芸は立ち上がって頭を下げる。石川も一緒に礼をしていた。

「その代わりもっと掘り下げて取材してください。少なくとも友人本人に会って話を聞かないことには話になりません」

「それは承知しております」

「会長、私も役員を説得しますので、会長からも取締役会で反対派が増えるようお願いします」石川が懇願した。

「そうですね。取材は記者に任せて、我々はそちらに力を注ぎましょう。記事で糾弾できても、買収が承認されてしまったら意味がありませんから」

「失礼ですが、会長は本当に、最初から買収に反対されていたのですか」

「安芸、会長に失礼だぞ」石川が窘めるが、石川にしても最初の会議でアーバンテレビに呼ばれたきり戻ってこなかった吉良を「自分がテレビに戻れるかどうかを考えている」と疑っていた。

「私は東洋新聞のトップとして、あなたたちに接してきたつもりですが」

吉良が言っているのが七年前の町田事件のことだというのはすぐに分かった。

「あの日も会長は僕らを許してくれましたよね」石川が七年前に時計の針を戻した。

「あなたたちのことだから、辞表を持っていたのでしょう」

「会長に言われれば、辞表を出す覚悟をしておりました。政治部と社会部の二つが、あれだけ大きなミスをしてしまったのですから」

「私はあなたたち二人がしたことを小さなこととは思っていません。でも新聞はこの時代になってもまだ利用される価値はある、全国紙が書けば、それだけで人を信用させる材料になることを改めて示した事件でした。あの時は私は、政治部のエリートと呼ばれる石川くんと、社会部の中心的存在だった安芸くんでもこのような失敗をしてしまうということは、今後の東洋新聞にとって大変意義があることだと感じました」

「アフリカにも取材に行かせてもらいながら、相手の企みに気づかなかったのですから、本当に情けないです」安芸が言うと、石川も「私も政治家の推薦を鵜呑みにして……不徳のいたすところです」と頭を下げた。

「僕は昨日、今回の件で、あの時被害者弁護団を率いた榎下弁護士に会ってきました」

「榎下さんがインアクティヴに関係しているんですか」

吉良も榎下のことは覚えていた。「本当か、安芸」伝えていなかった石川までが敏感に反応した。

「だとしたら大ごとですが、インアクティヴに切られた前の監査法人の顧問弁護士をしていました」

安芸が答えると、石川が手を胸に当てた。石川も榎下に嫌というほど小言を言われたため、相当なアレルギーを持っている。

「榎下は須永悦郎が総裁選に出馬することを言ってきました」

「あんな男、出馬しても選ばれるわけがない」石川がすぐさま言った。「人望もなければ、腹黒さはみんな知っている」

「俺もそう言っておいたよ。東洋新聞は絶対にあの男を首相になどさせないって」

「榎下さんはなんて言いましたか」

吉良から聞かれたので、「期待します、と。その時までわれわれが東洋新聞に残っていればとも言われましたが」と伝えた。

「まったく、どこまでむかつく男なんだ」石川は口を窄めた。

「それならいっそう東洋新聞をなくすわけにいきませんね。インアクティヴ傘下になれば、せっかく得たあなた方の経験も失ってしまいます」

「会長のおっしゃる通りです。また新聞が利用されることになります」石川が息巻いた。

「みなさんは私がアーバンテレビ出身なので勘違いしているようですが、私は東洋新聞の会長を七年も務めているのですよ。アーバンテレビにいたことなど遠い昔のことであり、東洋新聞に本籍を移したつもりです」

吉良が強い口調でそう言った。安芸は「分かってるつもりです。なのに先程は失礼なことを言い申し訳ございません」と謝罪した。

「あなたを責めているわけではありません。私が不満に思ってるのはアーバンテレビに対してです。今回彼らは東洋新聞の代表である私になにも相談なく、株の譲渡を決めました。その上、『吉良には喋るな』と箝口令《かんこうれい》が出ていたというのですから、私も見くびられたものです」

顔が急に引き締まり、紳士顔に険が立った。

「ですがいくら私が会社を守りたいと思ったところで、我が社を見ていると、自分たちの会社がなくなるかもしれないのに、それに立ち向かおうとする気骨のある社員は少ないように感じました」

「それは申し訳ございません」

「その心配は杞憂でしたけどね。毎日、彼らの顔を見ていると、やはり社員たちにもプライドが残っていると印象が変化しました。そのきっかけの一つが新聞未来図の連載です」

「でも田川局長は、連載終了は会長の許可を取っていると言いました」安芸が言った。

「残念ながら田川さんがどうしてもやめたいと言ってきましたからね」吉良は編集権がある田川の立場を尊重したようだ。それでも「連載を中止したことで、余計に社員の怒りに火がついたと私は見てます」と気分良さそうに話した。

「もしや、社員が変わるかどうか見るために会議に出ておられたのですか？」石川が目を大きく張って尋ねた。

「最初はどうにもならないと諦めていた整理部の社員たちも、今は真剣な顔で聞いてます。さらに今、あなた方から多くの記者がインアクティヴの不正を暴こうと動き回っていると聞き、私の不安は消えました。そう言ったところで田川さんのような方もいますから、けっして社内が一枚岩ではないのは困ったものですが」

少し沈黙してから「石川さん、安芸さん、あなた方は我が新聞社のリーダーなのですから、新聞社の一員としてやれることはすべてやってください」と言った。より厳しさが増した声だった。

「はい」安芸は大きく頷いて返事をした。石川も同様だった。

「ではこれから本日の紙面作りに戻ります」

石川がそう言ったので、二人して会議室を出た。

## 5

インアクティヴ本社はIT企業、外資の投資ファンドが多数入る六本木の高層ビルにある。ワンフロアのすべてを借りていて、場所も建物の見栄えも、自社ビルである米津のニユーマーケットインクよりも豪華だ。

権藤の席はこのフロアでもっとも見晴らしのいい東南側に、社員全員の姿が見えるよう窓に背を向けて置かれている。偶然にも昨日行ったニューマーケットインクの米津の席とほぼ同じ場所だった。

自分の席から米津は普段どんな気持ちで社員たちを見ているのか、そう考えながら部下たちの仕事ぶりに目を配った。

社員たちはニューマーケットインクに劣らず一生懸命働いていた。しかし、米津の下で感じた自由な雰囲気はなかった。必死にアイデアを捻り出しているが、出したところで轟木に却下される、そう思っているから斬新さより轟木が気に入りそうなものを出す。その負の思考に権藤はいつも苛立つ。

それでも新たな事業に挑み、ここまで会社を拡大してきた轟木の経営センスは認めている。

世間では豪快で一本気な男として見られる轟木だが、繊細な一面も持っている。買収に乗り出す場合は、弁護士や調査会社に繰り返し調べさせる。そうやってM&Aを実行したから、IT業界には珍しく、あまり失敗をすることなくここまで規模を拡大できたのだ。

彼の実家は北陸の小さな町の名家で、祖父の代から建設会社を営んでいた。すでに他界している父親は町長を二期務め、その後は県会議員に転身した。轟木太一は父親が四十五歳の時、後妻との間に出来た三男である。

父親は息子の太一を溺愛し、将来は自分が成し遂げなかった国政に出ていく政治家になってほしいと願っていたようだ。

だが学生時代の轟木太一は父に反発し、不良グループを率いて遊び回っていた。高校も退学になった。そこでこのままではろくな未来が待っていないと勉強に専念し、東京の大学に進学後、大学の仲間でインアクティヴの前身である会社を起業した……。

権藤の提案した東洋新聞買収に反対していた轟木が、翌日、賛成へと心変わりした。里緒菜が説得したからだとも思ったが、権藤は念のために、轟木の過去を調べた。

その結果分かった事実を轟木に告げた時のことは、一生忘れないだろう。唇が薄紫へと色を失っていき、急に遠くを見て「ふざけんな」と怒鳴った。さらに机の上にあった書類をすべて床に払い落とした。

──会長、僕は事実を知りたいだけです、会長を非難するつもりなど毛頭ありません。

権藤は真っ直ぐ目を見て告げた。しばらく興奮していた轟木の瞳が揺れ始め、そして述懐しだした。

──上坂という同級生がいたんだ。高校をやめてからもよく一緒に遊んだ。ヤツは中学の頃からパソコンを自作するくらいソースコードに詳しかった。確かにヤツからいろいろ教えてもらったさ。だがビッグマン・ポッシブルを生み出したのはこの俺だ。なのに上坂ときたら、ゲームが売れてから、あれは自分がゲーミングしたと言い出したんだ。事実を知りたいと言ったのに、轟木は核心の部分を歪曲《わいきょく》した。轟木があれほどのゲームを作れるはずがないことは、そばにいる人間なら誰だって分かる。こんなデタラメな言い訳を本気で信じてもらえると思っているのか。権藤には彼がずっと嘘を吐き通していくうちに、それが真実だったと思い込んでいるように感じた。

なにせそのゲームこそ、起業家轟木太一の出発点であり、アイデンティティーそのものなのだ。「俺にとってのビッグマン・ポッシブルは、スティーヴ・ジョブズのアップルⅠだ」轟木は豪語した。アップルⅠなくしてマックもアイフォンも生まれていなかったように、最初のゲームなくしてインアクティヴは誕生していない。里緒菜との結婚だってなかっただろう。

もっとも轟木は友人とは決着をつけていた。彼の怒りの矛先は疑惑を仄めかした東洋新聞に向き、心のどこかで、当時の記事が公表されることに怯えているようだった。

だからこそ権藤は、こう言って守り立てた。

――会長。そんなデマを書いた新聞社はうちが買収し、当時の新聞も縮刷版もすべて燃やしてこの世から消し去ってしまいましょう。

もっとも、今となっては表面化されても仕方ないと覚悟を決めている。記事に出たところで米津の心が離れることはない。ただ、米津から言われた忠告だけは、今も得体の知れない不気味さのまま権藤の体を覆っている。

轟木自身もその不安に苛まれているのか、この日の月曜定例会議では、普段にも増して部下たちに厳しく当たっていた。

会議のテーマは携帯ゲームだった。轟木が金曜日の夜に急遽《きゅうきょ》メールで通達した。ゲームグループの社員たちは土日を返上して資料を作った。その努力はなに一つ報われず、「こんなの他社のコピーじゃねえか」と説明を最後まで聞くことなくダメ出しした。「毎回同じものを出してきておまえら恥ずかしくないのか」「一から違うものを持ってこい」「期限は今週中だ」と続けざまに言い放つと、会議を一方的に終わらせ、階下のホテルに朝食を食べに行ってしまった。

権藤には残されたゲームグループの社員たちの方が心配だった。プレゼンしたのは複数ある開発チームの中でもトップクラスの結果を出してきたグループだった。彼らは肩を落とし、会議室を出ていった。権藤は最後に出ていこうとしたグループのリーダーを呼び止め、「気分転換にみんなで食事してこい」と金を渡した。

ゲーム事業はインアクティヴの基幹である。自社で培ったeビジネスをさらに発展させるために、新聞社を買収するのだ。安定した訪問者を集めるポータルサイトを開設したとしても、本業で社員の士気が低下し、人材が流出すれば高い買い物で終わるだけだ。

また米津の顔が浮かんだ。ニューマーケットインクは数年前にゲーム事業を売却している。彼らを手に入れて喜ぶのは、ニューマーケットインクであり、米津自身である。

山中から電話が入った。「ちょっと待ってくれ」と言い、会議室に戻って携帯電話を近づけた。

「どうだ、そっちの調べは」

山中はかつて在職していた信用調査会社を使って、警察や東洋新聞の動きを洗っている。知り合いの新聞記者や雑誌記者、また県会議員にも連絡していた。

〈毎朝、東都、中央は会長の過去の事件を摑んだようです。ただしどの社も、現時点では記事にできるものではないと考えているようですが〉

「東洋はどうなんだ」

〈今、調査中です。田川に聞いたらそんなことを新聞が載せるわけがないと言ってますが、実際、東洋新聞の記者が富山に入っているという情報もあります〉

「県会議員には取材に応じるなと念を押しとけよ。そこからあの紙が漏れたら厄介だ」

〈それこそ関係ないんじゃないですか。二十五年も前のことなんですから〉

「うちは今も県議に献金してんだ。癒着に結びつけようと思えばいくらでもできる」

〈そうですね。気をつけます〉

「東京にも気を配れ。政治家、それと前の監査法人もだ」

言いながらも米津の潜め声が耳の奥で反響した。

〈はい。あっちはマスコミ嫌いの弁護士がいるので大丈夫ですが、余計なことは言わないよう釘を刺しておきます〉

「金の流れはとくに注意してチェックしろよ」

会社や轟木個人による政治献金は地元富山の政治家だけでなく、最近は東京選出の衆参両議員や、ＩＴ関連の規制緩和法案に賛成する若手議員にまで支援の幅を広げている。すべて政治資金規正法の枠内で、インアクティヴの経理部と政治家側で適切に処理しているはずだ。だが轟木が米津と密会を重ねていたように、権藤の知らないところで金を授与している可能性は否めない。

自席に戻ると、女性社員から「権藤室長、会長がお呼びです」と言われた。フロアを出て、一つ上階にある会長室へと向かった。

「失礼します」

ドアを開けると、中から里緒菜の笑い声が聞こえた。二人は新聞の紙面ほどの用紙を見ていた。デモ版を印刷したものだ。轟木が朝食から戻ってくるタイミングで、紙面デザイナーに直接持っていかせた。

「おお、ゴードン、さすがだな、こんな新聞が日本にあったら俺、即刻買うよ」

横書きの日曜紙面を目の高さまで持ち上げる轟木からは、さきほどまでの不機嫌さは払拭《ふっしょく》されていた。

「ありがとうございます。会長からそう言っていただき、ホッとしてます」

先に米津に見せたことは言わなかった。

米津には横書きはデジタル版、縦書きは宅配版と説明した。だが米津が横書きのデジタル版を気に入ったことで、今はその紙面も宅配できないものかと考えを改めた。毎日二紙を配るのは経費がかかって無理だが、自宅でゆっくり読める日曜日だけ横書き版を配ってみる。最初は批判があるだろうが、要は読者が慣れるかだ。横書きにすることで生じる空疎感を、フォントやレイアウトの工夫で解消することができれば、いずれ読者は気に入ってくれる。

平日と土曜に配る縦書きの紙面も渡したが、轟木も里緒菜もそれには興味を示さず、机に置きっ放しだった。

「新聞が横の方が読みやすいって初めて思ったわ。そういえば最近は横書きの雑誌も増えてきたわよね」

夫の顔のすぐ近くで、里緒菜も感動していた。権藤の前では見せないほどよく笑い、表情が柔らかい。

「ゴードン、ここに載ってる記事は今朝の東洋や東都、毎朝と同じ内容だけど、よく読むと少し違う。これってゴードンが書いたのか」

「まさか会長、僕が記者をやっていたのは十一年も前ですよ。今は新人より下手です」

「ゴードンなら軽くこなせるんじゃないの」

里緒菜が仇名《あだな》を使って言った。「買い被り過ぎです、副会長」いつもと同じ表情で返す。

「ならどうやって作ったんだ」

「記事は通信社から買いました」

「それで他とは微妙に内容が違うんだな」

「全国紙が一面に選びそうな記事をチョイスしたつもりです。実際に各社とも僕が考えていた通りの紙面構成になっていますが、僕が編集権をもっていればこのようなレイアウトにはしません」

トップが総裁選で、肩がトルコの爆弾テロだ。それしか考えられないと思って配置を決めたが、公称一千万部の新聞とその五分の一の新聞社が同じ紙面を作ることはない。そのことを新聞社の連中に意見すれば、読者が何紙も購読しているわけではないのだから、大事だと思った順番で記事を配置すべきだと反論してくるだろう。だが、どれも昨夜のうちにネットで報じられた内容だ。新聞業界はネットが普及する前と同じ作りをしている。そんなことだから業界全体が沈もうとしているんだ——自分なら彼らをそう言い負かす。

「同じ記事にしたのは私たちへのサービスってことね。他の新聞と読み比べて、レイアウトだけでどれだけ違いを感じるか、これもあなた得意のマジックね」

里緒菜は、記者会見中の控え室で権藤がしたように、細い指先を弾いた。権藤のフィンガースナップよりいい音が鳴った。

「このデモ版を見て、ますますゴードンに任せたいと思ったよ。新聞社の社長は経営のプロに任せるべきだと思っていたが、編集権だってベテランの編集局長に一任するのではなく、能力のある若手に全権限を与えるべきだ」

「若いといっても、僕はもう四十ですよ」

「ゴードンが何年かやったら若い社員に譲ればいい。スムーズな世代交代ができる会社がこれから先、生き残れるんだ」

「僕もそれは心得ています。僕のようにテレビを見て育った人間と、今もゲームをして育つ若者とでは感覚が違います。僕らは二次元ですが、彼らは三次元ですから」

「肝心のうちのゲームに、最近ヒットがないのが心配だけどな」

ゲーム部員への不満はまだ消えていないようだ。

「ねえ、あなた、タイトルもいいわよね。横文字で'TOYO MORNIN'って。前に私たちに見せてくれたのはデジタル版も東洋新聞のままだったのに」

「本当だな」

里緒菜が体を密着させて轟木の太い腕に手を添えた。轟木が鼻の下を伸ばしているように見えた。

「お二人に見せた後に思いついたんです。新しい読者層をターゲットにするなら、新聞なんて古めかしい言葉は要らないと。日曜に宅配する新聞はこのタイトルでいきたいと思ってます」

「まさに新聞の夜明けになるわね」轟木のすぐそばから、里緒菜が微笑みを投げかけてきた。

「いよいよ明日ですね。アーバンテレビは簡単にサインするでしょうから、その後一時から行われる東洋新聞の取締役会が見ものです」権藤は二人を直視しないように、そう言った。

「それまでに東洋新聞の社員にもこの紙面を見せたいぐらいだわ」

里緒菜がそう言ったところで、スマートフォンを弄っていた轟木が「おっ、ユーザーからの評判もいいぞ」と声を弾ませた。

なんの評判なのか権藤には見当がつかなかった。轟木が画面を見ながら読み始める。

「まずは『カッコイイ、これなら購読してもいいな』『オシャレ感に降参です』『インアクティヴが作ると古臭い新聞もこんなにスタイリッシュになるのか』だと。さらには『東洋新聞社員一同様、買収されて正解でしたね』とまで書き込んでるぞ」

「もしかして会長、この紙面を公表したのですか」声が少し上ずった。

「どうしてだよ。ゴードン、この記事、ちゃんと通信社に金を払って買ったんだろ？　それなら問題ないじゃないか」

「ですけどまだ東洋新聞との最終交渉を終えたわけでもないんですよ」

これまでの交渉で、アーバンテレビと関連会社が保有する東洋新聞の株式の三十九パーセントが譲渡されることは決まっている。それでも現状、株を保有しているのはアーバンテレビであり、名義が書き換えられるのは明日の正式合意後だ。

「自社のサイトで出したわけじゃない。どこかから流出したように見せかけた」

鼻の穴を広げて言った。

「それだとインアクティヴは危機管理が甘いと見られます」

「ユーザーはそんなに愚かじゃない。轟木太一が意図的に流したことくらい分かってるさ」

そう言いながらスマートフォンを指でスクロールしていき「ほら、『さすが轟木太一、やり方がお見事』と俺の行動を読み切っているファンもいる」と笑顔で画面に見入る。

「これでは東洋新聞から反発を招きます」注意したが、轟木はまともに聞いてくれない。

「なに心配してんだ、ゴードンらしくもない。どう足搔《あが》こうが東洋新聞がうちから逃れることなんてできないんだ。田川も役員の九人は味方に付けた、心配ありませんと言ってたじゃないか」

昨夜、行われた二度目の会談で、田川は轟木にそう報告した。東洋新聞専務のプライドは消え、轟木のことを会長と呼び、権藤に対しても敬語こそ使わないものの、前回のような無礼な態度は見せなかった。

「これだけのユーザーが評価してくれてんだ。記者会見以降、東洋新聞どころか、どこも本気でかかってこないんで俺も張り合いをなくしていたんだ。これで世間もまた盛り上がり、明日の最終交渉はいっそう注目されるよ」

そこで轟木の携帯が鳴った。

「おお、見たか。どうだよ、うちの新聞は……」

起業家仲間のようだ。笑いが堪えきれないといった顔で、携帯電話を耳にくっつけて部屋を出ていった。

権藤ははしゃいでいる轟木の後ろ姿をじっと見ていた。権藤が心配するのは東洋新聞のことではない。米津訓臣のことだ。

米津は今回、じっと裏に隠れている。買収後も東洋新聞どころか、ニュースコーポレーションの経営陣に名を連ねないと言った。

だが今回、権藤が「TOYO MORNIN'」にしてしまったことで、ワシントンモーニング社の株主である米津が関わっていると気づく社も出てくるのではないか。いや、多くの新聞社は米津が轟木の背後にいることを知っている。それでもインアクティヴとの間に経済取引の実態がないため、名前を出すのを控えているのだ。せっかく抑止できていたことが、この流出で台無しになるかもしれない。

「権藤くん」

里緒菜が呼び方を変えて近づいてきた。

彼女の表情からは、さっきまでの浮かれた笑みも、女っぽい仕草も消えていた。権藤が憤りを感じていることに彼女は気づいている。

彼女は近づいてきた。同時に轟木の乾いた笑い声が廊下から漏れた。ひどく耳障りで、心の糸が切れそうになった。

里緒菜が権藤に手を伸ばそうとした。無意識のうちにその手を払っていた。

彼女が驚いた顔をした。

「ちょっと出てきます」

権藤は部屋を出た。頭を冷やさないことには、自分を制御できなくなりそうだった。

6

最終交渉の前日の月曜日、当番デスクだった安芸は出稿作業に追われた。

この日のトップはトルコのテロの続報だった。イスラム系のテロ組織が犯行声明を出した。死者は新たに十三人増え、その中に五十三歳の日本人商社マンの死亡が確認された。

商社マンは独身だったが、札幌在住の姉と甥《おい》がメディアの取材を受けた。首相と官房長官の談話、外務省、商社のコメント、さらに米国やEU首脳からの談話がひっきりなしに送られてくる。それらを外信部のデスクと記事が重ならないように手分けして紙面構成した。

とはいえ東洋新聞の社員にとっての一番の関心事は、午前中にネット上で流出した新しい東洋新聞の紙面だった。

東洋新聞ではなく、〈TOYO MORNIN'〉にタイトルが変わっていた。

横書きのレイアウトだった。横書きなのに違和感なく読み進められ、悔しいがよくできていると感心せざるをえなかった。社員たちによると、ネットでの評判はよく、「この日の東洋新聞の紙面と雲泥の差だ」「百年は時代が違う」などと書かれているという。

心配だったのは、社員たちの意気が消沈することだった。が、東洋新聞の社員たちはそんなに柔《やわ》ではなかった。フロアの方々から「ふざけんな」「くだらねえ」と文句が聞こえてきた。現場で轟木の疑惑を追いかけている記者たちも同じだ。普段は言葉遣いが丁寧な西谷は〈うちの先輩たちが築いた屋号を変えてしまうなんて、あいつらどういう神経してんすか〉と憤り、これまで怒ったことなど記憶にない下之園までが電話で〈不愉快極まりないです〉と声を震わせていた。

安芸の向かい側のサブデスク席から頼み込むような声が聞こえてきた。

「人がいないんだよ。夜回りはいいから会社に上がってきてくれよ」

「どうしたんだ」パソコンの隙間から顔を覗かせてサブデスクに尋ねる。

「ジャンボが父親の体調が悪いと言って長崎に帰ってしまったんです。ただでさえ遊軍は霧嶋が休暇を取って、下之園も休みを延長してきたので、これで三人も休みになってしまって……手の空いてそうな省庁担当をかき集めているところです」

安芸は自分の携帯電話を取り、社会部から離れた窓際で電話をかけた。

呼び出し音はするが、出る気配はない。それでも切らずに粘る。番号を通知したのが失敗だったか。なら非通知で掛け直そうとしたところ、〈尾崎です〉と憮然とした声が聞こえた。

「おお、ジャンボか、親父さん、病気なんだって？　大丈夫か？」

〈はい、まぁ、なんとか〉

「だけど長崎にいるのは嘘だろ。今、富山じゃないのか」

図星だったようだ。重たい空気だけが耳に流れてくる。

「霧嶋を連れ戻しにいったのか？」

〈ど、どうして僕が霧嶋を〉

「おまえらが付き合っているのは知ってる。霧嶋に聞いたら認めた。だから今更隠すな」

尾崎は返事をしなかった。否定もしなかった。

「霧嶋の休みに余計な仕事を押し付けてジャンボは面白くないかもしれないが、霧嶋だって自分の会社を残したいがためにやってんだ。それは分かってやってくれ」

心配なのは社会部長や他のデスクに告げ口されることだ。

〈違いますよ〉尾崎が小さな声で言った。

「違うって、じゃあ長崎なのか」

思い過ごしかと思ったが、〈富山です。霧嶋ともさっき会いました〉と聞こえた。〈でも僕が霧嶋を連れ戻しにきたというのは誤解です。僕も霧嶋と下之園と手分けして轟木太一の過去を追いかけてるところです〉

霧嶋に説得されたのかと思った。それとも別れ話でも持ち出されたか……勘ぐっていると、先に尾崎が〈別に霧嶋から言われてきたわけじゃないですからね。僕の意思で来たんです〉と言った。

「この前までは俺たちのやってることに否定的だったじゃないか」

霧嶋には特派員への内定が取り消しになるぞと説得していた。自分だけ署名を入れようとしたことに臍《へそ》を曲げて以来、安芸の顔を見ても話しかけてこなかった。

〈やっぱり僕も、好きで東洋新聞に入ったんだと思い直したんです〉

強い口調で言った。

〈それに流出した画像を見たら、こんな新聞で働きたくないと思いました。轟木か権藤か

知りませんが、今回の戦いに勝った時には、こっちが上だという新聞を僕らで作ります〉

熱意のこもる声に聞き入ってしまった。一時は権藤の存在に腰が引けているように感じた尾崎が、今は真っ向から戦おうとしている。

「だけどジャンボ、嘘はまずいぞ。会社に知られたら大問題になる」

〈休ませてくれと言っても無理でしょ。人がいないんですから〉

そのせいで会社はてんてこ舞いだ、そう言おうとしたが、尾崎が興奮した口調で話し始めた。

〈安芸さん、上坂健也の居所分かりましたよ〉

「本当か、どこにいたんだ」

〈金沢です。事件後、名古屋の専門学校をやめて、家族と金沢に引っ越してます〉

「どうしてそれが分かったんだ」

〈ここだけの話ですが、僕のラグビー部の同期が、石川県庁に勤めてるんです。もし地元に居づらくなって引っ越すとなると、金沢ではないかと思って、そいつに頼んだらビンゴでした〉

そう言うと〈あっ、上坂が事件後に実家に戻ってきたことは、下之園と霧嶋が調べてきたんです。さすがに名古屋に行ったままなら、調べようがありませんから〉尾崎は後輩の手柄であることもちゃんと伝えてきた。

〈間もなく下之園から電話があると思います。霧嶋が金沢に向かうことになって、電車がギリギリなんで今タクシーに乗ったところです。僕から聞いたと言わずにあいつらの報告を受けて、初めて知った振りをしてください〉

「分かった。で、ジャンボはどうする？」

〈僕は他に轟木の不正がないか富山で調べてます。インアクティヴはこっちで様々なイベントをしてました。それにはずいぶん親の力も借りたようで、今も国会議員や県議とズブズブという噂があります。轟木栄三郎の秘書が、地盤を受け継いで県議になってますし〉

「そうか、なら頼む」

いつの間にか引き返させることを忘れてしまった。仕方がない。あとで部長に知れたら僕が行かせましたと言うことにした。

その後、霧嶋から電話があった。尾崎から自分が来たことは言うなと口止めされているのか、そのことには触れず、用件だけを言ってきた。

「なにがなんでも上坂健也と会って、轟木との間にどんなことがあったのか、聞き出してくれ」

〈はい、やってみます〉

午後七時になって、霧嶋から〈上坂健也さんの自宅に着きました〉と電話があった。

〈呼び鈴を押しても出ないんです。近所の人に聞いたら、彼は今はシステムエンジニアの

仕事をしていて、夜遅いこともあるそうです〉

「家族はどうなんだ？　結婚は？」

〈独身で、親と一緒みたいです。でも父親は五年ほど前に亡くなっていて、母親も一ヵ月前から入院してるみたいです〉

それなら母親を見舞いに行ってるのかもしれない。「しばらくそこで待機してくれ」と言った。

十時になり、通信社の速報を知らせるチャイムが社内に響いた。

〈ニュース速報です。アーバンテレビとインアクティヴ社の最終交渉が明日十一時より行われることが両社より正式発表になりました。記事五十行を二十二時三十分頃配信します〉

社内が騒然とした。正式決定と聞くと、自分たちの会社が残るか、それとも奪われてしまうのか、改めて身につまされる。

「デスク、通信社からの原稿です」

記者から渡された。アーバンテレビ側のコメントはなかったが、轟木の談話は「前回決まった内容をベースに合意したい」と出ていた。記事には午後には東洋新聞で緊急取締役会を開催し、日刊新聞法による拒否権を行使するか検討するとも書いてあった。

深夜一時十分、最終版の降版時間が迫ってきたところで、霧嶋から〈まだ帰ってきません〉と連絡があった。

〈上坂健也さん、夜勤かもしれません。お母さんが近所の人に、息子は夜勤があるから大変だと話していたそうです〉

朝まで張り込みますと言った霧嶋に、「タクシーを呼んで朝まで車内で過ごせ。金はちゃんと請求しろよ」と言った。

霧嶋はさすがに疲れているようだった。富山から金沢に移動し、上坂が帰宅したかを確認しながら、近所に聞いて回っていたのだ。それは富山に残って轟木の実家周辺や政治家との関係を調べている尾崎や下之園も同じだった。

一時十五分を過ぎた。まもなくして「最終版、降版します」と整理部デスクの声が響いた。

版を印刷工場に降ろしてしまったため、この後になにが起ころうが明日の朝刊にはなにも載せられない。

東洋新聞に残されたチャンスは明日の夕刊のワンチャンスだけとなった――。

# 第八章　降版協定

## 1

午前十一時からのアーバンテレビとの最終交渉は、予定通り粛々と行われた。

アーバンテレビ側は社長と高嶺専務が出席、前回まで参加していた経理担当の取締役は外され、代わりにライツ担当の取締役が出席していた。それと顧問弁護士が二人同席している。

インアクティヴも弁護士をつけている。だが書類をチェックしているだけで、話をするのは轟木と権藤の二人だ。

「それでは、これで東洋新聞株は御社から弊社に譲渡されることになりますね」

権藤の右隣から轟木が言うと、轟木の真正面に座るアーバンテレビの社長が首肯した。彼はずっと不機嫌だった。それも当然だろう。東洋新聞というお荷物がなくなったというのにアーバンテレビの株価はさらに下がり続け、インアクティヴが買い占めた時点より安値になっている。彼らはインアクティヴ株の購入でも大損をしている。

交渉当初は強気だった高嶺も、すっかり威勢の良さが消えていた。

轟木は一つ咳払いをしてから、対面する三人に向かって言った。

「この交渉後に、東洋新聞から御社になにかご相談があるかもしれませんが、一切関知しないようお願いいたします」

「もちろんです。我々はこれでグループ関係もなくなったわけですから」ライツ担当の取締役が真っ先に述べた。だが高嶺は「東洋新聞取締役会の独自の判断に任せます」と不躾《ぶしつけ》な言い方をした。

「別に東洋新聞に任せていただけるのなら、それで結構ですよ」轟木は余裕の笑みで返した。

これで東洋新聞の取締役会での採決にかけられることになる。

一度は九対八で勝てると断言した田川だが、昨夜電話を寄越し、抜き差しならない状況に戻ったと言い改めてきた。

〈反対派が《轟木会長がトップになれば、あとで大問題が起きる》と脅してるんです〉

「大問題ってなんですか」

〈社会部の記者があっちこっち嗅ぎ回っているみたいで。権藤さんがおっしゃっていたように、北陸に人を出してるのも事実でした。社会部長には黙って動いていたようです〉

「部長に黙ってって、そんな勝手は許されないでしょ、編集局長のあなたがすぐさま帰ってこいと命じれば済むことじゃないですか」

そういったところで田川は〈向こうは会長と政治部長の石川がタッグを組んでいるので〉と弱気なことを言ってくる。

「政治部長なんて関係ないでしょ。石川さんは取締役会に出席する権限もないんですよ。役員でもないのに出しゃばるなと言ってくださいよ」

元の子分に好き放題やられている田川を叱責した。

〈ヤツは将来の社長候補です。ついていきたいと思う人間は社内には多くいます。それに……〉

田川はそこで一度、言い淀んだ。

「それになんですか」

〈石川には安芸がついています〉

「安芸さんなんてただのデスクでしょ？」

〈社会部記者が動いているのはすべて安芸の指令です。安芸を慕っている連中が、勝手に

休みを取って富山まで行ってるんです〉

聞いていて情けなくなったが、今は説教するより取締役会が大事だと、権藤は賛成側に引き寄せるアイデアを田川に提案した。

まだ正式な連絡はないが、今朝の電話では本人と会えると話していたから、再び賛成派を増やせたと期待している。

「ところで合弁会社の件は、本当にこの場で決めなくてもいいんですか」

権藤が、ライツ担当に確認した。昨日までの下交渉では、この席で合弁会社の設立にも調印することになっていた。だが冒頭、高嶺が「その件は次回の交渉に回していただきたい」と言ってきた。

ライツ担当は苦い顔で黙っていたが、代わりに高嶺が口を出した。

「先ほども申しましたように、うちのオンデマンドの契約書を見直すことが本日までに間に合わなかったんです。ソフトをどれだけ新会社に提供できるか分からないのに契約してしまうと、御社に迷惑をかけてしまいます」

聞きながら高嶺が嘘をついていると思った。理由は分からない。好き放題やられたので、少しは抗おうとしているだけか。だが次の交渉でもぐだぐだ言ってきたら、その時は他の局と提携すると脅せばいい。それではインアクティヴ株を保有する価値がなくなり、彼らはまた慌て出す。

「わかりました。それでは次回に回しましょう」

嬉々とした顔で隣から轟木が言った。権藤は腕時計を見た。午前十一時二十分、ほぼ予定通りの進行だ。

終了後、幹事の証券会社を通じて、株が譲渡されたことが東洋新聞に通告される。それを受けて、午後一時から東洋新聞では緊急の取締役会が行われる。

同席した弁護士同士が書類に不備がないか再度チェックし、轟木とアーバンの社長がサインした。最後はそれぞれが握手して交渉を終えた。アーバン側はどの男も権藤たちの手を軽くしか握ってこなかった。

「ゴードン、まずまずだな」ホテルの廊下を歩きながら轟木が言った。

「ちょっと予定外のこともありましたけどね」

「合弁会社設立を次に回したことか？　ヤツらはうちと手を組むのが嫌なんだよ。乗っ取られそうになって大損させられた上、今後は自社のソフトまで自由に使われてしまうんじゃないかと疑心暗鬼になってんだろ」

「僕がアーバンテレビなら、このような割の悪い条件、絶対に呑まないですからね」

今もアーバンの連中は一手も二手も先をいく相手の動きに頭が追いつかず混乱している。十日ほどの猶予期間中、彼らは轟木太一の背後に米津訓臣がいることも知ったことだろう。そのことも彼らの警戒心をいっそう煽り立てている。

「田川氏にも連絡します」ポケットから携帯電話を出した。

〈はい、田川です〉すっかり牙を抜かれた田川が電話に出た。

「今、調印が終わりました。これで東洋新聞は弊社のものです」

〈そうですか〉

「あとは午後の取締役会で認めていただくだけです。で、僕が言った件、どうなりましたか」

そう言うと〈少し待ってください〉と言い、数秒の間を空けて田川が報告を始めた。

〈今、私と事業担当役員で、内山社長を説得しているところです。あなたの言った通り、顧問として迎えるといったら気持ちがぐらつき始めました。おそらく落ちるでしょう〉

「私が言っていたと、伝えてくれましたよね」

〈はい〉

「内山社長は、私が過去を水に流したことで安心されたのではないですか」

〈そうだと思います〉

それでも本音はこの田川と同じで、忸怩《じくじ》たる思いに違いない。無役になって会社から放り出されるよりマシだと思って受けることにしたのだ。新聞記者はただでさえエリート意識が高い。その中でも内山や田川のような幹部になる男は、優秀な大学を出て、全国紙に入社し、政治家や官僚相手に仕事をして、思い通りに出世してきた。自分たちは首相や大臣と同じほど、国や社会を動かしてきたと自負している。だが今は違う。田川にしても内山にしても、この歳になって新聞記者がいかに無力で、潰しがきかない職業かを思い知ったはずだ。

顧問といってもお飾りで、新聞発行とは別部門を見させるつもりだ。内山はネット化が遅れ、東洋新聞が時代に取り残された戦犯である。もちろん田川も同罪だ。いずれ外す。

「これで賛成で決定ですね」

〈北陸でなにもなければ、ですが〉

携帯電話を耳に当てながら轟木の様子を窺った。ひと仕事終えたことに安心したのか、彼はスマートフォンでメールをチェックしている。

「田川さん、あなたが止める気になれば富山でなにが出ようが止められるでしょう」そう言ってから「二十五年前のことは法的には問題はないはずですよ」と声を張り上げた。

法的に問題はないと言ったことで、轟木がびくついた。スマートフォンに指を載せたまま、上目で権藤を見てくる。

〈ですが吉良から《記者の取材を邪魔しないでください》と言われた以上、あからさまに止めるわけにはいきません〉

田川はまた吉良の名前を持ち出してきた。「あなたは編集のトップでしょ。会長がなんと言おうが、編集権を持っているのは自分だと言い張ればいいではないですか」と叱った。

「そんなことなら我々は今からでも、新会社に迎えるのをあなたから吉良会長に替えますよ。あるいは石川政治部長でもいい」

その一言で、田川は自分の地位がまだ保証されていないことを悟ったようだ。

〈分かりました。この日の編集長には、安芸がどんなネタを持って来ようが、全国紙の掲載にふさわしくないものであるなら載せるなと命じます〉

「全国紙にふさわしいとか、そんな理由は必要ありません。絶対に載せるなと命令してください」

〈分かりました〉田川は萎縮した声でそう言った。

「田川はなんて言ってた」携帯電話を切ると、轟木が眉を曇らせて聞いてきた。

「昨日報告した通りです。東洋新聞の記者が会長の知り合いの家に向かっています。彼が逮捕された後、どのような取引があったか、証言させるつもりのようです」感情に出すことなく伝えた。

「そんなの、もう終わった話だぞ」轟木はまた声を荒らげそうになったが、昨夜、権藤に言われたことを思い出したのか、声を抑えた。

二十五年前のゲームの著作権について東洋新聞が調べているようだと昨夜報告した時、轟木は「上坂の家族と話して決着はついているんだ」と興奮して言った。

「表に出たとしても世間が信じることがないよう抑える方法は考えます」そう言ってから「ですが会長はこれからメディアの支配者になるんです。メディアからなにを聞かれても冷静に応対してください」と諭した。口調は穏やかにしたが、心の中に鬱屈していた不満は表情に出した。今のあなたは新しい紙面をリークして喜んでいる状況ではないんです――意思は伝わったのか、轟木は最後は神妙な顔になって頷いた。

もっともそれでおとなしくなる自分のボスが、ずいぶん小物に見えたのも事実だ。米津なら部下の手を煩わせることもなく、東洋新聞より先に動いて、上坂という男をいち早く味方に取り込んでいるのではないか。

「副会長には話していただけましたか」

新聞に出ることも想定し、里緒菜に事件について話した方がいいと進言した。轟木はなかなか首を縦に振らなかったが、「若気の至りだと正直に言えば、副会長は受け入れてくれるはずです」と盗作と決めつけたような言い方で説得した。

「里緒菜なら、法的にあなたのものだって認められてるんでしょ、と笑い飛ばしてたよ。成功者が後からケチをつけられるのは世の常だってさ」

昨夜とは打って変わって、余裕綽《しゃく》々《しゃく》として答えた。それぐらいで自分に対する妻の愛情は揺るがないと自慢しているように聞こえた。

携帯が鳴った。山中からだった。

「どうした」山中には引き続き検察や警視庁、富山県警などを調べさせている。

〈現時点で気になる情報はありません〉

隣で心配そうに聞いていた轟木に、「山中からです。とくに問題はないようです」と通話口を押さえて言った。轟木はしばらく電話のやりとりを聞いていたが、先に戻っててくださいと口を動かして示すと、「じゃあ、俺は会社に戻るな」とエレベーターホールへと向かった。

階下では報道陣が待っている。轟木には東洋新聞の取締役会が終わるまでは何もコメントしないように伝えている。

エレベーターホールにいるボディーガード役の社員が周りを固めて車に乗り込む、そしてマスコミに顔を見られたくない権藤は時間差で別の出口を使って本社に戻る手順になっている。

「山中、取締役会まで一時間半ある。最後まで気を抜くな。政治献金を収賄と見るかどうかは、捜査する側の判断だからな」

摘発事例がないにもかかわらず、過去には逮捕された経営者がいる。それらは国策捜査と言われ、政治家や官僚、検察を怒らせたことが着手へと繋がった。

軽減税率は必要ない——あの発言で世論を一気に味方につけた。だが国からは反感を持たれた。

〈分かってます。とくに金の問題は注意しておきます〉

電話を切るとまた電話が入った。登録していない番号だった。誰かと不審に思いながら「はい」と名乗らずに出た。

〈権藤さんですか〉

ハイトーンでのんびりした口調。米津訓臣だった。

2

〈安芸さん、インアクティヴの前の監査法人の人間と接触することができました〉

午前十一時半、三版制の夕刊のうち、早版地域の一版の締め切りが近づいてきた時、西谷から連絡が入った。

「反応はどうだった」

〈地検からの事情聴取があったかと直撃したら、急に顔色が変わりました。監査法人を替えたのはやはり粉飾の可能性があったからじゃないですか？　監査法人は轟木に反対したが、受け入れてくれないので手を引いた。轟木の不正を通告しなかったことを後ろめたく思ってるんじゃないですかね〉西谷は息継ぎすることなく一気に喋った。

「そこまでぶつけたのか？」

〈ぶつけましたが答えてくれず、最後は弁護士を通してと言われました〉

「分かった。地検の増井に電話を入れてみる」

〈増井にはさっき電話しました。知り合いの検事に当てたところ答えられないと言われたそうです〉

「答えられない、か。ますます当たりの可能性が出てきたな」

〈でも時間がありません。アーバンテレビとの調印、どうなりました?〉

「おそらくもう終わってるだろう」

アーバンテレビの社長が十一時四十分頃から会見を開くことは、昨夜アーバンの蛯原から聞いた。

〈金沢の方はどうですか〉

「今朝、霧嶋が上坂氏本人と接触した。だがあまりいい知らせではなかった」

当番デスクだった昨夜、三時の新聞交換を終えても、安芸はデスク席から離れなかった。頭は冴え、まんじりともしなかった。他の泊まり番記者も仮眠室には行かずに、椅子やソファーで朝まで過ごしていた。

朝八時、霧嶋から電話があった。システムエンジニアをしている上坂健也が夜勤から戻ってきたという。霧嶋は呼び止めて、東洋新聞の記者であることを名乗った。轟木太一の名前を出した途端、彼の表情が翳ったという。

――二十五年前にあなたが発案したアイデアを盗んで独り占めにした男が、今、私たちの会社を買収し、世論を支配しようとしているんです。お願いです、当時、上坂さんと轟木との間になにがあったか、教えていただけないでしょうか。

上坂健也は霧嶋の説明を、俯いて聞いていた。言い終えた後もしばらく沈黙していたが、ようやく小さく口が動いた。

――すみません、疲れているんです。

拒絶だった。それでも霧嶋は止めなかった。

――轟木太一は父親を使って、あなたの家族に圧力をかけた。あなたへの訴えを取り下げる代わりに、ゲームの著作権のことは目を瞑れと交換条件を持ちかけてきたのではないですか。上坂さんは納得されたのですか。

――納得なんてするわけないじゃないですか。

上坂健也はそこで初めて感情を見せた。目が微かに潤んでいるように見えた。だがそれはほんのわずかで、彼は冷めた顔に戻った。

――僕は今、会社員として仕事をしてるんです。会社は事件のことを知りません。逮捕された過去を会社に知られたくないということだ。

――それに母が心臓を悪くして一ヵ月以上入院しています。あの事件で一番悲しんだのは母です。やっと元気になってきたのに、僕のことで騒ぎになったら、また体を悪くしてしまいます。

そう言われ、霧嶋はそれ以上説得できなかったそうだ。霧嶋からやりとりを聞いた安芸も、説得は難しいと感じた。それでも霧嶋は〈もう一度話してみます〉と自宅前で粘っている。

「西谷、取締役会までまだ時間はある。検察がどのような捜査をしているのか、分かったら知らせてくれ。どんな小さなことでもいい」

〈増井、川上と手分けしてやります。警視庁の宮本さんも動いてくれてますんで〉

「頼んだぞ」

電話を切ると、すぐに呼び出し音が鳴った。アーバンテレビの蛯原だ。

〈残念ながらうちはなす術なしだったよ〉すまなそうに言われた。

「想定していた通りだから気にするな」逆に慰めた。

〈だけど安芸に言われた通り、高嶺専務は合弁会社のサインを次回に持ち越した。会長と社長を説得するのが大変だったみたいだ〉

「高嶺さんは怒ってなかったか」飯は自分の金で食うと啖呵《たんか》を切ったのだ。さぞかし立腹したことだろう。

〈この前のことは面白く思ってないが、轟木太一か安芸稔彦のどちらかを信じろと言われれば、安芸を信じると言ってた〉

「そう言ってくれるのは嬉しいな」

〈だけど本当に大丈夫か〉

今回、話を決めなかったことで合弁会社の設立が白紙になることを心配しているのだろう。白紙撤回となればインアクティヴの株を高値で購入した理由を、次の株主総会で説明できなくなる。

「高嶺専務にはこう言っておいてくれ。轟木の周辺からは驚くほどいろんな疑惑が出てくる。数日後には間違いなく合弁会社など作らなくて良かったと思ってくれるはずですと」

〈しっかり伝えておくよ。俺らが言えた義理じゃないが、好き勝手やられたインアクティヴに一発でもぶちかましてやりたい、というのがアーバン社員の総意だ。同志である東洋新聞がこの悔しさを晴らしてくれるのを期待している〉

「ああ、必ず期待に応えてみせる」

午前十一時三十五分。一版目の締め切りが終わるとデスク席の電話が鳴った。尾崎だった。

〈インアクティヴは五年ほど前、ほとんど使用されず年間三億円以上の赤字を垂れ流していたイベントホールを一円で落札しました。轟木はそのイベントホールの借用権だけを保有して、土地建物は県に寄付しました。子会社のイベント運営会社で利益を出し、固定資産税は一切払わないためです。競売自体が轟木に近い地元の政治家の働きかけで実現したものでʼ、最初から出来レースだったと、県議会の野党議員は言ってました。政治部から轟木の献金リストをもらいましたので、その議員への金の流れを調べてみます〉

電話を終えると、真後ろに「安芸、無理だ」と整理部長が近づいてきた。

「東都と毎朝は了承してくれたが、中央と東西からは拒否された。だいたいネタも明らかになっていないのに降版協定の破棄なんて無理だよ」

安芸は出社してきた整理部長に、午後一時十五分の降版協定を破棄するよう各社への連絡を頼んだのだった。降版協定が破棄されれば、一時十五分以降にインアクティヴに関して司法当局が動いたとしても新聞に載せることができる。

「ネタは言ったじゃないですか。インアクティヴ社への捜査ですよ」

「そんな大雑把な理由で納得するか」

締め切り時間を延ばせば配達や印刷のコストがかかるため、体力のない新聞社は嫌がる。東洋新聞だってこの程度の説明で破棄を申し出られたら絶対に拒否する。

「整理部長、中央、東西の整理部長に直接電話して説得してください。お願いします」

「まぁ、やってみるけど……」整理部長は弱々しい声で返事をし、自分の席に戻った。

編集長席を見た。この日の夕刊の編集長である三好局次長はずっと渋い顔をしていた。本来、降版協定の破棄は総責任者である編集長に申し出て、そこから整理部長に指示が出る。安芸は三好を無視してやっている。

もっとも田川の部下である三好がこのまま黙っているとは思っていない。記者たちが本当にネタを掴んできた時、彼はなにか理由をつけて掲載を拒否しようとするだろう。

夕刊二版に差し替える記事のチェックを終えると、携帯電話が鳴った。地検担当の増井からだ。

〈朝の検事にもう一度接触できましたが、余計なことをするなと言われました〉

「そう言うからには捜査をしてるってことじゃないのか」

〈それが、こっちが質問してもそれ以外は一言も話してくれないんです。すごい剣幕でしたので〉

本気で捜査する気なのだろう。だが本人の聴取までは至っていない。過去の粉飾事例なら摘発まで相当な時間がかかる。着手までに記事にして表に出してしまうと捜査じたいが潰れてしまう。

「またあとで電話をする」切って石川にかけた。「石川、もう一人増やせたか」

〈その逆だ。内山社長が向こうについた〉

悲嘆にくれた声がした。石川たちは昨夜、一人を味方につけて九対八と逆転した。それがまた八対九にひっくり返された。

「内山社長って、権藤に嫌われてるはずだろ」

〈だからこそ権藤は、呼べば尻尾を振ってくると思ったんじゃないか。田川と同じパター

ンだ。あいつらこっちの上役をいいように操ってやがる〉

「社長と専務が賛成に回ったとすると、彼らを慕ってる部長クラスの株数まで賛成に動くってことだろ？　社員株は大丈夫なのか」

〈社員株の比率だと、買収賛成が五割は超えた。田川たちは、インアクティヴが上場を目指しているから株の保有者は上場益の恩恵を受けると説得して、社員株主にも同意書にサインさせている。田川は取締役会で、これだけの社員株主が賛成なのだから、買収を受け入れるべきだと言う気だろう〉

「上場益が出ると言われたら、ますます気持ちは揺れるな」

〈そんな金を貰おうが東洋新聞を無くしてたまるかと撥ねつけた者もいる。大阪事業部長の越田くんや名古屋の販売部長がそうだ。他にも同意書の署名を拒否した部長、局次長は社内に大勢いる〉

　石川の会合で会った男たちだ。

「そうか、気骨のある男はうちにはまだまだ残っているんだな」

〈おまえの部下だってそうだろ〉

「ああ、そうだ」

〈頑張って戦ってくれてる仲間のためには、あと一人をなんとか説得したい。だけど賛成派の取締役は誰一人出社していないんだ。おそらく田川がどこかに隠していて、取締役会

の直前に全員一緒に来るつもりだ〉

「それじゃ説得できないじゃないか」

〈政治部を動員してホテルを当たらせている。見つけ次第、俺が説得する、そっちはどうだ〉

「金沢は残念ながら上坂健也に断られた。逮捕された過去があることを会社に知られたくないらしい。あと、検察が動いている情報はあるが、取材してもけんもほろろで内容さえ教えてもらえない」

　そこで、二つ隣の席で電話を受けていた記者が、応対に困っているのが見えた。嫌な予感がした。石川との電話を切り、その記者から受話器を受け取ると、陰湿な声が耳にまとわりつくようにして入ってきた。弁護士の榎下だった。

〈安芸さん、あなたのところの記者が、取材に行ったそうですね。取材される場合は、必ず私に連絡をくださいと言ったら、あなたは了承したじゃないですか。担当者から電話があるまでおたくからの連絡は一切ありませんでしたよ、どういうことですか〉

　ねちねちと言ってくる。西谷が取材したと聞いた時からこうなる予感はあった。

「僕は、約束はできませんと伝えたはずです」

　そう言ったが榎下の抗議は止まない。

〈うちの監査法人に疑惑はないと言ったはずです。なにを書く気ですか？　書けばすぐに法的手続きを取りますからね。そもそもあなたがたはいつも裏付けなしに記事にしますからね。そんなんだから町田譲みたいな人間にコロッと騙されてしまうんですよ〉

黙っていればまだまだ続きそうだった。「二版、降ろします」整理部デスクの声がした。時計が目に入る。十二時半、二版目も降版した。これで残すところは最終版のみ、一時十五分が最終リミットになる。まだ受話器からは榎下の小言が続いていた。もう限界だった。

「あなたに付き合っている時間はないんです。うちが間違ったことを書いたら土下座でもなんでもしますから、今は黙っててください」

気づいた時はそう発していた。〈紙面で謝罪もできないあなたたちが土下座するわけないじゃないか〉とまだ言ってくる。思わず「うるさいぞ、あんた」と叫んだ。

〈うるさいとはどういうことだ。それならうちも法的な対抗手段をとりますよ〉ヒステリックに返してくる。

安芸は「締め切りが終わったらいくらでもあんたの小言に付き合うからあとにしてくれ、失礼」と言って電話を叩き切った。

また電話が鳴った。まったくしつこい。うんざりしながら受話器を上げる。だが榎下ではなかった。

〈安芸さん〉霧嶋の声だった。

## 3

権藤がインアクティヴ本社の会長室に入ると、中には里緒菜しかいなかった。

「うまくいったようね、権藤くん」

彼女は二人きりの時のみに使う呼び名で言った。

「会長はまだですか」

「それが」少し口籠った。「あれだけ言ったのにまた悪い虫が蠢《うごめ》き始めたみたい」

スマートフォンを操作した。そこには野次馬が撮った動画がアップされていた。

画面にエレベーターから出てきた轟木の姿が映った。記者たちが寄ったところを一緒にいた体格のいい社員が周囲をガードし、近づけないようにしている。外には社用車が待っていた。社員が扉を開けて、押し寄せる記者たちから守る。轟木は乗りこもうと頭を屈めた。だが急に姿勢を戻し、記者が必死に伸ばしてきたレコーダーに向かって話し始めた。

〈我々は通常の経済取引で東洋新聞の株主になりました。関連会社の持つ株も含めて、本日取得した株式は三十九パーセント、アーバンテレビが保有していた時より多くなります。にもかかわらず、もし東洋新聞の取締役会で我々への譲渡が否決されたら、それは自由経済の無視、さらに皆さまメディアがよく口にする民主主義に対する冒瀆《ぼうとく》としか思えま

せん〉

言わなくてもいいことを発言した。

〈ですけど、あなた方は様々な事業を展開されています、新聞社を所有することで、それらの事業の利益を誘導することになりませんか〉日経ヘラルドの度会だった。彼はボディーガードの社員に体を押されながらも必死に質問していた。

〈アーバンテレビだってメディア以外の事業はしてますよ。映画製作だってそうだし、海外のミュージカル、サーカスの公演もです。そもそもテレビという媒体において、報道はほんの一部に過ぎません。バラエティーを放送し、BPOから度重なる勧告を受ける放送局が新聞社の株を保有するのが認められ、我々ITは認められないとしたら、新聞だけでなく、テレビまで国から特権が与えられていると国民は思うでしょう〉

テレビも特権が与えられている——以前、権藤が教えたことだ。

〈もし午後からの取締役会で否決されたらどうなさるんですか〉

隣に立つガタイのいい記者が野太い声で質問した。レコーダーを轟木の顔にぶつけるように向けている。

〈新聞法では、否決された場合は株式会社の事業に関係のある者に譲渡しなければならないことになってますが、その場合、裁判ですか？　それとも海外の新聞社を買収して、新聞事業をしていると言い張りますか〉

この記者は誘導尋問をしようとしている——嫌な予感が走った。米津が米国の新聞株を保有していることを知っているのだろう。ここで轟木が少しでもそれを匂わす発言をすれば、いっそう米津の怒りを買うことになる。

その心配は杞憂だった。

〈そんな時間の無駄になるようなことはしませんよ〉突きつけられたレコーダーを手で押さえるように離し、轟木は冷静に答えた。

〈では、またアーバンテレビの買収に戻るわけですか〉違う記者が聞いてくる。

〈それはどうでしょうか。そうなった時に考えます〉

轟木は余裕の笑みを浮かべて答え、今度こそ頭を屈めて車に乗り込んだ。記者の群れが波のように引いていき、社用車は走り出した。そこで動画は終わった。

「ごめんなさいね、権藤くん」里緒菜の瞳が揺れているように見えた。

「主人はなんだかんだいってあなたに焼き餅を焼いてるのよ。あなたのおかげでうまくいったことに感謝はしてるけど、あなたがいなければ達成できなかったとも思われたくないの。だからマスコミに囲まれると、つい虚勢を張ってしまうんだと思う」里緒菜は必死に夫を庇《かば》っていた。

「大丈夫です。今のアンサーでしたら問題はありません」

「そう言ってくれて安心したわ」

たとえこの会社から轟木太一が退くことになっても、里緒菜がいる限りこの会社に残ると決めている。その意思は米津訓臣から先ほど「あなただけに伝えておきたい情報がありまして」と言われた時に、話した。

——そうですか。それは誠に残念ですね。あなたはアメリカに留学していた頃から轟木夫人と親しかったんですものね。

米津は米国時代のことまで調べ上げていた。

——バークレーに留学していた日本人のイケメン男子と、オリエンタルな美しさでスタンフォードの男子学生を魅了した轟木夫人の二人がデートしているのを、我が社の社員が目撃したことがあるそうです。我が社にも留学経験者はたくさんいますので。

——デートだなんて、ただの僕の片思いです。彼女には他にもたくさんのボーイフレンドがいましたから。

米津は「みたいですね」と言った。

——そうした情からインアクティヴに入った僕を会長は軽蔑なさいますか。

心の中で懸念していたことを尋ねた。

——どうして軽蔑するのですか。

——米津会長は感情を仕事に持ち込むのはお嫌いですよね。公私は混同させてはいけない、と著書で拝読しました。

米津は自分の息子でさえニューマーケットインクに入社させていない。無名時代に苦楽をともにした友人の会社を救済した際は、友人が後継者として育てていた息子を切ることを条件にした。

——私はジョウジンにはそう言います。

それが普通の人という意味だと理解するのに少し時間がかかった。

——僕は常人ではないということですか。

——最初は人工的に作られたロボットかと思ってましたよ。

からかわれているのかと思った。米津は本気でそう言っているようだ。

——あなたにも人間らしい感情があって私は良かったと思ってます。

権藤は「はい」としか返事はできなかった。

「なんだ、ゴードンの方が先に戻ってきてたのか」悪びれる風もなく轟木が戻ってきた。後ろ暗さがあったのか、自分から「記者がしつこくてな、なにか答えないことには埒《らち》があかなかったんだよ」と言い訳を始めた。

「あれほど東洋新聞の取締役会が終わるまではコメントしないでと話し合ったのに」

里緒菜が本気で注意している。

「あの程度なら問題ありませんよ」明るく振る舞った。「それに取締役会で否決された場合は再びアーバンテレビの買収に乗り出すと匂わせておいたのも正解でしょう。今頃、テレビ局の重役たちはなにがなんでも賛成させろと東洋新聞のテレビ出身の役員に圧力をかけているかもしれません」

「そうよね」先に里緒菜が言い、轟木も「俺もそう思って言ったんだよ」と顔を和ませた。

轟木のそばに里緒菜が近づいていくと、轟木が紺のスーツを脱いだ。そのスーツを里緒菜がハンガーにかけ、新たにクリーニングカバーのかかったシルバーグレーのスーツを出した。交渉はアーバンテレビの幹部を威圧するためにもダークスーツを着用する。しかし取締役会後の会見では新たな東洋新聞をイメージづけるために明るめのスーツで臨む――そのことも昨夜の話し合いで決まっている。

轟木は上はワイシャツのまま、ズボンを穿き替えようとベルトに手を掛けた。

「僕はトイレに行ってきます」と部屋を出ようとした。

「ゴードン、ネクタイはどれにすればいい」

轟木はライトブルーのものと黄緑のものを出してきた。常道でいくならブルー系だが、外しを利かせるなら黄緑だ。そして甘夏《あまなつ》のような濃い黄色のポケットチーフを差すことを提案する。

だが権藤は、「戻ってから考えます」と言って部屋を出た。

4

結局、石川たちが取締役を説得することができないまま、十二時四十五分頃に、タクシーが相次いで東洋新聞本社前に到着した。買収賛成に回ったと思われる内山社長ほか、田川派の取締役総勢九人がビルに入っていった。テレビが生中継していて、「買収に賛成するんですね」とレポーターが質問攻めにしていた。安芸は固唾を飲んで見ていたが、取締役たちは誰一人答えなかった。

このままでは、取締役会が始まってしまう。あとは彼らが賛成できない材料を摑み、採決を止めるしか方法は残されていない。

〈安芸さん、総務部の高木《たかぎ》です。まもなく臨時取締役会が始まります〉

十二時五十九分、階上の役員用会議室の外に待機する柳の部下から、固定電話に連絡が入った。手で電話を押さえているのかくぐもった声だった。安芸は取締役会が行われる会議室に入ったこともないが、ドアに耳を澄ませば発言が聞こえてくるらしい。

「最初に議長である吉良会長が取締役会の招集理由を説明することになっていますが、買収議案については後回しにすることになってますので、採決は一時十五分過ぎになります」

総務部長として中に入っている柳からも、他に二つの議題を用意して時間稼ぎをすると聞いている。

「あっ、今、定刻通り、会長が臨時取締役会の開始を宣言しました」

——これより第五二二回取締役会の開始を宣言する。

柳に見せてもらった資料にそう書いてあった。

座る位置もすべて確認した。馬蹄型のテーブルの中央に吉良が座り、その左に内山社長、右側には田川専務兼編集局長、そしてもう一人いる専務と二人の常務が続く、この五人の中では内山、田川、大阪代表の常務が賛成派。もう一人いる専務、常務は石川が押さえている。採決の結果、可否同数なら会長の吉良が決することになると東洋新聞では定めているが、現時点では議長の判断を仰ぐことなく賛成多数で認められてしまう。

電話をしている最中に、整理部長の「安芸、無理だ。中央新聞は了解したが、東西は断固拒否だと言ってる」という声が聞こえた。通話口を押さえて「なんとか説得してください」と叫ぶ。

その最中に高木から「一つ目の議案に入りました」と知らされた。秋に行われる絵画展について事業担当から説明することになっている。

「あっ、今、田川専務より先に我が社の株式譲渡について議論したほうがいいのではないかと意見が出ましたが、吉良会長が議事表通りに進行しましょうと遮りました」

ただ、この議題も事業担当が賛成派のため、端折《はしょ》った説明で終わってしまうだろう。

携帯電話が鳴ったので「次の議題に入ったら連絡ください」と高木に伝えて、通話ボタンを押す。霧嶋からだった。

〈今、上坂健也さんと一緒に、お母さんが入院している病院に来ています。上坂さん、お母さんに話してくれました。お母さんもあなたが納得するなら好きにしなさいと言ってくれたみたいです〉

「そうか、許可してくれたか、これで書けるな」大声になった。周りにいた記者たちが一斉に自分を見た。

一度は取材を断った上坂健也だが、外に出てきて霧嶋に「取材を受けてもいい」と言ってくれた。ただし事前に母親に連絡させてほしいと。母親が反対することが気がかりだったが、その問題もクリアできた。

〈上坂さん、轟木太一だけは絶対に許せないと言ってました。上坂さん、当時プログラミングしたノートを持っているんです。そのノートを持って轟木に会いにいったそうですけど、轟木はそんなの証拠にならないって取り合わなかったそうです〉

「ノートって、それをまだ持っているのか」

〈もちろん持ってます。さっき撮影させてもらいました〉

作成当時のノートがあるのは大きいが、ただし轟木が言ったようにこれだけでは盗んだ証拠にはならないだろう。轟木に、自分が考えたものを上坂がメモしたと反論されたらそれまでだ。

「ほかになにか証拠になるものはないか」そう尋ねると〈誓約書も書かされたそうです〉と言われた。

「誓約書ってなんのだ」

〈上坂さんが逮捕された後、当時の轟木栄三郎の秘書で、今は県議に転身した男が、轟木栄三郎の代理として上坂家に来たそうです。そこで傷害罪の親告を取り下げる代わりに、父親に誓約書にサインさせたそうです〉

「それって二度と轟木家に近づくなってことだろ」

それを書かせれば上坂健也が文句を言うことはできない。上坂の家族も、息子が無罪になるのなら受けざるをえない。だが霧嶋からは〈それだったらまだましです〉と言われた。

〈その誓約書にはゲームの著作権は轟木にあることを認め、今後は金銭的な要求は一切しないと、書いてあったそうです。上坂さんはけっしてお金が欲しかった訳ではありません。自分が作ったものだと認めてほしかっただけなんです。なのに金目当てでいちゃもんをつけたような書かれ方だったと、その誓約書を見た時、上坂さんは涙が止まらなかったそうです〉

「そこまで書いたってことは、轟木の父親は、息子が盗作したのを認めてたってことか」

〈そう思って当然です。地元では轟木にあんな高度なゲームが作れるわけないとみんな話していたそうですから〉

轟木の作品でないと示唆《しさ》する記事を東洋新聞が書いた。地元ではみんな知っていたが東京まで知れ渡ることはなかった。インターネットがなかった時代だから、それも可能だったのだろう。

「その誓約書、もしかして今もあるってことか」聞きながら総毛立ってくる。

〈お父さんが亡くなった後、遺品を整理していたら出てきたそうです。健也さん、病院まで持ってきてくれました〉

「それも送れるか」

〈はい、待っててください〉

電話を一度切った。会社のパソコンがメールを受信する。開いてみる。一枚目はコードのようなものが書かれていた。これがプログラミングのノートなのだろう。二枚目を開く。確かに誓約書だった。〈ビッグマン・ポッシブルの著作権は轟木太一にあるものと認めること〉さらに〈ゲームの権利料は要求しないこと〉と書かれていた。上坂裕次《ゆうじ》と父親らしき署名が書かれてあった。「今の二つをプリントアウトして、それぞれ五部くれ」と内勤記者に命じた。

再び霧嶋にかける。

「でかしたぞ。この二つで、記事にするだけの意義が出た」

友人の発案を独り占めにして、自分が発明したと吹聴している。そんな人間を、世間は絶対に許さないだろう。

「霧嶋、今すぐそこで原稿が書けるか」

〈もちろんです。準備しています〉

「すぐ書いてくれ。五十行、いや七十行あってもいい。上坂さんは実名にしなくていい。ただし信憑性《しんぴょうせい》を持たせるため、当時名古屋の専門学校に通っていて、今はシステムエンジニアをしていることはちゃんと書いてくれ」

〈締め切りまであと十分ですよね〉時間は午後一時五分を回った。さすがにあと十分では無理だ。整理部も混乱する。

「追い版を取るから一時四十五分までかかってもいい」

その間に電話が鳴った。出てくれとサブデスクに頼む。総務部の高木からだったようで、サブデスクは「二議題目に入ったそうです」と言った。サブデスクが向けた受話器に向かって、「この議題が終わったらまた電話ください」と大きな声で言った。

コピーとボールペンを持って、編集長席に向かった。発生事件ではないので降版協定は関係ない。だが載せるには追い版を取らなくてはならない。その権限があるのは編集長だ。

「三好局次長、轟木が大学時代に発売した最初のゲームが盗作だったという疑惑が出ました。追い版をお願いします」

コピー紙を差し出し、「一枚がプログラミングのノートで、もう一枚は轟木の父親が書かせた誓約書です」と言う。二枚目の〈著作権は轟木太一にあるものと認めること〉と〈権利料は要求しない〉と書かれたところに線を引く。

三好は見ようともしなかった。「ちゃんと読んでくださいよ」机を叩く。三好はむっとした顔でようやく手元まで引っ張った。「こんなの出したところでなんの根拠になる。本当に轟木の盗作だったかは、推測の域を出ない」と払い返してくる。

「盗作でないなら、どうしてこんな誓約書を書かせるんですか。事件じたいは轟木の父親が被害者なんですよ。被害者の方から誓約書を書かせて示談にしたということは、後ろめたいことがあったからじゃないですか」

「俺が言ってるのは証拠だ、証拠を出せと言ってんだ」

「発明した本人が盗まれたと言ってるんです。このノートをプロが見れば、本物だと解読できます」今度はノートのコピーを手で叩いた。

社会部席のデスクの電話が鳴っていた。サブデスクが取った。尾崎か下之園か……顔を向けるとサブデスクが「総務の高木さんからです」と言った。「聞いておいてくれ」と頼んだ。二議題目が終わったのだろう。

「これだけで轟木の盗作だとは決めつけられないだろ。轟木から訴えられたらどうする気だ」

「その時は僕が責任取ります」と言った。「轟木太一は父親の力を利用し、こんな誓約書を書かせた男です。そんな人間が新聞社を牛耳ったら、自分に都合がいいようにうちの記者を利用します」

今度は誓約書のコピーを手にとって三好の前でちらつかせた。普段なら激昂するのに、三好は回転椅子を窓際に回して顔を背けた。三好の背後にある掛け時計を見た。午後一時十分を回った。まもなく取締役会では三つ目の議題、買収についての採決に入るのではないか。承認されてしまう。このまま時間切れか……。

そこで整理部長に呼ばれた。

「おい安芸、毎朝が降版協定の破棄を申し込んできたぞ」

「毎朝が？　理由はなんですか」

「うちと同じインアクティヴの捜査だ」

丸岡の顔が浮かんだ。協力してくれたのか。

「もちろん受けてください」

これも一紙でも拒否すれば協定破棄は実行されない。

デスク席の電話が鳴り「安芸さん、電話です、警視庁の宮本さんです」とサブデスクに呼ばれた。走って戻る。

「宮本どうした？」

〈東京地検が動き出したそうです〉

「理由は？」

〈分かりません。増井から電話ありませんか？〉

「まだだ」

そこで違う電話が鳴った。「増井かもしれない。このまま繋いでおいてくれ」右手で受話器を持ったまま左手で取った。やはり増井だった。

〈安芸さん、特捜部が動き始めました。ぞろぞろと特捜部員が出てきます〉増井が叫んでいる。

「なにがあったんだ」

〈予告もなかったので分かりません。でも副部長からはインアクティヴの強制捜査だと言われました〉

「インアクティヴだと」

「安芸、東都からも申し込んできたぞ」整理部長の声がいっそう大きくなった。「今度は東西も協定破棄を受けた」

時間を見た。一時十四分、これなら十五分を回って報じることができる。握っていたボールペンの先が折れた。携帯電話で高木にかける。

〈安芸さん、ちょうど電話しようとしていたところでした。今から採決に入ります〉出ると同時に高木が先に言った。

「高木さん、採決を止めてください」

〈どういうことですか〉

「今すぐ中に入って吉良会長に言ってください。インアクティヴに東京地検特捜部が入った。採決を止めてください、頼みます」

これ以上出ないほどの大声で叫んだ。

5

権藤が会長室に戻ってくると、中にはシルバーグレーのスーツに着替えた轟木と里緒菜、さらに秘書や取締役たちがいた。

「ゴードン、どこ行ってたんだ」

轟木は慌てふためいていた。一時二十分、トイレに行くと部屋を出てから十五分が過ぎていた。

「ちょっと立て続けに電話が入ったもので。どうしたんですか、揃いも揃って」

轟木の顔を見てから専務、常務と順々に目を配っていく。皆、顔が引きつっている。

「東京地検の強制捜査が入ったんだ。すでにビルの下まで来ている」

「そうですか」

「そうですかって、ゴードン、知ってたのか」

轟木が目を吊り上げた。隣の里緒菜までが「そうなの？」と聞いてくる。

「知りませんよ」否定した。「だけどそういう噂があるのは聞いてましたが」

「聞いてたら、どうして伝えない」

「言ったところでどうにもならないからです。それより東洋新聞から株式譲渡の議決は連絡ありましたか」

「まだだ」轟木は顔を強張らせた。引き延ばされているのか。地検が動いたとなると向こうも議事進行を止めるだろう。

「容疑はなんなの」里緒菜が轟木に聞いた。

「分からん」轟木は首を振った。「会計の問題かもしれん」

「違います、インサイダー取引ですよ」権藤が言った。

「なんだと」轟木が言い返すが、心当たりがないわけではなさそうだった。

「会長、東洋新聞株取得の記者会見に向かう途中、僕が軽減税率の拒否を耳打ちしましたね。あの時、知り合いを使って自社株を大量購入された。そのことに目をつけられたんだと思います」

アーバンテレビの買収に入ったことでインアクティヴの株価は一二三〇円まで上昇した。だがアーバン株を返却して東洋新聞の株と交換することが伝わった時、株は売りに転じ、一〇三〇円まで下がった。

軽減税率のアドバイスをした後、権藤は記者たちと同じ会見場から見ようと、一旦轟木から離れた。壇上に向かう途中、轟木は他人には聞かれないように自分を慕う若手起業家に連絡を入れ、自社株を購入させたのだろう。購入したのは全体の〇・五パーセント程度だが、会見後に株価が三割近く値上がりしたことで五億の利ざやを得たはずだ。

「ゴードン、そのこと誰に聞いたんだ」

聞き返してくる。権藤は言わなかった。しばらく考えていた轟木が目を剝いた。

「米津だな」

「はい、そうです。会長は米津さんにも購入したほうがいいと連絡したそうですね」

「米津が俺を売ったのか」

「その誘いに米津会長は乗らなかったようですね。そんなことをすれば証券取引委員会から目をつけられることを分かっておられた。同時にそのような軽率な者とは一緒にビジネスはできないと、轟木会長への期待感も萎《しぼ》んでいかれたのではないでしょうか」

米津からはすべての説明を受けた。ニューマーケットインク本社で司法に注意しろと言われた時には、彼は特捜検事と会っていたそうだ。

「ゴードン、おまえ、俺を裏切ったのか」

轟木の顔から、完全に生気が消えていた。

「裏切ってませんよ。僕は米津会長にも、自分はインアクティヴに残りますと伝えました」

轟木は疑いの目を向けてきた。どこまで本気で言ったのか探っているのだろう。米津にインアクティヴに残ると言ったのは本当だ。それは轟木太一の復帰を待つつもりで言ったわけではない。双頭の株主である轟木里緒菜は裏切れない、という意味を込めたつもりだ。

ドアがノックされた。

「どうしますか」秘書が動転しながら言う。轟木は返事もしない。

「開けろ」権藤が命じた。スーツ姿の男たちが数人入ってきた。

「東京地検特捜部です」先頭の男が名乗り、令状を出す。

「証券取引法違反、インサイダー取引の容疑で捜索令状が出ています。ご協力願います」

淡々とした物言いだった。

轟木は返事さえ出来なかった。権藤は里緒菜の顔を見た。彼女の顔からも色が消えていた。彼女が不安げな瞳を権藤に向けた。大丈夫です、そう言ったつもりで、小さく頷いた。

「轟木里緒菜さん、あなたもご同行ください。アメリカのご友人を通じて大量購入されましたね」

検事の言葉に、権藤は耳を疑った。もう一度彼女の顔を見る。彼女は、権藤から視線を逸らした。

遠くにあった声の記憶が、揺り返しのように脳裏に戻ってきた。

――アイル・コール・バック・レイター。

会見場から控え室に入った時、里緒菜は「あとで掛け直すわ」と英語で言って、電話を切った。あの電話がそうだったのか……。

その後、権藤が「今から風が吹きますよ」とモニターに向かって指を鳴らした。轟木の発言で会場の空気が変わったことに、彼女は「すごいわ」と驚嘆した。あれは演技だったのか。

里緒菜ほど判断力のある人間が、司法に目をつけられることにも気づかなかったのか？これから莫大な事業を展開するのだ。何億得ようが端金《はしたがね》だ。欲に目が眩《くら》んだのか、それとも轟木の命令だから従ったのか。

信じられなかった。彼女は自分に心を開き、一緒に夫を欺《あざむ》いているものだと思っていた。だが騙されていたのは自分だった。

轟木太一と同じように、彼女の両側にも捜査員がついた。

「では」捜査員の指示に里緒菜はハンドバッグと赤いジャケットを摑み、素直に従った。

二人して会長室を出ていく。権藤が廊下に出ると、捜査員に「ご同行いただくのはお二人だけで結構です」と行く手を阻まれた。

――里緒菜。

廊下の奥へと消えていく細い背中を見つめながら、心の中で叫んだ。

# 第九章　ゼロ・オア・アライヴ

## 1

「権藤さんが東洋新聞を買収して、一番やりたかったことはなんですか」

「ウェブファーストです。特ダネでもなんでも、宅配時間まで隠すことなく即座にネットで発表する。それは情報を発信するメディアとして当然の職務です。すべての記事をネットに出してしまえば、お金を出して購読してくれる読者に申し訳がないという事情も分かりますが、それでは情報ツールとしてネットに差をつけられる一方でしょう」

メモを見ることなく、権藤は思うことを述べた。質疑応答はもう一時間近く続いている。

ホテルの一室で、インタビューワーである東洋新聞の安芸稔彦はレコーダーを用意したにもかかわらず、ボールペンで丁寧にメモを取っていた。権藤は記者時代、早書きは得意ではなかった。

「安芸さんは、新聞社の使命はプリントファーストだと思われているのではないですか？」

権藤は初めて自分から質問した。安芸は少し悩んだが「そうですね。僕は紙の新聞は不可欠だと思っています」と答えた。

「実際、アメリカでも安芸さんと同じ考えの実業家がいましたね」

権藤は二〇一二年に、カリフォルニア州の新聞社を次々と買収した実業家が「新聞の九十パーセントは紙で読まれている」と紙媒体へ投資した理由を述べていることを紹介した。

安芸もそのことは知っていた。「実業家は印刷工場への投資や記者のヘッドハンティングを進めました。でも結局二年持たずに頓挫したんですよね」

「当然です。ネットでは数秒でアップされる記事が、紙では印刷、輸送に何時間もかかるんです。敵うわけがありません」

あなた方はその過ちを繰り返そうとしているんですよ。そう思いを込めて言った。安芸も「さすがの私もペーパー一辺倒に逆戻りする気はありません」と紙の新聞だけでは生き残れないことは認めた。

質疑応答はずっとこんな感じだ。インタビューを申し込まれた時、勝ち誇った態度で安芸がやって来るのではないかと思っていたが、まったく違った。終始穏やかな顔つきで、権藤が既存の新聞社は古いと批判しても、言い返してこない。彼がなにを目的にインタビューを申し込んできたのか見えてこなかった。

だが権藤自身も自分が正しいと強く言えるほどの厚かましさは持っていなかった。本来なら今もインアクティヴに残って、新聞改革に取り組んでいるはずだった。それがあの一瞬ですべてが変わった。東京地検特捜部が轟木太一、里緒菜夫妻をインサイダー取引容疑で連行したと報じられたことで、インアクティヴの株価は大暴落したのだ。

轟木は今も国策捜査だと検察の違法性を訴えている。複数の知人に電話はしたが、自分の発言によって株価が上昇するとは予測していなかったと。里緒菜も同様だ。それでも二人とも迂回《うかい》して自社株を購入していたのだ。検察は、二人が違法性を認識していたと考えている。

三日連続してストップ安が続いたところで、米津訓臣が出てきて、支援の用意があることを宣言した。時価総額の減少で有利子負債の返済が迫られたこともあり、轟木も里緒菜も株の大半を手放さざるを得なくなった。その時点で、権藤は米津の部下となった。

「ウェブファーストとなると、あのまま東洋新聞を買収されていたら宅配制度はどうなっていましたか」安芸が再び質問を再開した。

「大幅な縮小は余儀なくされたでしょうね。とくに近くに競合店がある場合は残しておいても赤字を生むだけですから、多くの店舗は清算していました」

「それは以前のインアクティヴ社戦略室長としての考えですよね。今はいかがですか？」

「今はと言いますと」

「米津会長は、保有する三つの新聞社を合併させ、『モーニン・ニュースコープ』を設立すると発表しました。そこに権藤さんを迎えたということは、米津会長にも同じように日本の新聞を変えていきたいというお考えがあるのではないですか」

米津は、ＣＥＯにワシントンモーニング社のＣＥＯに内定していたクリフォード・ブラウン、代表権のあるヴァイスプレジデントに権藤を指名した。権藤は日本版の代表も任されている。

「どうでしょうか。そういった話し合いはまだしたことがありませんので」

「権藤さんなら、米津会長はどう判断されると思われますか」

「それは僕が答えることではないですね。米津本人に聞いてください」回答を拒否した。

「ではニューマーケットインクで、再び新聞社を買収されることはありますか」

「それも米津に聞いていただく方が確実です」少しはつまらなそうな顔をされるかと思ったが、「検討していてもここで発言はできませんよね」と穏やかな顔で返された。

「ですけど次回、もし同じことが起きれば、次は十日も時間をかけずに買収しますが」

少し口元を緩めてから語気を強めた。今度こそどう反応するか見ものだった。その時はまた対抗します——と胸を張って言い返してくるのかと思ったが、それも違った。

「そうなるでしょうね。ニューマーケットインクはすでに新聞事業に関わっていますから、日刊新聞法を理由に拒絶することはできません。他の業種同様、株を保有された時点で、無条件で傘下に下ることになるでしょう」

安芸の余裕は変わらない。どうやらいくら挑発しても無駄なようだ。

権藤はそこで携帯電話を取り出し時間を確認した。インタビュー開始から間もなく五十五分を回ろうとしている。

「最後に確認し直してもよろしいですか」

安芸が手帳をめくりながら言ったので「なにかあやふやな点でもありましたか」と聞き返す。

「いいえ、少し権藤さんの本音とは違うんじゃないかと感じたことがありまして」

顔を上げると、さっきより引き締まった安芸の顔があった。

「だとしたら説明不足だったのでしょう。僕はすべて本音でお答えしたつもりですので」

「多くの販売店を清算すると言われましたが、権藤さんはウェブファーストだったとしても、ペーパーゼロという考えではないのではないですか」

「どうしてそう思われるのですか」不思議な思いで聞き返す。

「正隆は一見、冷たく見えますが、あいつは紙の新聞に恩義を感じてます……西葛飾販売店にいて、今は東都新聞の店主をされている臼杵博之さんがそう話されていました」

安芸が再びメモに目を落とし、読み上げた。

「へんですね。僕は臼杵さんに、西葛飾販売店を残すつもりはないと言ったはずですが」

「臼杵さんはそれもちゃんと覚えておられましたよ。でもこうも言ってました。正隆にとってあの場所が出発点だったと」

出発点、そうとは思わない。だが新聞社に入社し、そして新聞社を買収しようと試みたのは事実だ。自分の人生は新聞を追いかけている。安芸からそう指摘を受けたように感じた。

それでも「臼杵さんは、僕の性格を誤解してます」と笑った。「彼と一緒にいたのは二年ですから誤解するのも仕方がありませんが」

「そうですか。では本音じゃないと感じたのは私の勘違いですね」

「そういうことになります」

「分かりました。そう理解させていただきます」

メモに書き綴った安芸がそこで腕時計を確認した。「そろそろお時間ですね」レコーダーを切ろうとした。

「そのままでいいですよ」そう言うと、彼の手が止まった。

「今度は我々ワシントンモーニンが、安芸稔彦さんを取材させていただきたい。記事は日本のデジタル版だけでなく、英訳してワシントンモーニン及び、我々が保有するすべてのアメリカの紙媒体にも掲載させていただきます」

権藤が携帯電話を録音モードにして安芸のレコーダーの横に置いた。安芸は意表を突かれた顔をしている。

「私なんか一記者ですよ。会社の代表でもなんでもない」

「ただの記者ではないですよね。社会部デスクで、今回の買収劇を阻んだ立役者でもある」

「それは買いかぶりです。我々が阻止したわけではない。東京地検が強制捜査に入ったから、うちの取締役が採決しなかっただけです。地検特捜部が動いていなければ、私は今頃、あなたに追い出されていたでしょう」

「いくつもあった轟木の疑惑を、あなたの部下たちがそれぞれの現場で必死に取材した。それが他紙をも動かし、ひいては東京地検特捜部の強制捜査に繋がったと僕は見ています」

本来なら経済事案の大規模捜査は株式市場が閉まる三時以降に行われる。だが今回は取締役会の議決直前に動いた。

「新聞業界が結託して司法を動かした。古くから続くもたれ合いだ、と言われそうですね」安芸は驕ることなくそう言ってきた。

「そう言いたいところですが、結果として買収が失敗に終わったわけですから、我々の負けだと認めるしかありません」権藤も苦笑いでそう答えた。「やはりインタビューするには事前に会社への申請が必要ですね。またの機会にお願いします」

レコーダーを止めようと手を伸ばしたが、安芸に制止された。

「権藤さんが我々の取材に答えてくれたのに、私だけが会社の許可がいると逃げるのは卑《ひ》怯《きょう》ですね。どうぞ、なんでも好きなことを聞いてください」

安芸は手にしていたメモとペンを鞄《かばん》にしまい、背筋を伸ばして椅子に座り直した。

2

「権藤正隆に直接会って質問したい」

安芸がそう提案した時、社会部長の長井どころか、他のデスクからも反対された。

「権藤はインサイダー取引で逮捕された会社の取締役であり、轟木太一の腹心だったんだぞ。検察からの取り調べも受けている」

「問題はありませんよ。権藤は轟木夫妻が株を購入したことを知らなかった。だから米津訓臣は権藤を『モーニン・ニュースコープ』の副社長にしたんです」

石川も出てきて猛反対された。

「なに血迷ったこと言ってんだ。インタビューなんてしたら、権藤は轟木が会見で話したような理想論を述べるに決まってる。せっかく轟木が捕まって世間の風潮が変わったのに、また東洋新聞への風当たりが強くなる」

いくら説得されても安芸は引かなかった。轟木太一を新しい時代のメディアの支配者として応援していた風は確かに止んだ。だからといって既存の新聞社にアンチだった者が味方になったわけではない。今でも新聞は不要だという意見がネットを中心に叫ばれている。

「別に買収された方が良かったと読者が思うならそれでいいじゃないか」

そう言うと石川は「なにを言ってるんだ」と顔色を変えた。

「今のままでは新聞は消滅するのか、それとも違う形で生き残ることができるのか、権藤の答えを聞いてみたいじゃないか。聞くのは新聞記者の当然の仕事だ」

強い口調で説くと、石川、そして長井も渋々認めた。

今回の買収は、権藤正隆という元東洋新聞出身の男が中心となって動いていたことを、轟木夫妻の逮捕後、新聞、週刊誌が一斉に報じた。

記事には、権藤が東洋新聞でいじめにあい、それを恨んで買収を働きかけたと報じたものもあった。確かに権藤は古巣を好意的には思っていないだろう。しかし、それが買収を提案した理由ではないと安芸は思っている。

「僕は東洋新聞に恨みも不満もありません。四年間お世話になったと感謝しています」

権藤は安芸の質問にそう答えた。「ただ新聞をもっと社会に活用することはできないか、そう思って買収を考えた」と。「メディアは公正中立などではなく私企業です。ジャーナリズムだというプライドで仕事をするのではなく、もっと金を稼ぐという気持ちで仕事をしないことには、新聞社はこのさき生き残っていけません」

権藤の回答に、東洋新聞時代の理屈っぽさは感じなかった。二十一年も勤務するあなたより、たった四年しか勤務経験のない僕の方が新聞社の未来図を描けていると言われたように感じた。

インタビューの終了間際に、「安芸稔彦さんを取材させていただきたい」と言われた時は驚いたが、受けることにした。最初の質問は「どうして安芸さんはここまでして東洋新聞を守ろうとしたのですか」だった。

「自分の会社を守ろうとするのは当然ではないですか」

すぐに答えが出た。今回戦った仲間全員が同じ思いだったはずだ。それだけでは権藤が満足しないと思い、補足をした。

「新聞の部数は確かに減っています。それでも東洋新聞にはまだ二百万人の読者がいて、それだけの人が毎日、読んでくれているのです。これほど人の目に触れる媒体は、一朝一夕で作れるものではありません」

安芸のようにメモを取ることなく、権藤は安芸の顔を凝視しながら聞いている。

「では安芸さんにとって、新聞とはなんですか」

次も単純な質問だったが、今度はすぐに答えることができなかった。自分が人生を懸けたもの？　最初そう浮かんだが、そんな大層なものではない。社会への使命感——それくらいの気概を持って仕事をしてきたつもりだが、自分の記事で世の中が変わると思うほど自惚れてはいない。

「僕から安芸さんの答えを当ててみてもいいですか」

先に言われたので「どうぞ」と促した。

「安芸さんは、新聞は昔のテレビと同じだと言ってました。それで記者になられたと」

「そんなことは言っていませんよ。テレビで働くなんて考えたこともなかったですし」

映画に興味はあったが、テレビに関心はなく、見もしなかった。なのに「僕の記憶に間違いありません」と権藤は断言する。

「安芸さんはこういう言い方をされていました。新聞というのはリモコンができる前のテレビと同じだと。昔のテレビはチャンネルを替えるのにいちいち席を立ってテレビまで近づかなくてはならなかった。それが面倒だから興味のないニュースでもCMでもずっと見ていた。そこに新しい知識の発見があった。リモコンなんて便利なものができたせいで、テレビからはもともと興味があるものしか得られなくなったと」

「ああ、それなら言いかねない」なにせ自分は電車の新聞を覗き読みして東洋新聞の募集広告を知ったのだ。「私にとっての新聞は、読者にとって興味がなかったものも、知らず知らずのうちに目に入って、読んでもらうことができる知識を広めるための道具です。ネットはそうではありません。記事も広告も、自分が好きなものだけを機械が選び、勝手に画面に出てくるわけですから」

「興味がないものを読むことがすべて有意義だとは思えませんが」

権藤に反論された。確かにそうだ。読んで不快になる記事もある。「新聞が書くことをすべて知識と押し売りするのはいささか問題ですね。だからこそ私は、記者にはけっして傲慢になるなと言ってます」と付け加えた。

もっともいくら記憶を辿っても、権藤にチャンネル式のテレビの話をした覚えがなかった。権藤と個人的な会話をしたことすら覚えがない。そのことを問うと「僕にではなく、一緒にいた若手に話してました」と言った。

権藤が言うには一度だけ酒を飲んだことがあるらしい。二人だけでなく安芸と柳、そして権藤のほかに若手が二、三人いた。きっかけは夜回り取材が空振りに終わった権藤が、明朝、朝駆けにいくと柳に伝えた。そばにいた安芸が「それなら飲みに行こうぜ」と言い出し、他の記者も連れて出かけたそうだ。

「安芸さんは、取材なんてものは少々目を赤く腫《は》らして行った方が寝不足だと勘違いされて喋ってくれるんだと言ってました」

そのセリフは覚えがあった。昔は生活がだらしないのに、仕事ができる記者がたくさんいた。取材なんてものは人と人との関わりだ。少しくらい人間臭さを出した方が、相手も応じてくれる。

「僕は酒を飲んでも顔に出ないので、目が赤くなるまで飲むのは大変でした。翌朝は、息が酒臭くないか、そればかり心配でしたし」

「それは大変ご迷惑をおかけしました。権藤さんはなんて古臭い人間なんだと思われたのではないですか」頭を掻いた。

「そう思いましたね」すぐさま肯定された。

その後は今後、東洋新聞が向かうべき方向について聞かれた。安芸は記者たちが新聞未来図で書いた新聞の役割や、お蔵入りになってしまった霧嶋の記事、今後は外国人、元外国籍の記者も必要だということを話した。日本に媚びる必要はないが、紙面に掲載する以上、日本のことをちゃんと考えられる記者でなくてはならない、そうしたことも順に答えた。

「ウェブについてはどう思われますか」

「必要だと思ってます」その答えにも迷いはなかった。「昔は新聞の役目だった速報性が、ラジオ、テレビへと代わり、今はインターネットになった。今後はウェブサイトにも力を入れ、我が社の記事が、真っ先にニューマーケットインクのポータルサイトに引っ張られるように努力しないといけません」

「そんなことをすれば、紙の新聞は衰退してしまいますよ」

確かにそうだが、今回のことでもっと大切なことに気づいた。

「一番大事なのは紙とかネットというフォーマットの問題ではないと思っています。これだけネットで情報が氾濫しても、一次情報を発信しているのは現場に出ている記者です。その記者を未来に存続させるためにも、新聞社はどんな形であれ生き残っていかないといけない、今はそう思っています」

「部下を大切にする安芸さんらしいご意見ですね」

そう言われたが、言葉通りには受け取れなかった。甘いと思われているのかもしれない。

「それでも記事をポータルサイトに引っ張られるように努力すると言った点で、東洋新聞もネットに軸足を移すように受け取られてしまうでしょう。残念ながら東洋新聞のウェブは遅れています。今の発言はオフレコにしましょう」

安芸の頭にも石川たち上層部の顔が浮かんだ。こんな発言をしたと知れば形相を変えるだろう。

それでも浮かんだ顔をかき消し、「私はオフレコ取材は嫌いですから、どうぞ書いてください」と言った。

「そうですね。今回の件で安芸さんはこれから出世されますから問題はないでしょう」

断定して言われたが、「出世しますかね」と聞き返す。

「まもなく内示が出るそうですね。石川政治部長が編集局長に昇進される。石川さんは盟友である安芸さんに社会部を任せる。それくらいの人事情報は我がワシントンモーニンでも摑んでますよ」

権藤は右手の中指をこめかみに当て、そして微笑んだ。

石川が編集局長になるのは確定事項だ。吉良会長から直接伝えられたそうだ。本人はすでにその気で紙面改革に動いている。

その一方で吉良は今回、インアクティヴ側に付こうとした取締役、部長にも懲罰人事はしないと明言した。吉良以外のアーバン出身の二人の役員はテレビに戻るが、他はそのままだ。田川は専務専任で残る。社会部長の長井は、大阪の局次長に昇進するらしい。

「今回、東洋新聞の味方をした毎朝や日経ヘラルドは、後になって『あの時東洋新聞を潰しておけば良かった』と悔やむんじゃないですか。いえ、東洋新聞じゃない。安芸さんを潰しておくべきだったと。安芸さんの下には、今回一緒に戦った優秀な部下がたくさんいます。安芸社会部長の下、東洋新聞は読者の支持を取り戻すでしょう」

「人事なんて決まるまで分かりませんよ」と受け流した。そこでさきほどから考えていた、自分が言いたいことがようやく見つかった。

「権藤さんからどうして東洋新聞を守ろうとしたのかと聞かれた時、私は、自分の会社を守ろうとするのは当然だと答えました。でもそれだけではないですね」

「ではなんですか」目を細めて聞き返された。

「いつも身近にあったものが突然なくなった時、あとで大切だと気付いても遅いからです。私は過去にそのような苦い経験をしているんです。だから大切だと感じたものは絶対になくさないよう守ろうと心に決めたんです」

どのような経験か仔細に聞かれるだろうと思った。

権藤はしばらく押し黙っていた。

だがそこで「分かりました」とインタビューを終わらせた。

## 3

ニューマーケットインク本社に上がるといつもの東南の席に米津の姿はなかった。権藤はその隣に設けられた自分の席に座り、積まれてあった資料に目を通してから、「宇治原さん」と呼んだ。

事業開発部長で、米津の片腕として力を発揮してきた宇治原だが、新しく立ち上げられた「モーニン・ニュースコープ」でも「ワシントンモーニン日本版」でも、権藤より下のポストになった。宇治原はそれが不満のようで、人事が執行されて以降、不貞腐《ふてくさ》れた態度で、ゴルフ場で見せた策略家の顔まで消えている。

権藤はワシントンモーニン日本版に執筆するコラムニストの一覧と、彼らが書いた記事を宇治原に戻した。そこにはフリー記者もいれば、ネット専門のライター、学者や有名ブロガーもいたが、どれも事柄の内面まで入り込むことなく、上辺だけを掠め取った薄っぺらい内容だった。

「宇治原さん、こんな書き手を集めたところで、読者はうちのサイトを情報のベースにしようとは思いませんよ。もっと新しさを感じる書き手を集めてください」

きつい口調で正した。権藤が求めるのは、自社のサイトでしか読めない記事やコラムであり、そうした読み物を集めることで、ユーザーがグーグルでもヤフーでもなく、ワシントンモーニンのニュースサイトから一日をスタートさせることにある。

年上の部下は明らかに不満を顔に出した。

「あなたは書き手の身辺調査もしろと言った。ですけど怪しい経歴の人間の話ほど、読み手は興味を持つんです。そういう人間を排除すれば当然こういう人選になります」

「排除する必要はないでしょう。僕は起用するならきちんと調べてくださいと言っただけです」

「すべて調べるのにどれだけの時間を要すると思ってるんですか」

「全部調べなくても結構です。人間というのは、得意としているところで嘘をつきます。エリートなら学歴を洗い直す、過去の苦労を売りにしているならその過去を探る。政治家の金銭問題に舌鋒鋭い人間に限ってケチだったり、不倫してなさそうな人間に限って、私生活が乱れていたりするものです」

「そんな単純なものですかね」宇治原は口を横に向けた。「しかもあなたは『ネットで話題になっている』や『ネット住民の間では』などと書くライターは使うなとおっしゃる。ネットから情報を拾って、皆がどう思っているかを伝えるからこそ、それが拡散されトレンドが出来上がるのではないのですか。そうしたスタイルを排除してしまえば、ますます書き手は限定されます」

必死に抗弁してくるが、権藤は引かなかった。

「我々が作りたいのはまとめサイトではなく、メディアなんです。書き手が自分の頭で答えを導き出せなくてどうするんですか」

一次情報は常に記者が発信している——安芸の言葉をそのまま受けているわけではないが、一次情報を他人に求める書き手は、デマや誤った憶測を流布するなどして、いずれは信頼を失う。

「ネットで検索しながら書いているライターの記事を読みたいなんて、宇治原さんが本気でそう思っているとしたら、僕はあなたのセンスを疑います」

宇治原は何も言えなくなり、自分の席に戻った。今度は「山中」とインアクティヴ時代からの部下を呼んだ。

インアクティヴの社員も丸ごと引き受けた米津が中核部門に残したのは、権藤と山中、それにゲームグループなどの一部で、あとは子会社か関連会社に回された。山中もインアクティヴ時代ほど役に立ってはいない。米津の要求の速さについてこられないのだ。

「この報告書はなんだ？　ウェブファーストで進めろと言ったじゃないか」

資料を見ながら叱責する。ワシントンモーニン日本版に週刊誌の特ダネが載るよう、出版社と交渉させている。

「週刊時報は発売日の正午以降に解禁、週刊タイムズ、週刊トップは向こうが選んだ記事のみ発売日に掲載というのが精いっぱいです。彼らだって雑誌が売れなくなることを心配してます」

「そんなこと百も承知だ。新聞には早刷りを渡して記事を書かせているじゃないか」

「それは広告の問題があるからでして」

「新聞は広告費をもらうのを、うちは金を払って買うと言ってんだぞ。どう言えば相手の選択肢が『受けます』の一択になるのか、もっと考えて交渉してくれ」

山中は俯いて聞いている。

「それから電子メーカーとの交渉はどうなった」

来春からタブレットを無料配布する予定だが、肝心の端末が納得できるものに達していない。

「通常の半額で、十万台を提供しろなんて向こうは無茶だと応じてくれません」

「ただで客に配るんだ。それ以上の予算がかかってどうする」

「分かりました。何とかします」

「どうしたんですか、権藤さん、大きな声で。あなたらしくない」

背後から穏やかな声がした。米津が戻ってきた。会長席にナイロンのブリーフケースを置き、コットンのジャケットを脱ぐ。秘書がハンガーを持って近づいてきたが、「いいです」と自分で椅子にかけた。

「来春入学する新大学生にタブレットを配るプランですが、肝心の電子機器メーカーのレスポンスが悪くて困っています。それと週刊誌とのタイアップにも時間がかかっています」

進捗状況の遅れを隠すことなく説明した。

「書き手も集まりません。このままでは海外メディアの日本版のように、海外新聞を日本版に翻訳したものだと思われ、話題にもならないでしょう」

「そんなに急がなくていいんじゃないですか」

ナイロンのブリーフケースから出したペットボトルの水を飲みながら言った。来春からの実施と言い出したのは米津だというのに、彼は内面の不満を見せない。これなら轟木のように感情を爆発させてくれた方がまだましだ。部下になって一ヵ月、この笑顔のせいで権藤の心は日々追い詰められていく。

「それより東洋新聞のインタビュー、どうでしたか」受けてきなさいと言ったのは米津だった。「こてんぱんにやっつけてきましたか?」子供のような言い方をされた。

「言いたいことは言いましたが」

「それは良かったです。あなた自身が正しいと思うことを主張すればいいんですよ。私はあなたにすべてを任せているんですから」

あなたに任せる——部下になってから何度も言われた。

部下になった最初の日、権藤は今回の買収プロジェクトが白紙になったことを謝罪した。そこでも「気にすることはありません。私はあなたという優秀な人材を手に入れることができたんですから、むしろ得したくらいです」と言われた。

買収に手を貸したのは、自分を取ることが目的だったのか……。

この会社に来るまで、人の笑顔をこれほど不気味に感じたことはなかった。苦労して得た地位など、なんの前触れもなく奪い取られてしまうのだ。宇治原がその最たる例だ。常に降格人事、いや粛清の恐怖と格闘しながら与えられた仕事をこなしていくのが、米津の下で働く者の宿命だ。

「その後、弊社から安芸稔彦にインタビューをしたのですが、今回のことで東洋新聞は社員が一体となって立ち直っていくと感じました。株はアーバンテレビに戻りましたが、東洋新聞は今後、社員に株を持たせることで保有株を増やし、アーバングループからの独立を目指すようです。銀行や印刷会社、取次会社などの支援も取り付けています」

「東洋新聞がいい会社になるのは、素晴らしいことではないですか。法律で守られているから安泰なのではなく、自分たちの力でジャーナリズムを守る、それこそ新聞社のあるべき姿です」

どうしてそんなことを言うのか権藤は考えた。米津はこの一ヵ月の間にも北カリフォルニアとシアトルの新聞社の株式を買っている。米国では米津が次のターゲットとしてシカゴトリビューンやロサンゼルスタイムズといった大手新聞社を狙っているとの報道が出始めている。

だが米津は新聞王を目指しているわけではない。買収を続けているのは各紙のニュースサイトを使って、ニューマーケットインクのあらゆる事業にユーザーを集めるためだ。そして大新聞社を持つことで米国政府の中枢に入り込み、今後各社がしのぎを削り合うＡＩ

やIoTなどのイノベーション技術を用いた事業で有利に展開するためである。

もっとも政府に影響力を行使するとなると、現状では紙の部数も必要だ。三紙から五紙になっても四十八万部。シカゴトリビューンを手に入れたとしても約九十万部と、まだ百万部に満たない。

「もしや会長は、もう一度東洋新聞を買収される気ですか。東洋新聞を我々のニュースコーポレーションに加えたいとお考えになっているんですか」

米津からすぐに答えはなかった。否定しないということは認めたということか。米津はペットボトルの蓋を開けてまた一口飲む。ただの水でも米津はいつも旨そうに飲む。

「リブランディングには興味はあります。でも東洋新聞でなくてもいいでしょ？　毎朝でも、東都でも、中央でも、日経ヘラルドでも、いざとなれば日刊新聞法などという法律にじゃまされることなく新聞社は買える。そのことが分かっただけでも今回の失敗は意義があったんじゃないですか」

蓋を閉めながら言われた。失敗と言われたことが耳に残った。米津は真の秀才なのだろう。この男の欠点はなんでも簡単に言ってしまうことにある。心の中で反発する気持ちが湧き上がり、そして溢れた。

「お言葉ですが、潤沢な資金と知恵があったとしても、記者の心まで買うことはできません」

そう言った途端、米津の垂れ目がもちあがり、円《つぶ》らな瞳が底光りしたようにも見えた。ついに怒らせてしまったか。それでも権藤は怯むことなくその目を見続けた。時間が止まったように錯覚した。以前と同じようにフロアから社員の声が途絶えたような気がした。だがそう感じた意識はすぐに戻った。いつしか目の前の米津がいつものえびす顔に戻っている。

「権藤さん」

名前を呼ばれたので「はい」と返事をする。

「それでは次回までに、記者の心を買える方法を考えておいてください」

米津は優しい口調でそう言うと、「私は次の会合に行きますので、あとはよろしく」とブリーフケースとジャケットを両手に持って出ていった。

4

ワシントン便り　霧嶋ひかり

米国の動画サイトで今、話題になっているのがコネチカット州に住む小学1年生、ショーン・レナルド君（6）だ。今年のプロバスケットボール（NBA）のプレーオフ最終戦、ラスト1秒で逆転のフリースローを得たワシントン・ウィザーズのディアン・ジョーンズ選手だが、2球連続外してチームは敗退した。熱狂的なニックスファンであるショーン君は、庭のバスケットボードにフリースローを連続して決めた動画を投稿し、「ディアン、キミだって次は入るよ」とスーパースターを励ましたのだ。

この動画サイトが全米で20万回以上見られたのは、自宅でフリースローを2球決めたジョーンズ選手が、「ショーン、きみのおかげでボクもスランプから脱出できたよ」と動画で返したからだ。

ここまでの話はすでに全米のあらゆる新聞社が掲載している。これでは自分が書く必要はないと思った私は、ポトマック公園近くのコートで、フリースローにチャレンジしてみることにした。

高校まで陸上の400メートルハードルをやっていて、運動神経には少々自信を持っていたが、連続どころか1球も入らない。コートにいた高校生から指笛でからかわれた。あまりの下手さに見かねた彼らは、フリースローのし方を教えてくれた。フリースローにはコツが3つあり、①内股で少しお尻を下げ、両足は地面から動かさないこと②ボールはスポンジケーキだと思って優しく持つこと③好きな音楽に合わせてリングの上に座っている神様に軽くパスするように投げること、だそうだ。

そして私がついに決めたのがこの映像である。

やったよ、ショーン君、私にもできたよ——。

動画は、スポーツウエアに着替えた霧嶋が二球連続してフリースローを決め、黒人少年たちとハイタッチしている場面で終わった。画面には〈I did it. Shawn〉と霧嶋の字と思われる筆記体も書かれていた。安芸にはどのキーをどう押せば、このような加工ができるのか想像もつかない。

自分が昔作ったドキュメンタリー映画よりはるかにいい出来栄えだった。一球は入るが、次は惜しいのが続き、最後にボールがリングに当たって弾んだ時は、無意識に「入れ！」と叫んでしまった。

「動画って、どうやって貼り付けんだっけ？」隣に座る入社二年目の社員に聞いた。

ポロシャツに細めのチノパンを穿いた若手社員は「安芸さん、前にも教えたじゃないですか」とキャスター付きの椅子ごと安芸の席に移動してきて、ピアノの早弾きのようなスピードで打ち込んだ。

社会部では部長以上に昇格すると、部下から役職で呼ばれる。だが八月からデジタル報道部長になった安芸が「部長」と呼ばれることはない。同じ東洋新聞なのに、デジタル局は、局長も局次長も全員「さん付け」だ。

出た。

「デジタル報道部に異動させてくれないか」編集局長への昇進が内定していた石川に申し出た。

「なに言ってんだ。俺は安芸を社会部長にしてくれと会長に頼んでんだぞ」

石川からは反対されたが、押し通すと認めてくれた。ネット素人にも拘《かか》わらず部長にしてくれたのは石川の配慮だろう。せっかくデジタルに来たのだ。部の管理だけでなく、機械も操作できるようになろうと出勤ローテーションに入れてもらっている。

若手はマウスを使って霧嶋のコラムのチェックを始めた。社会部で二年目の若手が十年目の中堅記者の原稿を見ることはありえないが、ここでは日常茶飯事だ。

「安芸さん、この原稿、長過ぎます。こんな長いの載せたら、みんな帰っちゃいますよ」

帰っちゃう——この前もこの若手に言われた。せっかく東洋新聞のサイトに迷い込んでくれたユーザーが他の記事まで目を通さずに違うサイトに移ってしまう、そういう意味だそうだ。

「短くしろってことか」

「違います。分量はそのままでいいから、もっと改行してください」

手を伸ばしてきてキーを操作する。改行箇所を倍以上増やされた。

「そんなことをしたらこの原稿、二ページになっちゃうぞ」

「ちゃんと話が完結してますから大丈夫です。この内容ならインプを稼げます」

彼はいつの間にか霧嶋の原稿を最後まで読み終えていた。

指示通りに直していると、若手記者は自分の机に戻った。

安芸はもう一度、霧嶋のコラムを見直し、最後に事前に送らせたプロフィールをくっつける。

霧嶋ひかり、32歳、ワシントン特派員3人のうち唯一の独身。目下の楽しみは休日のワシントン観光と、仕事を終えた夜、アパートで一人モヒートを飲むこと。

受話器をとって電話をかけた。〈はい、霧嶋です〉すぐに出た。〈原稿ダメでしたか？〉と不安そうな声がした。

「面白かったよ。原稿もそうだけど、動画が良かった。フリースローのフォームはなってなかったけどな」

〈面白かったなら良かったです。動画は高校生の一人が撮影してくれたんです〉明るい声に戻った。

「だけどプロフィールが不満だ、なにがモヒートだよ、普段の霧嶋は芋焼酎だろ、変えとくぞ」

そう伝えると〈異議を申し立てたいところですけど事実だからそれでいいです〉と言った。

〈でも安芸さん、デジタルでもニュースを出させるって本気ですか〉

「もちろんだよ。みんなだってこのままでは新聞が残れないと、真剣に考えてるんじゃないのか」

〈今回のことでいろいろ考えさせられましたけど、スクープまでデジタル局に先を越されたら編集局は黙ってないでしょ〉

石川には「記事の内容によって、即ネットにアップするか、宅配される朝まで待つか、担当デスクとデジタルのデスクで相談して決めよう」と提案した。「そんな大事なこと、デスクに判断できるか」と反対されたが、「その判断ができなくては新聞社の社員と言えない」と言い張った。紙を大切にしていく気持ちには変わりない。その考えを持っている記者が我が社に多数いる。今度は不得手であるデジタル面を強化していけば、俺たちは生き残れる。

これまでの記者は三ヵ所を取材しても、社に戻ってデスクと相談してから記事を書いていた。安芸は取材が終わるごとに速報を一本送ってから次の現場に向かってほしいと指示している。霧嶋が寄越したような長いコラムも要求しているから記者の仕事量は大幅に増えた。

「いつか編集局から協力を拒否された時のためにも、今後はデジタル専用記者も作っておく。その時に備えて、ジャンボをイギリスに長期出張させたんだ」

ベテランのロンドン特派員が入院したことで、代役を尾崎に任せている。

〈安芸会のメンバーは全員、デジタル記者を希望しますよ〉

「希望者は歓迎するが、みんな紙の新聞も好きだからなぁ」

そこで若手が、「あっ、尾崎さんの記事がきました」と画面を見ながら言った。「多田《ただ》選手の極秘練習の撮影に成功したようです」

安芸も画面を見た。サッカーのスタジアムらしき場所で、トレーニングウエアを着た選手がシュート練習をしている。間違いなくマンチェスター・ユナイテッドに移籍した多田選手だ。写真下には〈ロイターも来てたので大至急でお願いします〉と書いてある。

「霧嶋悪い、仕事が入った。早く載せないとジャンボの努力が無駄になる」

〈分かりました〉

電話を切ると、急いで画面を操作する。

難しければ若手に手伝ってもらおうかと思ったが、少しモタついただけで安芸にもできた。やがて東洋新聞のウェブページのトップが、尾崎が撮影したサッカー選手の写真に切り替わった。

# 解説

佐高信

本城作品との出会いは『傍流の記者』（新潮社）が最初だった。主流よりは傍流、もしくは反主流に惹《ひ》かれる私にとって、その題名が手に取る契機だったに違いない。二〇一八年六月のことである。

以来、病みつきになり、『ミッドナイト・ジャーナル』（講談社文庫）、『トリダシ』（文春文庫）、『紙の城』（講談社、本書）、『スカウト・デイズ』（講談社文庫）、『監督の問題』（講談社）、『嗤《わら》うエース』（講談社文庫）と次々に読んでいった。

そして、同年十一月三日付の『朝日新聞』読書欄の「私の好きな文庫」に『ミッドナイト・ジャーナル』を挙げ、西秀治記者の質問に答えて次のように語った。

〈今年4月に出て直木賞候補になった、この著者の『傍流の記者』を読んだんです。新聞記者の群像を描いた作品。「主流には与《くみ》しない。長いものには巻かれないで踏みとどまる」という強い思いを感じた。それで、著者の過去の作品を読んでみた。共感したのが、この本です。

やはり新聞記者が主人公。７年前に児童誘拐事件で大誤報を打って地方支局に飛ばされた記者の赴任先で、女児連れ去り未遂事件が起こる。７年前の事件との関連を疑った記者たちが、過酷な取材に挑む物語です。

「情報」というものの深みを教えてもらったと思いました。記者たちは刑事に夜討ち朝駆けしても無視される。話ができるようになっても、核心部分は教えてもらえない。それでも気力と体力を振り絞り、最後は刑事から情報を取ってくる。

私は常々「情報化社会？　何を言ってやがんだ。本当の情報はクリックすれば出てくるもんじゃないんだ」と感じていたから、ピタッときた。「真実というのは常に闇の中にある」という台詞《せりふ》に、上っ面の情報にだまされてはいけないという思いも強くなった。

職業柄、堅い本を読むことが多いのですが、それでは心の「栄養」が偏る。糖分が欲しいなと思ったとき、小説で魅力的な人間に会いたい。それを満たしてくれた一冊です。〉

「私の好きな文庫」だから『ミッドナイト・ジャーナル』を推薦したが、『紙の城』はそれを「新聞社は生き残れるか」まで広げてドラマをつくった、優るとも劣らない作品である。

作品ではなく作者との出会いは、作品を読み始めて三ヵ月余りでやってきた。私は『月

刊 俳句界』という雑誌で「佐高 信の甘口でコンニチハ！」という対談を続けているのだが、その二〇一八年十二月号に登場してもらったのである。編集部がつけたタイトルは「傍流の道を行く」。

本城は『サンケイスポーツ』、略して『サンスポ』の記者だった。産経新聞の社員でありながら主流ではない。しかし、同社は『サンスポ』や『夕刊フジ』が利益を出して本体を支えていた。

二紙とも宅配ではなく駅売りで、毎日が勝負である。

私も『夕刊フジ』がマスメディアへのデビューだったので、よくわかるのだが、一日一日、何かおもしろいネタを盛り込もうと必死だった。ヒリヒリした感じで連載を続けていた。

そう回顧すると、本城は、

「でも、あれが僕は好きでした。常に緊張感があって、会社に記事を持って帰ったときに、上の人たちが自分のもとにワーッと集まってきて」

と振り返った。

活字への愛着が作品の底を流れる『紙の城』について尋ねると、「紙が読まれなくなっていくのを見てきましたから」逆に惹かれると語り、こう続けた。

「スポーツ新聞にとって一番大きな影響は、オウム真理教の地下鉄サリン事件でゴミ箱が駅から無くなったことでした。スポーツ新聞って会社に持って行きにくいので、ゴミ箱に捨てることができないと売れないんです。夕刊紙はもっと大打撃でした。家族には見せられないですから、持って帰れない」

『紙の城』が思いがけない形で外濠《そとぼり》から埋められたということだろう。

次に団塊の世代が一斉に退職する二〇〇七年にスポーツ紙は読まれなくなる、と言われた。しかし、それはスポーツ紙だけに限った問題ではない。

そのころ、産経の社内でも熱い会議が繰り返されたが、当時の社長、住田良能は、

「論じる新聞にしたら、八ページにしても充分売れる」

と言ったという。

それを聞いて本城は『紙の城』でその部分を膨らませた。

私が本城に早く会いたいと思ったもう一つの理由が、この有能な記者が住田をどう見ていたかを聞きたいということだった。

住田と私は慶応の同窓で、『毎日新聞』の岸井成格らと五、六人で昼食会をやっていた。月に一回。二〇一三年に住田が亡くなってからも続いたが、二〇一八年に岸井も亡くなって自然に消滅した。

産経新聞社社長のイメージと違って、住田は異なる立場の人間と話すことを厭《いと》わなかった。大体、住田と私の間にホットラインがあったと知ったら驚く人が多いだろう。

何年前になるのか、「憲法行脚の会」の仕掛け人である私が、あえて『産経』に護憲の広告を出そうとし、住田に電話をかけると、即座に「いいよ」と言う。

ところが、カンパに応じてくれた人たちに、そう持ちかけたら、反対の人が多く、私は窮地に陥った。幸い、カンパが予想より多く集まって『毎日』にも同じように広告を打つことで納得してもらったが、住田は住田で別の方から反発を食らったらしい。『産経』の読者である。

「そんなに広告が欲しいのかと言われたよ」

と住田はサラッと言って私に笑いかけた。

護憲の広告を『朝日』にではなく、改憲の『産経』にという私のたくらみをおもしろがってくれるところが住田にはあった。

私はいま、本城が住田をモデルにした小説を書いてくれないか、と思っている。たくらみというより希望である。

前掲の本城との対談の紹介を続けよう。

「情報は、必ず人間にまつわって出てくるでしょう。結局は人間が相手なんだというおもしろさがある。それは、あなた自身が現場で苦労したから書けるわけだ」

と水を向けた私に対する本城の答えがまた頷《うなず》けるものだった。

「僕は記者でしたが、実は書くことにはあまり興味がなくて、ネタを取るほうが好きだったんです」

それも、たとえば日本シリーズだったら、それに出られなかった監督のところに取材に行くというのだから渋い。

それで野村克也の家に行き、二人で日本シリーズを見ていると、野村はぼそぼそと悔しさがまじった本音を語ってくれたとか。

負けた監督のところに行く人はいないだろう。

しかし、本城にすれば「負けた瞬間、完璧に見えた人間が衰えていく瞬間に、初めてその人の懐の深さが表れる。そこでいきがっている人はダメ」だという。

「負けた瞬間、自分のもとから人がさーっと引いていくのがわかると言うんですよね。僕自身が、そこで引く人間と見られたくないという、ある種美学みたいなものもありました。本当は新しいものを常に捕まえるのが記者の仕事なんでしょうけど」

こうした記者生活を送ってきた本城の小説がおもしろくないはずがない。記者時代も本城は作家の眼を持ってその人間観を深めてきた。セリフに味があって読者を飽きさせないのは、本城の観察眼がありきたりでないからである。

本書は二〇一六年十月、小社より単行本として刊行されました。

|著者|本城雅人　1965年神奈川県生まれ。明治学院大学卒業。産経新聞社入社後、産経新聞浦和総局を経て、サンケイスポーツで記者として活躍。退職後、2009年に『ノーバディノウズ』が第16回松本清張賞候補となり、同作で第1回サムライジャパン野球文学賞大賞を、『ミッドナイト・ジャーナル』で第38回吉川英治文学新人賞をそれぞれ受賞。他の著書に『球界消滅』『境界　横浜中華街・潜伏捜査』『トリダシ』『マルセイユ・ルーレット』『英雄の条件』『嗤うエース』『贅沢のススメ』『誉れ高き勇敢なブルーよ』『シューメーカーの足音』『監督の問題』『傍流の記者』『友を待つ』『時代』『崩壊の森』『穴掘り』などがある。

紙《かみ》の城《しろ》

本城雅人《ほんじょうまさと》



講談社文庫

定価はカバーに
表示してあります

2020年1月15日第1刷発行

発行者——渡瀬昌彦
発行所——株式会社　講談社
東京都文京区音羽2-12-21　〒112-8001
電話　出版（03）5395-3510
　　　販売（03）5395-5817
　　　業務（03）5395-3615

デザイン—菊地信義
本文データ制作—講談社デジタル製作
印刷———豊国印刷株式会社
製本———株式会社国宝社

Printed in Japan



ISBN978-4-06-516535-5

# 講談社文庫刊行の辞

二十一世紀の到来を目睫に望みながら、われわれはいま、人類史上かつて例を見ない巨大な転換期をむかえようとしている。

世界も、日本も、激動の予兆に対する期待とおののきを内に蔵して、未知の時代に歩み入ろうとしている。このときにあたり、創業の人野間清治の「ナショナル・エデュケイター」への志を現代に甦らせようと意図して、われわれはここに古今の文芸作品はいうまでもなく、ひろく人文・社会・自然の諸科学から東西の名著を網羅する、新しい綜合文庫の発刊を決意した。

激動の転換期はまた断絶の時代である。われわれは戦後二十五年間の出版文化のありかたへの深い反省をこめて、この断絶の時代にあえて人間的な持続を求めようとする。いたずらに浮薄な商業主義のあだ花を追い求めることなく、長期にわたって良書に生命をあたえようとつとめるところにしか、今後の出版文化の真の繁栄はあり得ないと信じるからである。

同時にわれわれはこの綜合文庫の刊行を通じて、人文・社会・自然の諸科学が、結局人間の学にほかならないことを立証しようと願っている。かつて知識とは、「汝自身を知る」ことにつきていた。現代社会の瑣末な情報の氾濫のなかから、力強い知識の源泉を掘り起し、技術文明のただなかに、生きた人間の姿を復活させること。それこそわれわれの切なる希求である。

われわれは権威に盲従せず、俗流に媚びることなく、渾然一体となって日本の「草の根」をかたちづくる若く新しい世代の人々に、心をこめてこの新しい綜合文庫をおくり届けたい。それは知識の泉であるとともに感受性のふるさとであり、もっとも有機的に組織され、社会に開かれた万人のための大学をめざしている。大方の支援と協力を衷心より切望してやまない。

一九七一年七月

野間省一

講談社文芸文庫

古井由吉

詩への小路

ドゥイノの悲歌

解説=平出 隆　年譜=著者

リルケ「ドゥイノの悲歌」全訳をはじめドイツ、フランスの詩人からギリシャ悲劇まで、詩をめぐる自在な随想と翻訳。徹底した思索とエッセイズムが結晶した名篇。

ふA11

978-4-06-518501-8

石坂洋次郎　三浦雅士・編

乳母車／最後の女

石坂洋次郎傑作短編選

解説=三浦雅士　年譜=森 英一

戦後を代表する流行作家の明朗健全な筆が、無意識に追いつづけた女たちの姿と家族像は、現代にこそ意外な形で光り輝く。いま再び読まれるべき名編九作を収録。

いAA1

978-4-06-518602-2

三津田信三　蛇《じゃ》棺《かん》葬《そう》
三津田信三　百《ひゃく》蛇《じゃ》堂《どう》〈怪談作家の語る話〉
三津田信三　厭魅《まじもの》の如き憑くもの
三津田信三　凶鳥《まがとり》の如き忌むもの
三津田信三　首無《くびなし》の如き祟るもの
三津田信三　山魔《やまんま》の如き嗤《わら》うもの
三津田信三　水魑《みづち》の如き沈むもの
三津田信三　密室《ひめむろ》の如き籠《こも》るもの
三津田信三　生霊《いきだま》の如き重《だぶ》るもの
三津田信三　幽女《ゆうじょ》の如き怨むもの
三津田信三　シェルター 終末の殺人
三津田信三　ついてくるもの
三津田信三　誰かの家
三輪太郎　あなたの正しさと、ぼくのセツナさ
三輪太郎　死という鏡〈この30年の日本文芸を読む〉
宮田珠己　ふしぎ盆栽ホンノンボ
道尾秀介　カラスの親指〈by rule of CROW's thumb〉
道尾秀介　水の柩
深木《みき》章子《あきこ》　鬼畜の家
深木章子　衣更月《きさらぎ》家の一族
深木章子　螺旋《らせん》の底
深志美由紀《みゆき》　美食の報酬
三木笙子　百年の記憶〈哀しみを刻む石〉
湊かなえ　リバース
宮内悠介　彼女がエスパーだったころ
宮乃崎桜子《みやのさきさくらこ》　綺羅《きら》の皇女《ひめみこ》(1)
宮乃崎桜子　綺羅の皇女(2)
村上龍　海の向こうで戦争が始まる
村上龍　走れ！タカハシ
村上龍　愛と幻想のファシズム(上)(下)
村上龍　超電導ナイトクラブ
村上龍　イビサ
村上龍　音楽の海岸
村上龍　村上龍料理小説集
村上龍　村上龍映画小説集
村上龍　ストレンジ・デイズ
村上龍　共生虫
村上龍　新装版 限りなく透明に近いブルー
村上龍　新装版 コインロッカー・ベイビーズ
村上龍　歌うクジラ(上)(下)
向田邦子　新装版 眠る盃
向田邦子　新装版 夜中の薔薇
村上春樹　風の歌を聴け
村上春樹　1973年のピンボール
村上春樹　羊をめぐる冒険(上)(下)
村上春樹　カンガルー日和
村上春樹　回転木馬のデッド・ヒート
村上春樹　ノルウェイの森(上)(下)
村上春樹　ダンス・ダンス・ダンス(上)(下)
村上春樹　遠い太鼓
村上春樹　国境の南、太陽の西
村上春樹　やがて哀しき外国語
村上春樹　アンダーグラウンド
村上春樹　スプートニクの恋人
村上春樹　アフターダーク
村上春樹 佐々木マキ絵　羊男のクリスマス
村上春樹 佐々木マキ絵　ふしぎな図書館

2019年12月15日現在